À Gilberte !
monique
à
Des heures de plaisir
à la lecture de ce roman.
Voilà ce que je souhaite à
une aussi grande lectrice comme
vous.

Adrien Chma

UN TERRIBLE SECRET

Adrienne CHARLES

Un terrible secret

Éditions Bénévent

© Éditions Bénévent, 2006

Envois de manuscrits :
Éditions Bénévent — B.P. 4049 — 06301 Nice Cedex 4

À tous ceux qui ont cru en moi.

Chapitre premier

La tension était palpable dans la salle de réunion. Nancy, présidente de la Brown's Corporation, faisait vivre un vrai calvaire à ses cadres. Elle leur reprochait leur manque de compétences parce que les objectifs financiers du dernier trimestre n'avaient pas été atteints. Pourtant, le bilan s'était amélioré par rapport au précédent. Ses conseillers ne comprenaient pas son emportement. John Newman ne pouvait plus supporter le comportement de Nancy. Toute cette tension n'était pas bonne pour son vieux cœur de quatre-vingts ans, d'ailleurs son cardiologue lui déconseillait fortement ce genre d'atmosphère. Lorsque Charles, le père de Nancy, présidait, le climat n'était pas aussi tendu. Ce n'était pas non plus le cas lors de la brève présidence de Denovan, le mari de Nancy. À l'évocation de ce nom, une légère vague de tristesse traversa le visage du vieil homme. « Ce pauvre Denovan. » John comptait plus de trente-cinq ans de services à la Brown's Co. Il l'avait vu passer du stade de petite entreprise à celui de grande multinationale. Il y était très attaché. C'est pour cela qu'il tardait tant à prendre sa retraite. Le comportement maladif de Nancy faisait qu'il voyait approcher de plus en plus cette option. Il faut dire que c'était aussi le temps pour lui de tirer sa révérence et de mener une vie plus supportable pour sa santé devenue précaire avec l'âge.

Le succès de la Brown's Co résidait dans sa diversité. En plus de donner dans la production manufacturière de jeux qu'elle élaborait et pour lesquelles elle veillait en permanence à développer des perspectives d'amélioration et d'originalité, l'entreprise possédait une filiale indépendante qui donnait dans l'investissement et gérait plusieurs fonds de placements. Les jeux Brown étaient vendus partout dans le monde et jouissaient d'une renommée internationale quasi infaillible. Nancy désirait élargir encore les horizons de la compagnie vers de nouveaux marchés qui s'annonçaient forts lucratifs.

— Alors, messieurs, dit Nancy, ignorant la présence des femmes, quand aurons-nous droit à plus de compétence au travail ?

Aucune réponse. Et pourtant plusieurs avaient envie de répondre, pour l'envoyer paître. Ils donnaient plus que leurs cent dix pour cent. Elle ne s'attendait tout de même pas à ce qu'ils fassent des miracles ? Au bout d'un silence quelque peu embarrassant, John prit la parole : « Ma chère Nancy – il était le seul qui se permettait de l'appeler ainsi dans les réunions –, je propose qu'on mette fin à cette réunion. Je crois que tout le monde ici a donné son maximum. Les chiffres le prouvent. L'objectif fixé n'a pas été atteint, mais on l'a tout de même frôlé. On note un recul du marché et nos concurrents affichent presque tous un exercice financier à la baisse. Les économistes ne sont pas optimistes et croient qu'on va vers une récession. Alors comment ne pas louer de telles performances ? »

John avait frappé en plein dans le mille. Nancy avait l'impression qu'il avait toujours le dernier mot, comme son père.

— Très bien, John, mais je ne crois pas que ce soit une raison pour se laisser aller. La réunion est terminée.

Un à un, ils se levèrent et quittèrent la pièce tout en chuchotant. Nancy allait sortir à son tour lorsqu'elle sentit une main agripper son bras. C'était John.

— Ma chère enfant, je crois que vous leur mettez trop de pression sur le dos. Vous allez finir par tous les brûler.

— John, j'essaie de faire de mon mieux pour que cette entreprise se démarque, dit Nancy, sur la défensive.

— Faire de son mieux ne veut pas dire rabaisser tout le monde et se faire détester.

Nancy ne répondit pas. Elle avait bien conscience que ses employés ne la portaient pas tous dans leur cœur. Ce n'était pas qu'elle veuille être méchante, c'était juste que son père, s'il était toujours vivant, s'attendrait à ce qu'elle mène la Brown's Co d'une main de maître, comme lui auparavant. C'est tout ce qu'elle essayait de faire. Elle s'était toujours montrée à la hauteur des espérances de son père. Ce n'est pas parce qu'il est décédé que cela devait changer.

— Nancy, je crois que si votre père était toujours vivant, reprit John, il serait très fier de vous. L'entreprise n'a pas cessé de croître depuis votre arrivée à la barre. Mais je ne crois pas qu'il apprécierait le climat qui y règne.

Nancy ne sut que dire une fois de plus. Ce cher John connaissait très bien son père. C'était même son meilleur ami. Il est vrai que son père n'était pas aussi dur avec les cadres. John avait sûrement raison. Elle verrait à faire de son mieux.

John n'ajouta rien d'autre et s'en alla, s'appuyant sur sa canne. Nancy, pensive, resta seule dans la salle. C'est que parfois elle avait envie de tout abandonner et de s'en aller loin, très loin de cette vie qu'elle n'avait pas choisie. Une vie imposée. Peut-être était-ce de sa faute. Elle n'avait jamais su être elle-même.

En quittant la pièce, elle se rappela qu'elle avait promis à Michael, son fils, de lui téléphoner afin de discuter de l'emploi qui l'attendait à la Brown's Co.

CHAPITRE DEUX

Dans son loft mi-studio mi-appartement, Michael était très à l'aise. Il ne croyait pas qu'on avait besoin de toute une panoplie de fourniture pour être confortablement installé. Le strict minimum lui suffisait. Michael était grand, ni trop costaud ni trop maigre, avec des cheveux noirs de jais, des yeux bruns et un visage carré ; il était très beau, mais n'en avait jamais fait grand cas. Sa mère ne cessait de lui dire qu'il tenait ça de son grand-père Charles. Lui trouvait plutôt qu'il ressemblait à son père Denovan. Il ne l'a jamais connu, mais il l'avait vu sur bon nombre de photographies. Il était passionné de voitures comme son défunt père. C'était un jeune homme raisonnable qui n'avait pour seule folie que de changer de voiture comme il changeait de chemise.

Avec pour seul habit une serviette autour de la taille, il s'apprêtait à rentrer sous la douche quand le téléphone sonna. Il lâcha un juron, puis se dirigea vers le combiné.

— Allô !

— Oui, Michael, c'est Christina.

Il avait reconnu sa voix avant même qu'elle ne prononçât son nom.

— Oui, dit-il en essayant d'être le plus neutre possible. Christina avait un faible pour lui. Ce qui le mettait quelquefois mal à l'aise lorsqu'il avait affaire à elle.

— Votre mère m'a chargée de vous téléphoner pour vous demander si cela vous convenait de la rencontrer mercredi matin après son retour de Chicago?

Non, cela ne lui convenait pas.

— Il ne devrait pas y avoir de problème, dites-lui que cela me convient, se hâta-t-il de lui répondre afin de se débarrasser d'elle. Il s'arrangerait pour déplacer son autre rendez-vous.

— Bien, répondit-elle, déçue de ne noter dans sa voix aucune note de sympathie.

Il raccrocha plus vite qu'il n'avait mis de temps pour décrocher. Il retourna à la salle de bain et se mit sous la douche. Il avait rendez-vous avec Jessica.

À voir le temps qu'il allouait à sa toilette, on aurait dit qu'il tenait absolument à être parfait pour elle. Il mit un temps fou à se raser, à choisir ses vêtements, à replacer des mèches rebelles et à cirer ses chaussures. Et au moment de sortir, il trouva qu'il avait l'air moche. Non pas à cause de ce qu'il portait, mais plutôt parce qu'il se voyait contraint d'aller à un rendez-vous dont il n'avait pas du tout envie. C'est pour ça qu'il avait étiré au maximum sa préparation.

Au lieu de prendre la 93 qui lui permettrait d'arriver plus vite à Randolph où habitait Jessica, il décida d'emprunter une route beaucoup plus longue. Plus tard, il ne regrettera pas cette décision. Il rencontra, à une station-service où il s'était arrêté pour faire le plein, un drôle de type. Il avait l'air d'avoir à peu près son âge, avec des cheveux châtains presque blonds en bataille et le teint bronzé. Il n'était pas du coin. Ça, c'était sûr. Son accent que Michael capta pendant qu'il lançait des jurons le révélait. Lui, il parlait différemment, il n'avait pas l'accent des gens de Boston et de ses environs. Pendant que Michael s'affairait à remplir son réservoir, il ne l'avait pas quitté des yeux. Ce garçon dégageait une espèce de magnétisme qu'il ne saurait expliquer. Un tout petit bruit le fit sursauter et le ramena à la réalité. Il comprit que son réservoir était plein. Il replaça le tuyau et se dirigea à l'intérieur du dépanneur de la station-service pour payer. Il passa près du type en question et s'attarda à le regarder quelques secondes. L'autre s'en aperçut. Le regard qu'il porta sur Michael était un mélange de mépris et de surprise. Michael détourna le sien et tira la porte du dépanneur, entra, prit un paquet de chewing-gum qu'il paya en plus de son essence. En sortant, il fut étonné de voir que les yeux de l'individu étaient toujours braqués sur lui. Des yeux verts perçants. L'espace d'une seconde, il eut peur, mais se ressaisit aussitôt et jugea qu'il devrait en profiter pour lui parler et en savoir un peu plus sur lui. Il hésita un instant. C'est que ce dernier ne semblait pas prompt à la conversation.

Quelques minutes plus tard, Michael sut qu'il s'appelait Ricky, qu'il venait d'arriver de Californie en faisant du pouce pendant un mois et qu'il espérait trouver un boulot dans la région. Une vieille connaissance, présentement absente, lui permettait d'occuper quelque temps, jusqu'à ce qu'il trouve mieux, son vieil appartement situé dans un très mauvais coin de Dorchester. Ricky ressemblait à ces gens qui n'ont pas froid aux yeux et dont le caractère était forgé par de rudes épreuves. Il avait l'air d'un dur. C'était un dur. Tout le contraire de moi, pensait Michael.

— Dorchester, lui dit Michael, la vie n'est pas facile là-bas. Ma mère habite Milton non loin de là. Il m'arrive d'y aller en passant par Dorchester et croyez-moi, ce n'est pas un lieu que je vous recommande !

En effet, ce coin de Dorchester était reconnu comme étant le pire de la région bostonienne. Tout un contraste avec Milton où Michael avait grandi. Les souvenirs lui remontèrent à la tête. La grande et spacieuse maison de style victorien. La propreté et la tranquillité qui y régnaient toujours. Les jours heureux qu'il y avait vécu. Il y pensa avec nostalgie car il a toujours aimé s'y retrouver, surtout après les jours de classe. Ses études en administration lui demandaient beaucoup d'efforts, car il n'aimait pas vraiment ce champ d'étude. Aussi, quand il se retrouvait dans sa chambre loin de l'université et des sciences administratives, il s'y sentait bien et quelque peu soulagé. Il se laissait aller à ses pensées, s'imaginant être un artiste de renom avec une impressionnante collection d'œuvres d'art à son actif. Michael s'était toujours considéré chanceux de ne pas être obligé d'habiter le campus de l'université Harvard où il avait fait ses études. Il n'aimait pas l'atmosphère imprégnée de snobisme et de nombrilisme qui y régnait. Milton n'étant qu'à quelques minutes, au pire une trentaine, de Cambridge, il s'offrait toujours le luxe de rentrer chez lui après les heures pénibles de cours. Il y retrouvait son havre de paix. Et pourtant, ses études terminées, Michael dut se résigner à quitter cette demeure. Paradoxalement, malgré la paix qu'il y trouvait, il s'y sentait coincé comme un oiseau en cage qu'on voudrait empêcher de voler. Il dut quitter cette cage douillette et confortable pour jouir d'un peu plus de liberté. La voix de Ricky le fit sortir brusquement de sa rêverie.

— Dis donc, ça t'arrive souvent de te perdre de la sorte en pleine conversation ? dit Ricky d'un air offusqué.

— Oh pardon, s'excusa Michael.

— Alors qu'as-tu contre Dorchester, qu'est-ce qui rend la vie si difficile là-bas ? continua Ricky en regardant Michael d'un air étrange, comme lorsqu'on ne suit pas quelqu'un dans ce qu'il dit.

— Disons que là où tu t'en vas, la criminalité trouve sa demeure. C'est une espèce de ghetto. La violence et la drogue font partie du quotidien.

— Toute ma vie, j'ai fréquenté des lieux semblables, j'y serai à ma plus grande aise.

Ça, Michael en était sûr. Tout en Ricky en faisait état. Ses habits, sa façon de parler, de se tenir, et même son regard. Il serait bien à Dorchester. Sentant que la conversation tirait à sa fin et ne voulant pas perdre Ricky de vue, Michael lui laissa son numéro de portable et lui demanda de lui téléphoner si jamais les affaires n'étaient pas fameuses à Dorchester. Puis sans tarder, car il se savait en retard, il gagna Randolph. Il s'engagea dans Main street, tourna à droite sur South street après s'être engagé dans Union street et au bout de quelques mètres, il aperçut la maison de Jessica. Elle était beige avec un toit tout blanc. Lorsqu'il frappa à la porte, c'est une Jessica de mauvaise humeur qui lui ouvrit. Il s'y attendait.

CHAPITRE TROIS

Christina tourna la clé dans la serrure. Elle entra et trouva l'appartement sens dessus dessous. La première idée qui lui vint à l'esprit fut la visite d'un cambrioleur. Puis elle se rappela que sa sœur Myriam devait emménager aujourd'hui et qu'elle lui avait donné le double de ses clés. Myriam allait entreprendre des études de médecine à l'université de Boston. Habiter Somerville avec sa sœur était à son avantage. L'appartement n'était pas très loin du campus de l'université, et cela lui permettrait d'économiser pas mal d'argent, les études étant assez dispendieuses. C'est avec enthousiasme que Christina avait accepté que sa sœur vienne cohabiter avec elle, car elle se sentait très seule. Bon, ce n'est pas un petit ami, mais c'est tout de même mieux que sa solitude écrasante. Ça lui ferait au moins une personne à qui parler. C'est sûr, Myriam ne serait pas souvent à la maison à cause de ses travaux scolaires et de son travail à temps partiel au Burger King du coin qu'elle lui avait déniché, mais elle rentrerait forcément se coucher. Alors, elle pourrait l'attendre et bavarder un peu avec elle avant d'aller au lit. Ça lui ferait moins de mouton à compter.

Christina avait quitté le comté de Lewis, dans l'État de New York, pour le Massachusetts parce qu'elle s'ennuyait à mourir là-bas. Elle avait choisi la région de Boston parce qu'elle la savait très prospère et s'était dit qu'elle pourrait facilement y trouver un job plus payant et plus valorisant que celui de simple caissière d'épicerie, son ancien travail. Elle avait fait des études en bureautique et n'avait rien trouvé dans son comté. Raison de plus pour partir. Trouver un job à Boston ne lui avait pas été difficile. Elle commença d'abord par des petites jobines de secrétariat pour avoir des références, puis tenta sa chance à la Brown's Co. Elle y avait été d'abord admise au service du courrier, puis était finalement devenue la secrétaire personnelle de nul autre que Nancy Broconsfield-Brown, présidente de ce géant dans le domaine des jouets et de l'investissement. Et c'est à ce moment-là qu'elle l'avait rencontré, Michael, si poli, si doux avec tout le monde. Elle l'avait rencontré alors que la patronne, Nancy, la présentait à ses collaborateurs et collègues de travail. Il fut le dernier auquel elle l'introduisit. « Christina, voici mon fils Michael, bientôt il se joindra à nous. Son bureau sera juste à côté du mien. Il est probable qu'au début, vous soyez aussi sa secrétaire. »

— Enchanté, lui avait-il dit en lui tendant une main soignée accompagnée du plus beau sourire qu'il ne lui avait jamais été permis de contempler. Elle en était troublée et toute chavirée. Il lui avait fallu déployer beaucoup de maîtrise et de tact pour lui présenter une main ferme qui ne tremblât pas. Elle sut dès ce moment que c'en était fait de son cœur. Il était le prince à qui elle avait si souvent rêvé. L'homme tant attendu. Christina n'avait jamais rencontré un gars assez bien pour elle, n'avait jamais eu de petit copain. À l'adolescence, elle passait son temps à lire des romans à l'eau de rose et à rêvasser au jour où il lui arriverait une histoire digne d'un roman Harlequin.

Elle se rendit vite compte que dans son roman, elle était confinée au rôle de celles qui vivent un amour que l'on dirait à sens unique, sans réciprocité. Michael était toujours gentil et poli avec elle mais sans plus. Elle aurait juré qu'il savait qu'elle éprouvait quelque chose pour lui, non pas qu'elle se comportât comme une idiote en sa présence, mais elle rougissait toujours lorsqu'elle se trouvait en sa compagnie.

Peut-être, se disait-elle, n'était-elle pas assez belle. Et pourtant, on lui faisait souvent des compliments. C'était une grande blonde dotée de proportions harmonieuses qui ne manquait pas de faire tourner les têtes sur son passage. Elle avait des yeux bleu pâle qui passaient parfois au gris. Non, c'était sûrement parce qu'elle n'était pas assez riche, Michael devait certainement être à la recherche d'une fille de son milieu venant d'une famille aussi aisée que la sienne. Quelle idiote elle était, s'imaginer qu'il pourrait être porté à regarder quelqu'un d'aussi modeste qu'elle ! Mais il n'avait pas l'air hautain du tout. Il semblait traiter tout le monde avec égalité ; même Jacob qui balayait le plancher du vingt-deuxième étage, où se trouvaient leurs bureaux, avait droit à sa sympathie. Non, il n'était pas de ce genre-là. Elle n'était peut-être pas riche, mais elle avait une bonne éducation, venait d'une bonne famille et avait presque toujours côtoyé des gens bien. Son père était avocat et sa mère infirmière. Elle aurait pu faire de plus hautes études, mais avait préféré la bureautique car c'était ce qu'elle avait toujours voulu faire. Aussi vivait-elle assez bien. Financièrement indépendante, elle roulait en Honda Accord de l'année et ne manquait de rien, sauf d'un petit ami. Oh mon Dieu ! Michael avait peut-être une fiancée !

Aujourd'hui encore au téléphone, il avait été on ne peut plus neutre. « Oui mais tu l'appelais pour des raisons professionnelles, pas pour l'inviter quelque part. Alors sois optimiste et dis-toi que les choses viendront », c'est-à-dire que Michael lui déclarerait son amour au moment où elle s'y attendrait le moins. Christina décida de ranger tout ce qui traînait dans l'appartement en mettant le tout dans la petite pièce qui servirait de chambre à Myriam. Ensuite, elle s'affaira à préparer le souper pour deux.

CHAPITRE QUATRE

En sortant du bureau, Nancy décida de ne pas rentrer à sa maison de Milton mais plutôt d'aller à Marina Bay où elle possédait un appartement dans un luxueux condominium. D'habitude, elle n'y venait que lorsqu'elle disposait de trois à quatre jours de congés, ce qui était rare, pour se reposer et faire du bateau. Son yacht y était amarré à l'année. Elle n'y demeurerait que le temps d'une nuit. Histoire d'être plus près du centre-ville de Boston et de l'aéroport Logan. Elle devait être à Chicago vers huit heures le lendemain matin. Jack, son directeur administratif, lui avait demandé de rencontrer les membres du conseil d'administration de la filiale de la Brown's Corporation basée à Chicago qui s'occupait surtout du marché européen.

Pour rien au monde elle ne manquerait cette réunion car cette succursale battait de l'aile depuis le départ. Il était temps de faire en sorte qu'elle soit bien ancrée, une bonne fois pour toutes. Cette annexe aurait dû être basée en Europe, étant donné que c'était ce coin du monde qu'elle desservait, mais Nancy avait craint que le contrôle ne lui échappe. La concurrence en Europe était féroce, certes, mais jusqu'à maintenant, elle avait survécu. Aussi crut-elle qu'un peu plus d'acharnement pourrait lui avoir donné raison d'avoir voulu que les principaux bureaux de la Brown's Co soient tous basés aux États-Unis. Seules les usines de fabrication pouvaient être à l'extérieur du pays, les coûts de production étant trop élevés en Amérique du Nord.

Nancy était de ces personnes qui avaient choisi la ligne dure. Elle croyait qu'avec la ténacité, on pouvait tout obtenir. Sauf qu'elle ne se rendait pas compte que son ardeur frisait parfois le sadisme. Et pourtant, dès sa naissance, Nancy avait été projetée dans le luxe, son père étant déjà un homme d'affaires très prospère à l'époque. Elle n'avait jamais manqué de rien. Son obstination de la réussite était comparable à celle d'une personne ayant mené une vie de misère à qui une porte s'était ouverte et qui s'était jurée de réussir, quoi qu'il en coûte, afin de ne plus jamais avoir à revivre son passé.

Un peu avant six heures, Nancy fit monter son dîner qu'elle mangea tout en se préoccupant des points à souligner lors de la rencontre à venir. Elle se doucha et s'installa pour étudier les bilans précédents de toutes les filiales, dans le but de les comparer. Lorsqu'elle décida qu'il était temps de prendre une pause, l'horloge indiquait qu'il était déjà onze heures passées. Elle n'avait pas encore mis sur papier les points de discussion pour demain. C'était à faire avant d'aller se coucher.

Chapitre cinq

— Non... non... nooooooooooooon !

Par une nuit fraîche et étoilée, un cri de douleur et de peur remplit toutes les pièces d'un appartement à Marina Bay. James Lee, dans le logement d'à côté, sursauta à un point tel qu'il renversa son café noir sur sa table de travail, et le liquide coula instantanément sur la moquette ivoire. Il n'était pas encore couché, il devait rester éveillé une bonne partie de la nuit pour mettre la touche finale à son roman de science-fiction. Son éditeur l'attendait pour le lendemain matin. Les cris ne pouvaient provenir que de l'appartement de Nancy, étant donné qu'ils étaient les deux seuls occupants présents au dernier étage de l'aile gauche. Sa fenêtre, adjacente à celle de la chambre à coucher de Nancy, était grande ouverte. Il en déduisit que celle de sa voisine devait l'être aussi, sinon, comment aurait-il pu entendre ces cris, les appartements de la Marina étant plus que bien isolés. Il ne la connaissait pas beaucoup, mais savait que ce n'était pas son genre de se faire remarquer de la sorte. S'apprêtant à téléphoner à la police, il se ravisa quand soudain il n'entendit plus rien. N'entendant toujours rien au bout de quelques secondes, il conclut que sa voisine devait avoir fait un cauchemar et se convainquit qu'il ne pouvait pas en être autrement puisqu'il n'avait entendu personne d'autre entrer à l'étage. Il fit de son mieux pour nettoyer tout ce qu'il put des dégâts dus à son café puis retourna à sa besogne.

C'était un réveil brutal pour Nancy Broconsfield-Brown. Ce n'était pas la première fois que ça lui arrivait, et Nancy savait que ce ne serait pas la dernière. Ces réveils brusques au beau milieu de la nuit, parfois accompagnés de tremblements et de sueurs froides, faisaient partie de sa vie depuis des années. Elle se souvenait clairement de la première fois que ça lui est arrivé. Elle n'avait que seize ans. Lorsque son père avait accouru à son chevet, elle lui avait dit que ce n'était qu'un simple cauchemar. Vingt-huit ans plus tard, elle faisait toujours ce même cauchemar.

À l'époque, son père avait insisté pour qu'elle rencontre un psychologue. Ce qu'elle avait fait. Mais elle s'était vite débarrassée de lui en prétendant que ses rêves étaient liés au fait que sa mère était morte alors qu'elle la mettait au monde. Le psychologue avait expliqué à son père que ses cauchemars étaient dus à de la culpabilité et que cela passerait avec d'autres séances de thérapie. Elle avait convaincu son père de l'en dispenser en disant que ça lui enlevait du temps précieux et que de toute façon, comme il l'avait dit, ça lui passerait avec le temps. Son père avait insisté, disant qu'il ne comprenait pas que cette culpabilité se déclarât à seize ans et non avant, mais avait quand même fini par accepter.

Depuis cet incident dans sa vie, elle n'avait jamais cessé de se battre contre elle-même afin d'en effacer toute trace. Mais ce fut en vain. Cela finissait toujours par réapparaître, même après de longs moments de paix. Nancy craignait de devoir amener ses affres dans la tombe.

Lorsque cette idée traversa son esprit, tout son corps en frémit. Lentement, elle se leva et s'assit dans le lit en prenant soin de garder les couvertures sur ses jambes. Cela ne prendrait-il jamais fin?, pensa-t-elle. Elle s'était mariée à un homme honorable, qui malheureusement périt dans un accident de voiture juste après leur nuit de noces. Elle avait cru que c'était un signe du destin pour la punir de sa faute ignoble, mais le fait qu'elle tomba enceinte lui enleva ce soupçon, puisque c'était pour elle une bénédiction du ciel qui lui permettait d'enfanter pour donner une descendance à son père et en même temps un héritier. Michael était la fierté de Nancy et il était destiné à un avenir des plus brillants. Son père la félicitait souvent d'avoir réussi son petit-fils. Alors, pourquoi tant d'acharnement du destin sur elle pour une bévue commise il y avait si longtemps?

Elle porta la main à son visage et ne fut pas surprise d'y rencontrer une larme, qu'elle essuya instinctivement. Une autre s'écoula puis une autre et encore une autre. Rien à faire, ce serait le flot habituel comme chaque fois que ces satanées images prenaient son esprit d'assaut. Ses larmes s'arrêteraient une fois ses glandes lacrymales épuisées. Ces larmes lui rappelaient à quel point son manque de personnalité l'avait contrainte à faire des choses invraisemblables, voire terribles et inimaginables.

Ses souvenirs lui revinrent à l'esprit. Nancy avait toujours cru que son père lui en voulait d'avoir causé le décès de sa mère et la culpabilité qui en résultait avait été catastrophique sur sa vie. Elle était prête à tout pour lui plaire. Ce sentiment s'ancra davantage en elle lorsqu'un jour, elle surprit son père en pleurs alors qu'il regardait une photo de sa mère. Lorsqu'il avait remarqué sa présence, il n'avait pas essayé de cacher ses larmes. Il lui avait simplement dit à quel point elle lui manquait et qu'à l'époque, il aurait tout sacrifié si seulement cette option s'était offerte à lui pour la maintenir en vie, «même moi» avait-elle pensé. Ensuite, il s'était excusé de s'être laissé aller et l'avait prise dans ses bras en la serrant très fort, et lui avait promis de tout faire pour surmonter son chagrin pour elle et sa mère car c'était ce qu'elle aurait souhaité. Mais ce jour-là, c'est un coup de poignard que reçut Nancy dans son petit cœur de six ans. Ainsi, si elle n'était pas venue au monde, sa mère serait encore là avec son papa et celui-ci aurait préféré choisir la vie de sa femme plutôt que celle de sa fille. Tout était de sa faute, c'était à cause d'elle qu'il avait tant de chagrin. C'était à cause de sa naissance qu'il était si malheureux. Elle se jura dans son orgueil de petite fille de faire tout ce qui serait en son pouvoir pour ne pas lui causer d'autre peine. Peut-être ne lui en voudrait-il plus un jour. C'est comme ça qu'elle s'était donné pour mission de racheter sa dette envers la vie de sa mère, en ne contrariant jamais l'homme qu'elle avait aimé. Quel lourd fardeau pour une fillette! Elle le porterait des années durant. C'est avec cette idée que Nancy grandit. Toutes ses décisions étaient prises dans le but de satisfaire son père.

Nancy n'avait jamais vécu comme elle le souhaitait. À l'adolescence, pendant que les jeunes de son âge s'adonnaient à la musique des Hendrix, Zeppelin, Pink Floyd et autres, elle s'affairait à écouter du classique. Cela la valorisait aux yeux de son père. Les jeunes fumaient des joints de haschich ou de mari, partaient en campagne pour vivre en communauté, formaient des sociétés à part qui se voulaient en marge du système, loin du conformiste et de l'*establishment*. Nancy, elle, passait son temps libre dans les bibliothèques à fouiller dans les livres de littérature, cherchant de quoi parler avec les invités que recevrait son père pour pouvoir être à la hauteur des qualificatifs élogieux que celui-ci utilisait en parlant d'elle. Alors que la jeunesse portait des trucs psychédéliques, optait pour le look hippie et la coiffure afro, Nancy ne ressemblait à rien de tout cela. Son père avait horreur de toute cette nouvelle mode et il ne manquait jamais l'occasion de le rappeler à sa fille. C'est avec regret et amertume qu'elle constata à quel point elle avait laissé filer ce qui aurait dû être les plus belles années de sa vie. Elle ne pourrait plus jamais les vivre. La pression qu'exerçait son père sur elle était dure ! Elle ne saurait dire si tous ses sacrifices pour plaire à son père étaient nécessaires pour mériter son amour. Peut-être l'aurait-il quand même aimée sans qu'elle n'ait été obligée de se donner toute cette peine. Son père ne lui avait jamais dit qu'elle devait faire les choses à sa manière, alors pourquoi avait-elle choisi cette voie ? Peut-être le lui disait-il de façon indirecte. Oui ! C'était bien ça. Toutes ces félicitations quand les choses étaient comme il le voulait et rien quand c'était le contraire, pas même des réprimandes, juste un regard froid qu'elle interprétait dans sa petite tête d'enfant comme du mécontentement et qui voulait dire qu'il n'était pas fier d'elle, et donc ne l'aimait pas. « Pourquoi papa, pourquoi ? » répétait-t-elle d'une voix insistante à peine audible qui devint forte et remplit toute la pièce. Elle n'eut pour seule réponse qu'un silence de mort, puisque son père n'était plus de ce monde. Jamais elle ne saurait !

Hoquets, tremblements, sensation d'étouffement, Nancy était au bout de ses forces. Et puis tout se mit à tourner autour d'elle : le lit, la commode, les petites tables, les lampes, le réveille-matin, la chambre et tout ce qui s'y trouvait. Elle ne se sentait plus maîtresse d'elle-même, le contrôle de son corps lui échappait et soudainement, ce fut le néant.

Petit à petit, son esprit lui revient. Nancy comprit qu'elle s'était évanouie. Ça non plus, ce n'était pas la première fois que ça lui arrivait. Instinctivement, elle se leva, se dirigea vers la commode et le grand miroir ovale qui y est attaché lui renvoya son image. Elle se fixa dans la glace. Mais qui donc était cette femme brisée, frêle, aux cheveux en bataille, aux yeux rouges et humides ? Non, ce n'était pas Nancy Broconsfield-Brown. Ce n'était pas cette femme forte au caractère ferme reconnue pour son sixième sens en affaires qui faisait l'envie de bien des bourgeois de Boston. La présidente de la Brown's Corporation dont le chiffre d'affaires se comptait en milliards. Elle avait pitié d'elle. Forte en apparence, mais faible à l'intérieur, c'est comme ça que Nancy s'était toujours vue. Dire que bien des personnes l'enviaient! Ferme devant les gens, affaiblie lorsqu'elle se trouvait seule. Voilà comment elle était! Elle sentit un flot de larmes monter, puis couler sur ses joues. Impuissante, elle ne put que se laisser aller à nouveau.

Nancy jeta un coup d'œil du côté du réveille-matin : 3 h 47.

C'est à peu près vers une heure pareille que Nancy avait commis ce pourquoi le destin la poursuivait avec tant d'ardeur, voilà plus de vingt ans. Non, ça ne pouvait plus continuer ainsi. Il fallait absolument se soigner, voire se soulager, et ça elle le savait bien, car de plus en plus, la force lui manquait. Ce n'était pas seulement l'oppression de son père sur sa vie qui la rongeait, Nancy gardait aussi un terrible secret au fond d'elle-même contre lequel elle luttait depuis des années. Nul ne connaissait ce terrible mal qui la tracassait sans répit. Cette terrible honte qui la hantait, cette obscénité dont elle avait été victime et ce geste affreux qu'elle avait eu ensuite pour tenter de le cacher à tous, surtout à son père. Il ne devait pas savoir, il ne devait *jamais* savoir, car elle le décevrait au plus haut point. Du moins, c'est ce qu'elle croyait. C'est pour cela qu'elle avait agi ainsi à l'époque.

Chapitre six

Huit heures du matin. Aéroport O'Hare de Chicago. « Ça alors, pourquoi y a-t-il autant de monde ? » Jack avait du mal à se frayer un chemin dans la foule. En effet, l'aéroport était déjà bondé de voyageurs. Il avait l'impression de devoir s'arrêter presque tous les trois pas, soit pour ne pas bousculer quelqu'un soit pour éviter de lui-même se faire accrocher. Haut comme trois pommes, Jack faisait à peine cinq pieds trois pouces, cheveux poivre et sel méticuleusement coiffés en arrière avec des yeux bleu clair qui lui donnaient l'air de quelqu'un de toujours averti ; il était plutôt beau dans son complet noir. N'eût été sa petite taille, il aurait été fort séduisant, pensa la femme qu'il venait juste de frôler. « Oh, pardon ! » s'empressa-t-il de dire.

— Ce n'est rien, répliqua-t-elle à son tour.

— Vous avez l'air perdu, je peux vous aider ?

— Non merci, tout va pour le mieux ! » mentit-il. Jack voyait bien que cette femme ne cherchait qu'une façon comme une autre de l'aborder. « Je viens chercher quelqu'un et je ne veux pas la faire attendre. » Puis il tourna les talons et s'en alla du côté opposé.

Préoccupé, certes, il l'était. Et comment! Ça lui avait pris toute une stratégie pour parvenir à convaincre Nancy de venir à Chicago. Tout semblait indiquer qu'elle n'y était pas.

Jack s'était renseigné au comptoir d'American Airlines, tous les passagers du vol 128 dans lequel Nancy devait se trouver étaient descendus de l'avion depuis environ trois quarts d'heure. « Comment a-t-elle pu manquer à un tel engagement... » pensa Jack. La Nancy qu'il connaissait ne se serait jamais permis une telle largesse pour des motifs futiles.

C'est que les affaires ne marchaient pas fort à Chicago et Jack croyait qu'une rencontre avec Nancy B-Brown en personne pousserait ces paresseux de cadres à se forcer un peu plus. Nancy était réputée pour être dure avec ses employés. Aussi pensait-il qu'elle seule pourrait leur passer un savon qui désincrusterait la tache pour faire place à des chiffres d'affaires à la hausse. Le bilan financier du deuxième trimestre approchait et ça ne laissait envisager rien de bon. Il savait aussi que tout cela lui tomberait sur le dos s'il ne faisait rien pour améliorer ces maudits chiffres.

Il était maintenant près de neuf heures et toujours pas de trace de Nancy dans l'aéroport. Elle ne pouvait pas se rendre directement au bureau puisqu'ils avaient convenu que c'était lui qui viendrait la chercher. Jack sortit alors son portable pour lui téléphoner, s'étonnant qu'elle ne l'ait pas fait avant lui pour le prévenir de ce retard. C'est à sa boîte vocale qu'il eut affaire. « Bon sang, Nancy, qu'est-ce qui se passe? Où es-tu, la réunion est prévue pour dix heures et je n'ai toujours pas signe de toi. Rappelle-moi pour m'expliquer. » Il était au bord de la colère; ce qui le retenait, c'est qu'il ne comprenait pas un tel comportement de sa patronne. Il la connaissait assez bien pour savoir qu'elle n'était pas en train de faire la grasse matinée avec un amant dans son lit. Il téléphona à sa secrétaire pour lui demander d'annuler la rencontre. Ce serait pour une autre fois.

Jack rentra directement chez lui. Du hall d'entrée, il voyait la petite lumière rouge de son répondeur clignoter. Cela voulait dire qu'il avait des messages. En espérant qu'un d'eux serait de Nancy, il se précipita vers le téléphone pour les écouter. Il s'assit avec hâte dans le fauteuil en cuir noir et démarra le magnéto. Au début, ce fut surtout des appels sans importance, le nettoyeur pour lui dire que son habit était prêt, le paysagiste pour confirmer qu'il passerait le lendemain et plusieurs autres du même acabit. Il prit quand même le temps de les écouter tous, de peur de sauter le message qu'il attendait s'il appuyait sur la touche « accéléré ». Le dernier était bien celui qu'il avait souhaité entendre. Il se cala au fond du fauteuil et écouta d'une oreille attentive. « Bonjour Jack, c'est Nancy… »

Jack n'en croyait pas ses oreilles. Il réécouta le message à plusieurs reprises pour être sûr qu'il avait bien compris. Nancy Broconsfield-Brown se retirait des affaires pour une période indéterminée. Il n'arrivait tout simplement pas à le croire. Elle, insatiable quand cela concernait la compagnie. Nancy qui voulait toujours plus de ses cadres, qui montrait une telle assiduité à diriger la Brown's Co. Il est vrai qu'elle en mettait un peu trop sur ses épaules, mais elle relevait les défis d'une main de maître. Qu'est-ce qui lui prenait tout d'un coup de tout laisser tomber ?

Au fil des ans, Jack s'était habitué à travailler au rythme de Nancy, si bien que c'était elle qui lui avait permis de monter les échelons aussi vite. Il avait beaucoup d'admiration pour elle. Il aimait les femmes de son genre, combatives et fonceuses. Il en était même secrètement amoureux, mais Nancy semblait fixer un peu trop haut ses attentes. Ce qui l'avait toujours découragé de lui déclarer ses sentiments.

Les raisons du désistement de Nancy et de sa volonté de prendre du répit devait assurément être importantes. À sa connaissance, rien ne laissait présager qu'elle pourrait avoir des ennuis, pas même de santé. Il la connaissait assez bien pour se permettre de telles pensées. Charles Broconsfield devait s'être retourné dans sa tombe !

CHAPITRE SEPT

— Quoi, maman, tu veux que je te remplace à la présidence de la Brown's Co ?

Michael était tout estomaqué par ce que sa mère venait de lui jeter à la figure. Elle l'avait invité à dîner dans un restaurant chic du centre-ville. Sa voix au téléphone lui avait semblée un peu bizarre, mais il ne pouvait soupçonner qu'elle allait lui demander une chose aussi incroyable.

— Maman, je sors à peine de l'université, je n'ai aucune expérience, dit-il, désespéré.

— Écoute, Michael, moi je n'avais même pas fini mes études quand j'ai commencé. Je n'étais pas plus préparée que toi et c'est ce qui m'a poussée à donner mon maximum. Regarde le résultat et tout ce que j'ai pu accomplir. Depuis la mort de ton grand-père, nos chiffres d'affaires n'ont pas cessé d'augmenter et je crois que tu peux en faire autant que moi, sinon plus.

Ça y est, pensa Michael, encore des illusions sur mes capacités. Toute sa vie, sa mère l'avait toujours cru capable de tout. Comme s'il ne pouvait pas faire de faux pas. Il avait toujours porté ce poids sur ses épaules. C'est la raison pour laquelle il s'était empressé de quitter la maison de Milton, pour fuir loin de ses attentes envers lui. Pour s'éloigner d'elle et pour être lui-même. C'est tout ce qu'il désirait. Elle semblait tellement persuadée qu'il ferait l'affaire qu'il sentit qu'il était encore une fois sur le point de lui céder, comme cela avait été le cas lorsqu'il s'était laissé convaincre d'entamer ces maudites études d'administration.

— D'accord maman, mais ne t'étonne pas si la Brown's Corporation se place sous les lois de la faillite en moins d'un mois, s'efforça-t-il de plaisanter.

Le sourire qui se dessina sur le visage de sa mère lui fit comprendre qu'il avait été une fois de plus à la hauteur de ses attentes. Mais celui-ci n'était pas aussi rayonnant de fierté que les autres, il cachait un sous-entendu. Ce qu'elle pouvait être mystérieuse parfois!

Ils continuèrent à dîner en discutant des dispositions à prendre. Sa mère lui fit beaucoup de recommandations et de mises en garde en ce qui concernait le monde des affaires, et comme toujours les discours de sa mère l'épataient. Elle semblait si bien dans ce domaine, pourquoi diable voulait-elle s'en absenter, ne serait-ce que quelque temps? Non, il ne pensait pas qu'elle serait capable de s'en éloigner longtemps, d'ailleurs, il était sûr qu'elle avait inventé cette histoire juste pour son baptême dans le monde des affaires.

En terminant, sa mère lui suggéra de faire appel à John pour les choses qu'il ignorerait. Ce qui l'estomaqua. Ainsi, elle n'avait pas l'intention de le talonner. Son initiation n'avait rien à voir avec sa décision, du moins c'est ce qu'il en déduisit. Il ne put s'empêcher de lui demander la raison de cette injonction.

— Mais maman, pourquoi je ne pourrais pas te le demander à toi? John est vieux, je ne veux pas avoir à l'importuner.

— Michael, je traverse une période difficile et j'ai besoin de me retrouver avec moi-même.» Michael ne semblait pas convaincu. «Pour pouvoir revenir plus forte», dut-elle ajouter.

Une drôle de lueur passa dans les yeux de sa mère, on aurait dit qu'elle allait pleurer. Elle devait vraiment vivre un dur moment. Jamais il ne l'a vue faiblir jusqu'à cet instant. Il regretta de l'avoir poussée jusque-là, jusqu'à lui faire trahir son invulnérabilité suprême. Sa mère était donc humaine. Et pourtant, il l'avait toujours crue infaillible.

— Pardon maman, s'excusa-t-il. Il fixa son verre pour ne pas avoir à regarder ses yeux qui témoignaient d'un flagrant bouleversement chez elle. Mais promets-moi au moins de m'appeler de temps en temps pour voir où j'en suis.

— C'est promis.

Nancy n'avait expliqué à personne les vraies raisons de son congé sabbatique. Pas même à Déborah Gray, son amie d'enfance. Elle s'était toujours défiée d'en parler à quiconque. Quoique Déborah et elles fussent jadis assez proches. Elle avait préféré garder tout ça pour elle, certaine que tous, même son amie, la jugeraient mal. Et puis de toute façon, Déborah était très loin en ce moment, elle ne pourrait rien pour elle. D'autant plus que tout ce qui restait de leur amitié, c'était les brèves conversations téléphoniques qu'elles se faisaient au moment des fêtes, soit pour se souhaiter une bonne année, soit pour prendre des nouvelles futiles sur l'une et l'autre. Leur relation avait commencé à s'effriter le jour où son amie avait rencontré ce bel Australien aventureux à l'université d'Harvard où elles venaient d'être admises toutes les deux, elle en finance et Déborah en droit. D'abord, elles se côtoyèrent de moins en moins, puis presque plus, et un beau jour Déborah plaqua tout pour suivre son homme en Australie. Ils se marièrent et eurent trois magnifiques filles qui faisaient depuis leur bonheur. Nancy avait trouvé que son amie avait du cran et l'admirait secrètement. Lorsque son père lui avait demandé ce qu'elle pensait de la conduite de son amie, elle n'avait pu s'empêcher de qualifier l'attitude de son amie d'idiotie totale. Tout laisser tomber pour suivre un parfait inconnu qui disait être le riche héritier de plusieurs milliers d'hectares de terre dans la brousse australienne, bah! Ce type aurait très bien pu avoir menti pour duper son cœur. Mais au fond d'elle-même, elle n'avait que des éloges pour le courage de son amie. Quelle audace! Ce qui lui donna un pincement au cœur. Elle, c'était son père qui lui avait conseillé d'épouser Denovan et comme toujours, pour lui faire plaisir, elle avait accepté. Ils s'étaient mariés en grande pompe au beau milieu de leurs études, lui en terminale et elle avec encore une année et demie, afin de permettre à leurs parents d'unir plus rapidement leurs actifs et ainsi former la grande multinationale qu'est la Broconsfield-Brown's Corporation qui deviendrait plus tard la Brown's Co. Leur union offrait aux parents l'assurance qu'aucune des parties ne chercherait à engloutir l'autre comme cela avait été le cas dans le temps où les deux compagnies se vouaient une féroce rivalité, d'où l'absurdité de leur mariage empressé. Malheureusement, trois jours après leur nuit de noces, Denovan mourut dans un accident bête. Voulant montrer à Nancy à quel point la boîte de vitesse de sa nouvelle Porshe était performante, il avait accéléré jusqu'à en perdre le contrôle et avait fini sa course dans l'arbre centenaire qui ornait l'allée asphaltée de la villa où ils séjournaient en lune de miel.

Très vite, les médias avaient qualifié de complot la mort de Denovan, étant donné que l'une des clauses de leur contrat de mariage stipulait qu'en cas de décès de l'un des époux, l'autre héritait automatiquement de tous les biens du défunt. Elle avait été très bouleversée qu'on les traînât ainsi dans la boue pour quelque chose de purement accidentel. Son père et elle furent pointés du doigt jusqu'à ce que le rapport final de l'enquête sur le décès de son mari les eût innocentés de tout soupçon de complot. La Broconsfield-Brown's Co en avait bavé un peu, mais son père, en exceptionnel homme d'affaires qu'il était, avait pu tout remettre sur les rails et retrouver le chemin de la prospérité.

La mère de Denovan, la charmante Mary-Ann Brown, déjà éprouvée par le décès de son mari, mort deux ans auparavant d'un cancer de la prostate, devint hystérique à la mort de son fils unique et mourut d'une crise cardiaque l'année suivante.

Non, jamais Nancy n'avait souhaité la mort de son mari.

Ce n'était pas l'argent qui motivait son désir d'aller toujours plus haut, mais l'estime de son père pour elle. Comment pourrait-elle souhaiter la mort de quelqu'un, elle qui avait déjà tué sa propre mère... Paradoxalement, pour ne pas se dévaloriser aux yeux de son père, elle avait déjà failli tuer un être innocent, mais elle s'était ravisée et avait opté pour un choix non moins infâme. Et c'est cette exécrable décision qui la hantait depuis plus de vingt-cinq ans.

CHAPITRE HUIT

À cette époque-là, elle n'avait que quinze ans...

Par un matin ensoleillé, elle était sortie prendre l'air sans avoir de destination précise. Elle avait marché jusqu'à Randolph. Elle s'y était attardée, dans le petit centre commercial sur Main street. La vitrine du Christie's Collections attira son attention. Quelques secondes plus tard, elle se retrouva le nez collé dessus en train d'admirer une jolie petite robe courte brodée de fleurs blanches. Elle resta longuement à la contempler, hésitant entre l'acheter ou pas, car ce que pourrait en penser son père l'inquiétait un peu. C'est alors qu'elle sentit une présence derrière elle. Elle se retourna et se retrouva face à face avec le plus beau jeune homme qu'elle ait jamais vu. Il était grand avec un visage carré, un large sourire et des dents parfaitement blanches éclairaient son visage. Elle devina sa musculature en dessous de son T-shirt serré blanc, « des pectoraux parfaits » pensa-t-elle. Sa coiffure afro lui allait à merveille. Il avait un teint café au lait, mais avec plus de lait que de café. Il devait avoir deux ou trois ans de plus qu'elle. Troublée pas son regard vif, elle baissa les yeux, mais les releva presque aussitôt par curiosité et s'empressa de ne pas se montrer intimidée. Elle s'arma d'un ton odieux bien qu'elle sentît ses jambes se dérober sous elle pour lui demander brusquement :

— Tu veux ma photo ?

— Ça m'ferait plaisir ma jolie.

Son sourire devint moqueur.

— Je ne suis pas ta jolie, répliqua-t-elle avec arrogance.

— J'tais juste en train de penser que tu s'rais irrésistible dans cette robe.

— Les obsédés de ton genre, on devrait les enfermer !

— Pauvre idiote, impossible d'leur faire un compliment sans qu'elles s'imaginent qu'on veut les sauter. Va au diable !

Il lui tourna le dos et s'apprêtait à s'en aller quand elle l'interpella.

— Hé !

Il se retourna.

— C'est vrai que tu penses ce que tu as dit ?

Il l'a regarda bizarrement, l'air de ne pas comprendre où elle voulait en venir.

— … je veux dire pour la robe, ajouta-t-elle timidement.

— Ouais, j'le pense, si tu l'achètes, ça s'ra super sur toi.

Son sourire lui revint. Il croisa les bras puis se mit à la regarder de la tête aux pieds. Elle se sentit rougir jusqu'aux oreilles. Qu'est-ce qu'il était mignon !

— Tu viens faire un tour ? J'ai ma bagnole !

Elle aurait accepté s'il n'y avait pas le regard hautain et méprisant de cette dame pâle comme un drap, entre deux âges, qui pesait sur eux.

— Non merci, je dois rentrer tout de suite, mentit-elle. Une autre fois peut-être.

Mais elle savait qu'il n'y aurait pas d'autre fois. Comment pourrait-elle expliquer à son père qu'elle était allée faire un tour avec un garçon de couleur qui était loin d'appartenir à un milieu aussi huppé que le leur ? Non, l'occasion ne se représenterait plus jamais. Elle s'arrangerait pour ne plus le croiser sur son chemin. Plus question de venir traîner dans le coin. C'est avec regret qu'elle s'apprêtait à prendre congé de lui.

— Bon ben tant pis, dit-il en haussant les épaules.

Elle lui tourna le dos et marcha droit devant elle comme un automate. Elle savait qu'il était toujours en train de la regarder. Alors, elle se mit à courir afin de s'en éloigner le plus vite possible, car sans cela, elle serait tentée de se retourner et d'accepter sa proposition. Dans sa hâte, elle trébucha et en tombant, elle se foula une cheville. Il accourut auprès d'elle.

— J'crois que tu ne pourras pas rentrer chez toi à pied. J'te ramène ?

Elle acquiesça en espérant qu'à cette heure, son père serait déjà parti faire du yacht à Marina Bay comme il le faisait d'habitude le samedi. La veille, elle s'était excusée de ne pas pouvoir l'accompagner pour prendre de l'avance dans ses devoirs.

Le garçon l'avait portée jusqu'à sa voiture, une vieille Datsun 66 marron rongée de rouille sur tout ce qui restait de métal. Elle s'inquiéta aussi de ce qu'en penserait Mme Smith, leur plus proche voisine, en la voyant arriver avec lui. Elle avait la langue longue et ne manquerait pas d'en profiter pour faire du commérage. Très vite, elle pensa à un scénario infaillible pour se justifier, car elle savait que son père ne se contenterait pas d'une cheville foulée comme simple explication. Il lui aurait sûrement demandé pourquoi elle n'avait pas appelé un taxi ou posé une autre question de ce genre. Si elle lui mentait sur le lieu où elle se trouvait et lui disait que ce garçon était le seul à passer par là alors que sa cheville était foulée, il ne trouverait rien à lui reprocher, à part le fait qu'elle se soit embarquée avec un parfait inconnu au risque de sa vie. Mais au moins, il ne pourrait pas la sermonner longtemps étant donné les circonstances.

Ils s'étaient échangés leurs noms durant le trajet, avaient discuté de tout et de rien. Ainsi, elle apprit que Derek avait dû abandonner ses études pour travailler à la pizzeria Joe's non loin du centre commercial pour aider sa grand-mère à élever ses deux autres petites sœurs. Sa mère était en prison pour vol et purgeait une peine de deux ans moins un jour. Quant à son père, il ne savait pas où il se trouvait à ce moment-là, il apparaissait quand bon lui semblait et disparaissait de même. Nancy, elle, se garda de lui parler en détail de sa vie de luxe comparée à la sienne et s'était contentée de dire que son père était un simple homme d'affaires, et que sa mère était décédée dans un accident de voiture quand elle était enfant.

Lorsqu'ils arrivèrent enfin devant la maison, Derek comprit que la fille était beaucoup plus riche qu'elle ne le disait. Jamais il n'avait contemplé une si grande et somptueuse demeure d'aussi près. Il y avait des fleurs et des arbustes à vous couper le souffle. L'allée qui serpentait jusqu'à la bâtisse était parsemée de petite roche qui se révéla plutôt douce sous ses pneus et bordée de fleurs de toutes sortes, il ne saurait dire lesquelles. Une petite barrière de bois délimitait le chemin. La façade de la maison était impressionnante avec ses deux colonnes gothiques blanches qui encadraient l'escalier conduisant au large perron. Nancy voyait bien que son compagnon de fortune ne s'attendait pas à tomber sur une telle vision, vu l'expression de son visage, bouche largement ouverte et yeux écarquillés jusqu'à sortir de leurs orbites, et front tout plissé.

— Pourquoi ne pas m'avoir dit que t'étais riche comme Crésus ? Par pitié pour ma vie misérable ?

— Arrête un peu avec tes reproches.

Dieu soit loué, toute la famille Smith était absente et la voiture de son père n'était plus devant la maison, il était donc parti. Ainsi, personne ne l'avait vue arriver dans cette affreuse bagnole avec Derek.

— Aide-moi à descendre, s'il te plaît.

Il s'exécuta et la transporta jusqu'au perron.

— Ça va aller ? lui demanda-t-il sans la regarder, occupé à savourer les environs des yeux.

Derek lui apparut encore plus beau et ses lèvres pulpeuses attirèrent subitement son attention. Elle n'avait jamais embrassé un garçon. Son amie Déborah, elle, en était rendue à son troisième petit ami et ne comptait plus les fois où elle avait embrassé. Elle avait même déjà eu des rapports sexuels. Lorsqu'elle lui en parlait, Nancy faisait semblant de ne pas s'intéresser à la chose, mais en réalité, elle était fort intriguée par les sensations que son amie disait ressentir. Elle s'était promise de ne pas avoir de petit copain avant ses dix-huit ans pour ne pas inquiéter son père. À la belle vue de Derek debout juste à côté, elle luttait désespérément contre elle-même, poussée par la curiosité plus que par l'envie d'essayer certaines choses. Elle était tentée d'enfreindre ses principes, pour une fois, pour connaître ces sensations au lieu de languir après les chiches détails de Déborah. Le pire était de faire semblant de ne pas être intéressée, alors qu'elle était avide de chaque mot qui sortait de la bouche de son amie. Après chaque épisode, le soir venant avant de se coucher, elle rêvassait sur tous les scénarios des confidences de Déborah. Seulement, maintenant c'est à elle que ça arrivait, c'était elle le personnage principal. Ce qu'elle l'avait enviée, cette fille ! Libre, jeune et surtout sans fardeau, alors qu'elle même vivait avec un boulet attaché au pied. Mal dégourdie et sans aucune connaissance ni expérience en la matière. Elle avait tellement envie de satisfaire sa curiosité !

— Hé ! Nancy, sors de la lune !=

Il la regardait maintenant droit dans les yeux. Il était sorti de sa torpeur.

— Dis, tu veux rester un peu ? hasarda Nancy avec un peu d'hésitation dans la voix.

— T'es sérieuse ? lui répondit-il en fonçant les sourcils, ne croyant pas ce qu'il venait d'entendre.

— Sais-tu combien de marches il y a à monter dans cette maison avant d'atteindre ma chambre pour me reposer le pied ? Je n'y arriverai pas toute seule. Reste un peu pour m'aider.

Comme il ne semblait pas persuadé, elle ajouta un « s'il vous plaît » d'une voix suppliante. Il finit par craquer !

Juste avant d'entrer, elle le pria de déplacer sa voiture pour la garer dans un endroit moins apparent. Ils entrèrent à l'intérieur, lui la soutenant, lui permettant de s'appuyer sur son épaule gauche.

Ce fut plus fort que lui, il ne put s'empêcher de lâcher un cri d'admiration. L'intérieur paraissait encore plus grand que ne le laissait deviner l'extérieur de la bâtisse. Un grand escalier de marbre, visible de la porte d'entrée, était planté au beau milieu du salon et donnait accès aux chambres à l'étage. Il fit un tour sur lui-même pour contempler tout ce qui se trouvait dans la vaste pièce. La maison était impeccable. Il demanda bêtement où étaient les domestiques, ce à quoi elle répondit qu'il n'y en avait pas vraiment car son père détesterait les avoir dans les jambes. Il avait opté pour une femme de ménage qui passait tous les matins sauf le week-end, d'une cuisinière occasionnelle à raison de quatre jours sur sept, car le plus souvent, il mangeait à l'extérieur pour des dîners d'affaires, et faisait appel à un traiteur pour elle les jours où Maria était absente. Ils faisaient eux-mêmes leur petit-déjeuner. Les gros travaux de jardinage étaient confiés à un paysagiste alors que son père faisait les plus petits pour se détendre. Souvent, les fins de semaines, ils étaient invités à des brunchs ou allaient à Marina Bay, ou encore étaient en visite dans la famille. Devant l'enthousiasme de Derek, elle ne put faire autrement que de lui faire visiter la maison dans son entier, malgré sa cheville qui la faisait boiter.

Elle l'invita à passer à la cuisine où ils burent un cocktail aux fruits. Elle en profita pour mettre un sac de glace sur son pied. La douleur sembla s'atténuer.

Brusquement, Derek se leva et lui dit qu'il devait partir. Ou bien cet imbécile n'avait pas compris qu'elle était disposée à lui offrir plus qu'un verre de jus, ou bien elle ne savait pas s'y prendre avec un garçon. Ce qu'elle voulait, c'était l'amener à l'embrasser et peut-être à aller plus loin… pourquoi pas. Une fois n'est pas coutume ! Apparemment, elle était loin de son but. Il fallait tenter quelque chose et vite, sinon, la chance de satisfaire sa curiosité pourrait lui échapper.

— Tu me portes à ma chambre ? Faire le tour de la maison m'a épuisée. Je crains ne pas pouvoir remonter ces marches.

— D'accord !

Il la souleva sans trop d'effort, elle en profita pour admirer ses biceps de près. Il monta l'escalier et la déposa sur le grand lit de sa chambre. Voyant qu'il s'apprêtait à lui faire ses adieux, elle feignit une douleur aiguë. L'air inquiet, il lui avait demandé s'il ne serait pas préférable de l'amener à l'hôpital. «Non, pauvre idiot, assieds-toi sur mon lit et réconforte-moi, tu peux même t'y coucher si tu veux », pensa-t-elle. Elle avait vraiment du mal à lui faire comprendre où elle voulait en venir. Ce qu'elle savait des relations de Déborah avec les garçons ne lui fut d'aucune aide.

«Fais-lui la conversation pour l'empêcher de partir », se dit-elle. Mais le problème, c'est qu'ils s'étaient presque tout dit dans la voiture. Elle ne trouva en l'occurrence aucune question à lui poser. Pourquoi ne pas lui parler en détail de sa vie à elle ? Non, c'est une mauvaise idée, convaincue qu'elle n'avait rien de bon à lui raconter.

— Heu… tu… ça fait longtemps que tu habites Randolph ?

— Oui.

Vite, elle devait trouver autre chose à dire pour alimenter la conversation. Quelle remarque lui faire ?

— Heu... Comment se fait-il que tes cheveux semblent moins crépus et... tu as de drôles d'yeux pour un Noir !

Tiens mais c'était vrai, elle n'y avait pas porté attention. En effet, les yeux de Derek étaient verts.

Bingo ! Derek s'assit au bord du lit, juste au niveau de sa poitrine. Leurs têtes étaient presque au même niveau, celle de Derek la dépassant d'un pouce, car elle reposait sur plusieurs oreillers qui la maintenaient presque en position assise.

— T'es pas la première à me poser cette question.

Il arborait un sourire ravageur.

— Alors, il y a une explication ?

Elle s'était efforcée de prendre une voix doucereuse afin de maintenir la touche de sensualité induite par Derek et pour ne pas perdre ce regard dont elle était la cible.

— D'abord, dis-moi pourquoi tu t'étonnes qu'un Noir ait les yeux verts ?

Il semblait prendre plaisir à la conversation.

— C'est que je n'en ai jamais vu avec des yeux comme les tiens, répondit-elle tout en soutenant son regard qui s'adoucissait à mesure que ses lèvres s'écartaient pour laisser paraître sa belle dentition, le tout se transformant en un sourire charmeur à faire craquer même de prudes bonnes sœurs.

— Tu ne dois pas avoir rencontré beaucoup de Noirs.

Il approcha sa tête de la tienne sans la quitter des yeux. Il était si proche qu'elle pouvait sentir dans son haleine l'odeur du jus de fruit qu'il avait bu plus tôt. Un frisson agréable, une sensation jamais ressentie parcourut tout son corps. Elle ne voulait pas que cela cesse. Elle pencha légèrement sa tête vers lui et leurs lèvres s'effleurèrent doucement, lentement. Ne sachant pas trop comment s'y prendre pour embrasser avec la langue, elle ferma les yeux, entrouvrit à peine sa bouche et l'abandonna à Derek. Celui-ci y introduisit sa langue et elle sentit qu'il cherchait la sienne. Elle l'y laissa la trouver et s'abandonna à nouveau. Elle sentit la main de Derek lui caresser les seins. Au début, lentement, en effectuant des petits mouvements de rotation, puis avec vigueur tout en continuant de l'embrasser avec voracité. Ses lèvres descendirent le long de son cou, et de l'autre main, il essayait de descendre la fermeture éclair de ses shorts. Après, il utilisa cette même main pour remonter son T-shirt. La tournure de cette aventure commença à l'inquiéter. Elle n'était plus très sûre de vouloir se rendre jusqu'au bout. La confusion se mêla à sa curiosité. Subitement, elle sentit une chose dure entre ses jambes qui essayait de se frayer un chemin. Elle se figea. Tout à coup, ce n'était plus agréable. C'était même répugnant. Elle se débattit du mieux qu'elle pouvait, mais son adversaire était beaucoup plus fort qu'elle. Une douleur atroce lui provint du bas du ventre et lui arracha un cri si fort qu'une main se posa sur sa bouche pour l'empêcher de hurler. Le mouvement de va-et-vient qu'exerçait Derek sur son corps ne fit rien pour la soulager, cela accentuait davantage la douleur au bassin, et son poids l'étouffait. Elle se sentit défaillir, puis aussi brusquement que le tout avait débuté, tout s'arrêta. Derek était immobile sur elle, tout en sueur, avec une respiration semblable à celle de quelqu'un qui venait de courir un marathon. Elle était tout mouillée en bas. Elle pleura à chaudes larmes, ce qui eut pour effet de faire lever la carcasse de Derek. Celui-ci prit un air apeuré et désolé. Il sembla aussi bouleversé qu'elle.

— Mon Dieu, Nancy, j'croyais que c'était ce que tu voulais… je… je ne voulais pas te faire du mal… pourquoi t'as pas dit que t'était encore pucelle?

La panique le gagna. De toute évidence, elle ne semblait pas avoir apprécié ni désiré cela. Que faire, fuir avant qu'elle n'appelle la police ? Pas de chance, il lui avait dit le lieu exact où il habitait à Randolph. On le retracerait assez vite. Il pourrait essayer de la raisonner, mais voilà qu'elle était maintenant hystérique et lui criait toutes sortes d'obscénités. La frousse s'empara alors de lui et ne sachant pas quoi faire, il remonta son pantalon à la hâte et prit la fuite.

Maintenant qu'elle était seule, Nancy se calma non sans avoir pleuré tout son saoûl en se remémorant tout ce qui venait de se passer. Mon Dieu, comment avait-elle pu laisser les choses prendre une telle ampleur ? Nul doute que tout était de sa faute. Ne l'avait-elle pas retenu alors qu'il voulait s'en aller ? Et quand la situation s'était envenimée, elle s'y était prise trop tard pour tenter de l'arrêter. Des larmes coulèrent silencieusement le long de sa joue. Elle baissa la tête, la tenant entre ses mains, quand une grosse tache rouge attira son attention. Mon Dieu, non, c'était du sang et elle en découvrit encore sur la couverture du lit. Mais qu'est-ce qu'il m'a fait ? pensait-elle en se levant d'un bond du lit, en proie à la peur, tout en essayant d'ajuster ses vêtements. Elle se souvint que lors d'un cours de biologie, madame Grey avait expliqué qu'après une première relation sexuelle, certaines filles saignaient un peu à cause de la déchirure de l'hymen et que ce n'était rien de grave. Cette pensée était sur le point de l'apaiser quand des bruits de pas se firent entendre dans l'escalier de marbre, ce qui la terrifia. Oh mon Dieu non, pas papa ! On frappa à sa porte : « Nancy, est-ce que ça va ? » C'était évidemment la voix de son père. Depuis quand était-il rentré ? Est-ce qu'il avait tout entendu ? Avait-il vu Derek s'enfuir ? Si c'était le cas, c'en était fini de sa vie. Mais le ton apparemment calme de son père lui fit comprendre qu'il n'avait rien vu ni entendu.

— Chérie, pourquoi ai-je l'impression que tu pleures ? Je peux rentrer ?

— Non, avait-elle répondu trop vite, puis plus calme, pour ne pas éveiller de soupçons : « Ça va papa. Je m'étais endormie et j'ai fait un cauchemar qui m'a réveillée en sursaut. Je suis désolée. »

— Bon, je suis rentré plus tôt que prévu, j'avais complètement oublié qu'on était invités chez tante Irène. Je vais travailler sur quelques dossiers juste avant de partir, sois prête dans une heure et demie environ. D'accord ?

En effet, ce samedi-là, tante Irène, la grande sœur de papa, les avait invités à un brunch. Dire qu'elle pensait que son père était parti à Marina Bay pour la journée… Elle aussi avait oublié. Elle avait vraiment risqué gros en invitant Derek à rester à la maison. Décidément, ce garçon lui avait fait plus que tourner la tête. Son charme l'avait ensorcelée au point de lui donner la sensation qu'elle était maintenant pire qu'une traînée.

Après s'être lavée avec soin dans la salle de bain située dans sa chambre, Nancy prit ses vêtements souillés et son drap taché, et les fourra dans un sac en tissu. Elle s'arrangerait pour faire disparaître le tout lundi matin. Le camion de vidange passait tous les lundis matins.

Durant tout le trajet pour se rendre chez tante Irène, Nancy s'efforça de paraître la plus naturelle possible, s'efforçant de ne rien laisser paraître. Les scènes avec Derek ne cessaient de tourner dans sa tête, ce qui rendait difficile la conversation avec son père. Elle en perdit le fil à plusieurs reprises. À un moment, son père s'était tourné vers elle et l'avait regardée d'une drôle de façon, comme s'il se doutait de quelque chose. N'avait-il vraiment rien vu ? À l'instant même, elle se promit de ne plus laisser à Déborah l'occasion de lui raconter ses cochonneries. Une chose était certaine, ce sont tous ces ragots qui l'ont poussée à commettre une telle bêtise. En plus, ce n'était même pas vrai, tout ce qu'elle racontait était faux. Elle n'avait eu aucun plaisir, mais du dégoût.

CHAPITRE NEUF

Au fil des jours, les scènes s'estompèrent et elle était persuadée que son père n'en savait rien. Elle commençait à tout oublier lorsqu'un certain problème de menstruation vint la perturber. Elle craignait d'aller voir le Dr Howell, le médecin de la famille, de peur que celui-ci ne découvre qu'elle n'était plus vierge et ne décide d'en parler à son père. Ce rebondissement l'ennuyait profondément, car non seulement ses règles avaient disparu, mais en plus, elle souffrait d'étourdissements. Un jour, en cours de maths, elle avait demandé la permission d'aller aux toilettes. Elle se rappela s'être réveillée sur le sol sans qu'elle n'ait aucune idée de ce qui s'était passé, ni depuis combien de temps elle reposait sur le plancher de céramique. Elle s'était probablement évanouie.

Quelques semaines plus tard, tante Irène était venue souper à la maison. Elle était radieuse et en pleine forme. Sa bonne humeur fut contagieuse, son père riait plus qu'à son habitude et Nancy en oublia même ses problèmes de règles pour prendre part à la conversation. Irène leur raconta, toute souriante, les dernières aventures de l'oncle Paul, son mari, qui se trouvait à Hong Kong pour un voyage d'affaires. Il avait la nostalgie du pays, semblait-il. Étant donné son attitude constamment joviale, papa ne put s'empêcher de lui demander ce qui la rendait si heureuse.

— Haaaa! commença-t-elle avec un soupir qui laissait présager des bonnes nouvelles. Si tu savais, cher petit frère, tu sourirais autant que moi.

— Alors dépêche-toi de me le dire pour que je puisse partager ta joie.

Nancy restait suspendue aux lèvres de sa tante. Elle semblait avoir une très bonne nouvelle à leur annoncer.

— Devinez un peu, dit-elle en s'adressant à présent à eux deux et laissant quelques secondes s'écouler pour créer du suspense, si je vous dis que vous serez d'ici peu oncle et cousine!

— Tu es enceinte! s'exclamèrent-ils en même temps.

Tous les deux s'empressèrent de l'embrasser et de la féliciter. Charles était tellement ravi pour sa sœur! Nancy crut même voir son père essuyer gauchement une larme au coin de son œil gauche. Visiblement, il faisait des efforts pour les refouler. Elle en était tout émue. Il y avait de quoi! Cela faisait une décennie qu'Irène et Paul Williams essayaient d'avoir un enfant. Ils avaient beaucoup dépensé, mais en vain. Rien de concluant n'en avait découlé. Vaincus par le découragement, les Williams avaient décidé de ne plus rien tenter et avaient fait le deuil d'avoir un jour des enfants. Mais secrètement, Irène avait continué à suivre des traitements hormonaux à l'insu de son mari. Puis à l'aube de ses quarante ans, remarquant que les résultats sans cesse négatifs la désespéraient et l'angoissaient, elle avait fini par accepter qu'elle ne puisse jamais enfanter et avait choisi de tout laisser tomber. Elle jeta son dévolu sur sa nièce, la cajolant et la comblant de toutes sortes de cadeaux. C'est la raison pour laquelle elle les invitait si souvent les fins de semaines. La solidité de leur couple en fut quelque peu ébranlée, car Paul se jeta corps et âme dans le travail, voyageant plus qu'il ne fallait, à l'affût de nouveaux clients et de développement international. Pendant ce temps, Irène s'efforçait de se faire à l'idée de son infertilité. Mais voilà qu'au moment où elle ne s'y attendait pas du tout, elle tomba enceinte. C'était comme un baume sur toutes ses frustrations vives jamais pansées, elle croyait n'avoir jamais été une vraie femme parce qu'elle était incapable de donner une descendance à son mari.

Une fois l'euphorie passée, Charles demanda à sa sœur comment elle s'en était rendue compte.

— Imagine-toi donc que ta pauvre grande sœur croyait être déjà à la ménopause à quarante et un ans à cause de l'absence de ses règles...

Nancy avala sa salive et son cœur se mit à battre la chamade. La peur la gagna d'un coup, elle cessa presque de respirer.

— ... mais les étourdissements et les nausées matinales me mirent la puce à l'oreille, j'ai donc décidé de consulter mon médecin, il m'a fait passer des analyses et m'a confirmé le tout...

Nancy n'écoutait plus. Stupéfaite, elle avait l'impression que le ciel venait de lui tomber sur la tête. Elle devint blanche comme un drap. Cela ne passa pas inaperçu, car sa tante arrêta net son récit pour lui demander ce qui n'allait pas. Elle éclata en sanglots.

— Tante Irène, si tu savais ce que cela me fait de savoir ça. Je me réjouis que ton rêve soit exaucé.

Elle se précipita dans ses bras. Il est vrai que Nancy était contente pour sa tante, mais ce n'était pas pour ça qu'elle pleurait, c'était pour son malheur à elle. N'en pouvant plus de ce qu'elle venait d'apprendre sur son compte, ses larmes avaient jailli sans qu'elle puisse les retenir et dans l'immédiat, dire qu'elle était émue pour sa tante était sa seule échappatoire. Elle sentit tante Irène la serrer très fort. Puis papa l'étreignit à son tour.

Non, non, non, ce n'était pas vrai! Elle ne pouvait pas être enceinte. Ce serait la fin du monde quand papa l'apprendrait! Ce serait la fin de son monde. Elle anticipait déjà sa réaction. Une déception totale à son égard, peut-être mêlée de mépris. Non, pas ça, plutôt mourir que de le lui dire. Elle se suiciderait, c'est sûr! Mais pour le moment, elle ne devait rien laisser paraître. Elle devait continuer à feindre d'être émue pour sa tante.

Elle s'excusa pour aller laver sa figure. Elle fit semblant de se diriger vers la salle de bain du rez-de-chaussée, mais la contourna sans se faire remarquer pour aller plutôt dans celle de sa chambre, grimpa deux par deux les marches de l'escalier de marbre. Vite, elle n'était plus capable de se retenir plus long-temps. Elle avait l'impression que le souper en entier était remonté jusqu'à sa gorge et qu'elle ne pourrait le retenir plus longtemps. Arrivée dans sa salle de bain, elle s'agenouilla maladroitement devant le bol et y déversa tout son fiel. Ensuite, elle en profita pour pleurer un bon coup. Puis elle retrouva sa tante et son père après s'être bien nettoyé le visage.

Ils passèrent ensuite au salon pour terminer la soirée. Pour éviter qu'on remarque son trouble, elle proposa de jouer quelques morceaux au piano pendant que papa et tante Irène feraient la conversation. Ils accueillirent sa proposition avec joie. Elle alla s'y installer et les yeux dans le vide, elle pianota machinalement sans trop savoir ce qu'elle jouait.

Comme la vie était injuste! Elle qui avait tant sacrifié de sa vie d'adolescente pour paraître sage aux yeux de son père se voyait octroyer le lot du plus gros des malheurs. Une seule fois, elle l'avait fait pour satisfaire sa stupide curiosité et la voilà déjà au banc des condamnés. Beaucoup de ses camarades de classe le faisaient régulièrement et ce depuis belle lurette, et aucune sentence ne leur avait été attribuée. Jamais elles n'avaient parlé de grossesse. «Maudit soit le jour où je t'ai rencontré, Derek, maudit soit ta satanique gueule d'ange qui causera ma perte. »

CHAPITRE DIX

Quelques jours plus tard, Nancy revint sur sa décision de se suicider. Elle ne pouvait pas faire cela à son père. Il ne pouvait pas perdre si tôt la fille pour laquelle il avait perdu sa femme. Ce serait trop cruel de lui faire cela.

Elle avait imaginé un autre plan. Tant et aussi longtemps que sa grossesse ne paraîtrait pas, elle vivrait normalement. Elle agirait au moment opportun. Pour le moment, elle passerait beaucoup de temps à la bibliothèque municipale à s'informer de tout ce qui concerne la grossesse et les techniques d'accouchement. Elle ne voulait pas consulter ces ouvrages à l'école, de peur d'éveiller des soupçons, et puis de toute façon, ça l'étonnerait que les manuels de son établissement possèdent des informations détaillées sur ce qu'elle cherchait.

Elle avait été épargnée par les nausées et autres désagréments dont parlaient les livres de grossesse qu'elle consultait, mais ressentait beaucoup de fatigue, ce qui ne l'empêchait pas de remettre ces travaux scolaires à temps. Un seul problème, son cours d'éducation physique. Elle qui était toujours partante, toujours prête à bondir, se vit obligée de se reléguer au second plan. De première qu'elle était, elle finissait souvent dernière maintenant. Ses camarades lui demandèrent maintes fois pourquoi elle montrait moins d'entrain pour ce cours qui était jadis l'un de ses préférés. Elle prétendait avoir d'autres activités après les cours. Jusque-là, ça passait, mais un jour, son trop dévoué prof d'éducation physique alla jusqu'à téléphoner à son père pour lui demander si elle avait des problèmes à la maison qui pourraient expliquer son manque de participation à son cours. Elle mentit à son père en lui disant que c'était parce qu'elle étudiait parfois tard le soir pour augmenter ses notes qu'elle trouvait basses et qu'elle se sentait trop fatiguée pour participer au cours d'éducation physique. Celui-ci ne parut pas convaincu, lui disant que lui aussi la trouvait un peu bizarre ces jours-ci, et lui fit promettre de cesser ces manières inutiles de détruire sa santé pour un problème qui n'existait que dans sa tête, car, lui dit-il, «tes notes sont satisfaisantes pour moi et à l'avenir, que cela ne se reproduise plus». Mais elle n'en fit rien. Ses camarades avaient fini par accepter son comportement et son professeur ayant appris qu'elle ne vivait rien de traumatisant lui ficha la paix. Il se dit qu'elle devait traverser une mauvaise passe de sa crise d'adolescence. Le tout n'inquiétait pas Nancy, car une fois qu'elle se serait débarrassée du bébé, elle redoublerait d'effort dans le cours pour augmenter sa moyenne.

Cela faisait maintenant quatre mois que ses règles n'étaient plus au rendez-vous. Dieu merci, rien n'en paraissait encore à part quelques pantalons qu'elle ne pouvait plus porter. Elle décida de changer de style vestimentaire pendant qu'il était encore temps, c'est-à-dire avoir un alibi pour cacher son poids. Elle opta pour un style beaucoup plus décontracté qu'à son habitude et portait des vêtements de cotons très amples. Tout de suite, son père l'avait remarqué et n'avait pas aimé.

— Mais papa, c'est tellement plus confortable.

— Toi ma fille, depuis quelque temps, j'ai du mal à te reconnaître. Tu avais beaucoup de classe. Tu t'habillais avec goût et de façon soignée, pourquoi t'enveloppes-tu de ces torchons qui te font paraître plus grosse ? Que je ne te voie pas te vêtir de la sorte lorsque tu m'accompagnes !

Sa dernière phrase était sévère. Nancy comprit qu'elle ne devait plus rien modifier à son mode de vie car son père semblait très préoccupé par ces changements drastiques et subits. Une autre dérogation et ce serait la goutte qui ferait déborder le verre, s'en serait fini de sa vie. Dorénavant, elle ne devrait plus le perturber pour ne pas lui mettre la puce à l'oreille.

— D'accord papa, je ne porterai pas ça longtemps. Je voulais juste essayer. Pour ne pas les avoirs achetés pour rien, je les mettrai quelque temps seulement puis je m'en débarrasserai. Tout rentrera dans l'ordre d'ici peu.

Il lui jeta un regard sévère puis juste avant de replonger le nez dans son journal, il fit une remarque qui laissa Nancy de glace : « J'ai parfois l'impression que tu me caches quelque chose de très grave. » Néanmoins, elle trouva la force d'avancer vers lui, de s'agenouiller près de son fauteuil pour déposer un baiser sur sa joue droite. « Pauvre papa chéri, mais qu'est-ce que tu vas t'imaginer là ! » Elle espérait avoir été assez convaincante pour balayer ses doutes. Puis elle resta collée à lui quelques instants, sa tête contre la sienne, pendant qu'il continuait de lire la page des actions jusqu'à ce que les traits tirés de son visage s'adoucissent. Il lui avait frotté l'épaule en lui disant qu'il l'aimait. Elle jugea cela très satisfaisant, l'embrassa à nouveau avant de monter dans sa chambre.

À six mois, son ventre paraissait à peine. Nancy bénit sa grande taille et son régime quasiment militaire. Devant son père, elle mangeait tout ce que Maria la cuisinière avait préparé, mais elle se faisait vomir dès qu'elle s'en éloignait. Elle fonctionnait de même à l'école. C'était dangereux pour le bébé, elle le savait, mais elle ne voulait pas de ce casse-tête.

Un jour, en voiture avec son père, celui-ci prit le chemin de Randolph. Nancy en eut la frousse. Que pouvait-il bien avoir à faire là-bas? Elle n'y avait jamais remis les pieds depuis ce fatidique jour où elle avait succombé au charme maléfique de Derek. Comble du malheur, il se dirigeait exactement là où elle l'avait rencontré. Il s'engagea dans Main street et tourna pour entrer dans le stationnement du petit centre commercial. Non, il ne pouvait pas tout savoir et avoir gardé le silence pendant sept mois pour venir ici à cet endroit précis pour lui demander de passer aux aveux. Pitié, pas ça! Elle aurait voulu fondre, disparaître. Anxieuse, elle essaya de se maîtriser du mieux qu'elle le put, au cas où son père serait là pour autre chose. L'air neutre qu'il affichait penchait plutôt vers cette version. Il gara sa BMW juste à côté de la boutique où elle se tenait le jour de son malheur. Alors qu'il s'apprêtait à descendre de voiture, elle voulut en faire autant, mais il l'arrêta: « Non, pas la peine ma chérie, je n'en ai que pour une minute. » Il se dirigea devant un local où l'on pouvait lire sur l'enseigne, en grosses lettres blanches, « Walter Farrow, comptable ». Qu'est-ce qu'un comptable pourrait bien avoir à faire dans son histoire? Aussitôt, ses craintes d'avoir été découverte s'envolèrent. Elle vit son père s'entretenir avec un homme chauve de petite taille et d'un certain âge. Après quelques mots échangés, ils s'éloignèrent à l'arrière et Nancy ne les vit plus.

Cela semblait durer plus longtemps que son père ne l'avait laissé entendre. Elle descendit de voiture pour se dégourdir les jambes. Elle resta plantée devant la fameuse boutique d'un air songeur et sans qu'elle ne le veuille, son regard se dirigea vers la fin de l'allée, là où se trouvait la pizzeria dans laquelle Derek disait travailler. D'un pas lent, elle s'y dirigea, sans trop savoir pourquoi. Il n'y avait pas de client à l'intérieur, juste un homme au comptoir et un autre au crâne rasé avec qui il parlait et qu'elle voyait de dos. Pas de garçon à la coiffure afro. L'homme au comptoir s'éloigna de la caisse et disparut. L'autre fit tourner son siège pour regarder dehors en attendant que son interlocuteur revienne. Tiens, il la regardait à présent. Vu de face, il paraissait beaucoup plus jeune qu'on ne pouvait le penser vu de dos. Il l'a dévisagea longuement et elle, curieusement, soutenait son regard. Puis dans un sursaut, elle vit ce qui était clair devant elle, ce jeune homme, il est café au lait comme Derek et avec sa gueule d'ange en plus, elle le comprit, c'était Derek. On aurait dit qu'il avait lui aussi compris en même temps qu'elle car ses yeux s'écarquillèrent et sa bouche s'ouvrit avec stupeur. Elle lui trouvait un air piteux, changé et métamorphosé. Sans s'en rendre compte, Nancy avait baissé les yeux une fraction de seconde puis touché à son ventre. C'est que le bébé la martelait de coups de pied, comme s'il comprenait quelque chose. Elle le dévisagea à son tour d'un regard sévère. Il se leva pour s'approcher de la vitrine, pour s'assurer que ses yeux lui avaient joué un tour, pour se convaincre de s'être trompé et pour pouvoir se traiter d'idiot d'avoir pensé ce qui avait traversé son esprit comme un éclair lorsque cette fille avait touché son ventre. Mais à peine avait-il fait deux pas que celle-ci prit la fuite. Il resta planté là, perplexe, en proie à de gros questionnements. Que voulait-elle donc ? D'abord, était-ce elle ? Pourquoi cette visite fortuite après si long-temps ? Sans aucun doute, c'était elle. Le jour de sa mésaventure avec Nancy, et plusieurs semaines après, il avait vécu dans la crainte de voir les flics débarquer à tout moment, mais des mois ayant passé sans qu'il n'y ait de rebondissement, il avait fini par chasser ses peurs et tout oublier. Mais voilà qu'aujourd'hui, sans crier gare, elle débarque à nouveau dans sa vie. Aussitôt, ses angoisses passées l'envahirent et reprirent le dessus.

CHAPITRE ONZE

Nancy avait tout planifié. Depuis son sixième mois de grossesse, un sac contenant tout ce dont elle aurait besoin pour l'accouchement était caché dans sa garde-robe sous une tonne de couvertures. Elle s'y est prise tôt au cas où le travail commencerait prématurément. Il y avait plusieurs serviettes, deux couvertures, un aspirateur nasal pour aspirer les sécrétions du nez du bébé. Elle ne voulait pas de cet enfant, certes, mais de là à le voir mourir sous ses yeux avant qu'elle ne quitte les lieux, de cela non plus elle n'en voulait pas.

Si ce bébé devait mourir, ce ne serait pas elle qui s'en chargerait. Elle espérait que quelqu'un pourrait le découvrir avant qu'il ne soit trop tard pour lui car s'il mourait au beau milieu du bois, elle en serait responsable pour l'avoir laissé là. Non pas qu'elle éprouvât un minimum d'amour à son égard, car depuis le début, il faisait son malheur, mais juste qu'elle avait assez d'une mort sur la conscience. Elle n'avait aucun sentiment d'attachement pour l'être qui grandissait en elle. Rien. Tout ce qu'elle désirait, c'était sauver la face devant son père qui croyait tant en elle, lui procurer une entière satisfaction coûte que coûte. Même s'il fallait qu'elle paye de sa vie en prenant le risque d'accoucher toute seule ! Bien sûr, si elle mourait, il saurait la vérité, mais elle n'aura pas à lire toute la déception, voire le dégoût qu'il éprouverait en découvrant à quel point sa fille pouvait être maligne et mesquine. Plutôt mourir que d'affronter ça ! Son plan, ou bien il réussissait, ou bien il flanchait, et quitte à flancher, mieux valait en mourir. Aussi elle souhaitait que le tout se passe de nuit, sinon ce serait la mort et pour elle et pour le bébé. Ainsi, le remords d'avoir tué ne trouvera pas de corps à tourmenter.

À huit mois de grossesse, Nancy s'attendait à tout moment à avoir des contractions. Et elle n'avait pas tort : deux semaines après avoir passé ce cap, ce qu'elle espérait tant se produisit et dans des circonstances plus qu'idéales. Elle vérifia que son sac contenait le nécessaire : un des couteaux de cuisine dont Maria se servait pour la viande qu'elle utiliserait pour couper le cordon ombilical, le sac de poubelle pour jeter le placenta et les serviettes souillées, une couverture pour envelopper le bébé. Elle lui avait même déniché un petit bonnet et un vêtement de rechange pour elle-même, ne voulant pas prendre le risque de rentrer avec des vêtements tachés au cas où elle rencontrerait quelqu'un sur le chemin du retour.

Elle bénit le ciel que les cours soient terminés, c'étaient les vacances du temps des fêtes. Autre chose allait lui faciliter l'exécution de son plan : la neige qui miraculeusement n'était pas encore au rendez-vous, les températures étant plutôt clémentes ces jours-ci. La famille Smith était déjà partie en vacances au Canada, ce qui fait qu'il n'y avait aucun risque qu'on ne l'aperçoive quitter le domicile en douce et y revenir, exception faite de son père, mais lui, elle pourrait facilement le semer, elle l'espérait. Ce qu'elle se fichait de passer un Noël blanc ! L'important était de rester blanche aux yeux de son père.

Pour être sûre de n'amorcer son plan qu'au moment exact, ne pouvant se permettre aucun raté, elle relut le chapitre onze du gros livre de biologie qu'elle avait emprunté à la bibliothèque, la partie qui traitait des stades du travail, soit des contractions. Elle devrait donc quitter son domicile seulement quand celles-ci deviendraient régulières et rapprochées, au seuil de douleur maximal selon elle mais qui ne pourrait l'empêcher de conduire son vélo, caché depuis hier dans les buissons juste en dessous de la fenêtre de sa chambre, jusqu'au boisé situé à Randolph ; celui de Milton n'étant pas assez dense, quelqu'un pourrait l'entendre crier, intervenir et découvrir son stratagème. Elle en aurait pour quelques kilomètres de plus mais au moins, elle aurait l'esprit tranquille pour pouvoir s'abandonner aux douleurs lorsque celles-ci deviendraient insupportables. En partant presque à la dernière minute, elle passerait moins de temps seule dans les bois, on ne sait jamais, et réduirait considérablement le temps pendant lequel elle serait absente de la maison, là aussi on ne sait jamais. Pourvu qu'elle n'accouche pas en chemin ou que des complications ne se présentent pas.

Vers huit heures du soir, ses contractions débutèrent. Son père qui souffrait d'un mal de tête était allé se coucher tôt après avoir avalé un somnifère. Il lui avait donné l'ordre de ne le réveiller sous aucun prétexte, pas même pour des appels dits urgents par des interlocuteurs désagréables, « seulement si nos vies sont menacées » avait-il tenté de plaisanter avec une expression qui laissait voir l'ennui que lui causait la douleur. Nancy ne pouvait espérer mieux, ainsi il dormirait jusqu'au lever du jour, ce qui lui laissait toute aisance de mettre son plan à exécution sans la moindre perspective que son père ne découvre son absence durant la nuit.

Le lendemain matin, Nancy affichait une mine basse. Tout s'était bien déroulé, mais elle était épuisée et ressentait encore des douleurs au bas du ventre qui se traduisait par d'atroces crampes qui la faisaient parfois plier en deux. Elle devait serrer les dents pour ne pas hurler. Ses yeux étaient cernés et ses traits tirés à cause du manque de sommeil. Elle était revenue de sa mésaventure un peu avant l'aube et s'était faufilée sous ses couvertures, en proie à des convulsions dont elle ne saurait dire si elles étaient provoquées par l'accouchement que son corps venait de subir ou par les incessants tremblements de peur et de panique qui s'était emparés d'elle dès qu'elle avait enfourché son vélo, et qui allaient en empirant, lui donnant l'impression de vibrer comme si elle était constamment sur un vortex. À peine deux heures après, c'étaient les crampes abdominales qui prenaient la relève. Pas question de descendre prendre le petit-déjeuner avec son père dans un tel état.

Ayant levé péniblement les yeux vers la fenêtre, elle comprit que le soleil brillait de tous ses rayons à l'extérieur et que son paternel ne tarderait pas à être sur pied si ce n'était déjà fait. De peine et de misère, elle se glissa hors de son lit et se traîna telle une bossue vers la salle de bain où elle avala trois comprimés d'acétaminophènes extrafort. « Pourvu que cela calme mes souffrances », se dit-elle, car autrement, elle ne pourrait pas se tenir droite devant son père. Elle se sentait très affaiblie et son esprit était quelque peu embrouillé. Elle se fit couler un bain chaud dans lequel elle ajouta de la mousse et des huiles après s'être appliqué un masque sur le visage. Elle y demeura longtemps comme si l'eau du bain pouvait la remettre d'aplomb. Remarquant que sa peau rougissait un peu trop, elle se décida à sortir de l'eau, s'essuyant paresseusement avec une des serviettes propres que la femme de ménage veillait religieusement à renouveler. Puis elle enfila son peignoir beige et se dirigea vers sa garde-robe. Elle y prit son pantalon de velours ajusté noir, sa blouse blanche à manches longues et des sous-vêtements propres. Elle enfila le tout machinalement puis alla se planter péniblement, raide comme un piquet, devant le grand miroir vertical juste à côté de la porte du garde-robe. Elle jugea son apparence plus ou moins satisfaisante. Elle avait pris soin de choisir des vêtements beaucoup moins amples, n'ayant presque plus rien à cacher. Son ventre pointait encore, c'est pourquoi elle ajouta une veste noire à son habillement pour corriger l'apparente protubérance de son abdomen. Les manuels disaient que cela pouvait durer quelques semaines selon la forme physique de chaque femme. Pour elle, ça ne saurait durer. Elle devrait vite reprendre ses habitudes. Elle se maquilla méticuleusement pour rehausser ses traits avant de descendre rejoindre son père.

Elle l'aperçut de dos devant le téléviseur, dans son fauteuil en cuir rouge bourgogne avec une tasse de café à la main, ses lunettes sur le bout du nez. Il semblait très absorbé par ce qu'il écoutait, à un point tel qu'il ne broncha pas lorsqu'elle fit son entrée dans le living-room. Elle se racla la gorge. Il se retourna. Vivement surpris, il ne put retenir un son d'admiration à l'égard de sa fille. Puis il mit le son du téléviseur en sourdine.

— Je retrouve enfin ma petite fille chérie. Il y a bien longtemps que je ne t'ai pas vue te parer de la sorte. Je commençais à me poser de sérieuses questions à ton sujet. Chérie, je remarque que tu prends du poids depuis quelque temps, veux-tu que je t'engage un entraîneur et une diététiste?

Il pouvait bien faire allusion à son poids tant qu'il le voudrait, elle n'avait dorénavant plus rien à cacher. Que c'était agréable de ne plus vivre dans la peur que le ciel ne nous tombe sur la tête!

— Pas la peine, papa, lui répondit-elle avec son plus beau sourire, je vais recommencer le jogging le matin et voir à m'alimenter convenablement.

En disant cela, elle nota que ses douleurs avaient partiellement disparu, les crampes diminuaient en intensité.

— Tu n'as pas l'habitude de te maquiller, en quel honneur aujourd'hui?

— J'ai trouvé que je m'étais un peu trop laissée aller, ces temps-ci, je voulais marquer d'une touche spéciale ma reprise en charge.

— Bien, heureux en sera ton père. Je n'approuvais pas du tout le code vestimentaire que tu avais adopté.

— Je sais, papa, et je ne sais pas ce qui m'avait pris d'agir de la sorte. Je crois que je voulais attirer ton attention, mentit-elle en se jurant que c'était la dernière fois. C'est que tu ne passais pas beaucoup de temps avec moi.

« Heureusement », pensa-t-elle.

— Toutes mes excuses, ma chérie, il y avait beaucoup de choses à régler au bureau, des clients potentiels à rencontrer, des dîners d'affaires à n'en plus finir, d'autant plus que j'étais sur un gros contrat que je ne pouvais laisser passer. Je repars sur des eaux plus calmes maintenant, surtout depuis que j'ai pu convaincre Walter, tu sais le type que je suis passé voir à Randolph, de se joindre à notre entreprise. Il est formidable et très compétent. C'est grâce à lui que je peux me permettre cette matinée tranquillement assise à ne rien faire. Au fait, tu n'as pas oublié que l'on partait chez tante Irène cet après-midi, toute la famille y sera.

— Oh non papa, d'ailleurs c'est l'une des raisons pour lesquelles je me suis habillée à l'avance.

En réalité, elle l'avait complètement oublié, trop prise par ses machinations de grossesse.

— Tu lui as acheté un cadeau ? Son bébé, c'est pour bientôt.

— Heu... non ! Pas encore. Mes examens ne m'ont pas laissé le temps d'y penser vraiment. En plus, j'hésitais entre lui offrir quelque chose pour elle-même et quelque chose pour le bébé.

Ça lui faisait bizarre de prononcer ce mot, elle crut même qu'il avait de la difficulté à lui sortir de la bouche.

— Eh bien dans ce cas, nous sommes deux à n'avoir rien acheté. On s'arrêtera en chemin, je connais un très bon magasin sur la route.

Sur ce, il éteignit la télé. Visiblement, il y avait perdu tout intérêt, il préférait continuer à converser avec sa fille. Cela faisait des mois qu'ils n'avaient pas causé ensemble. Nancy qui ne manqua pas de remarquer son geste pensa en son for intérieur que dorénavant, tout cela allait changer, ayant la ferme intention de redevenir la petite fille chérie de son papa.

— Au fait, quand je suis descendu, tu avais l'air intrigué par ce que tu regardais...

— Ah! Ça, une histoire de fou. Figure-toi donc que quelqu'un a eu la mauvaise idée de laisser un bébé dans le boisé situé tout près de Randolph, les autorités croient même que la maman aurait accouché sur les lieux, en tout cas, tout laisse croire à ça. Il faut vraiment être dingue pour faire une chose pareille.

— C'est affreux! Est-ce que le bébé est mort?

— Non, mais ils l'ont trouvé dans un piteux état, il était en détresse respiratoire. Heureusement que celui qui l'a trouvé était médecin. Il faisait sa randonnée quotidienne avec son chien lorsqu'il a aperçu des traces de sang sur le sentier. Aidé de son labrador, il est remonté jusqu'au lieu d'où cela semblait provenir et tomba sur la terrible découverte. Par un temps pareil, il faut être cruel pour faire ça.

Ces paroles sonnaient dur aux oreilles de Nancy, elle ne pouvait imaginer ce qu'en penserait son père s'il savait qu'elle était l'auteur de cette sordide histoire. Elle dut faire un effort considérable pour rester elle-même et empêcher le sang de lui glacer les veines. Elle devait feindre l'innocence.

— Cette personne devait avoir quelque chose à cacher.

— Nul doute, mais elle aurait pu penser à l'avortement tout de même.

— Ça ne lui était peut-être pas possible. Est-ce qu'ils savent de qui il s'agit?

— Non, ils n'ont pas orienté leurs recherches en ce sens, l'important dans l'immédiat étant de sauver la vie de ce pauvre enfant. De toute évidence, la mère n'en voulait pas. Pourquoi donc la rechercher! À moins que ce ne soit pour la punir de son crime. Ce qu'elle mériterait d'ailleurs.

Nancy ne trouva rien à ajouter.

— Pauvre enfant, s'il fallait qu'un jour il sache dans quelles conditions exécrables sa mère l'a abandonné!

Nancy, incapable d'en entendre plus, changea de sujet.

— Papa, ça va bien les affaires?

— Et comment, notre marché s'agrandit, ma fille. Les jeux de la Broconsfield Co. sont en train d'envahir le continent européen. L'accueil était favorable dès le départ et nos ventes ne cessent de grimper. Notre action se porte à merveille à la Bourse, sa valeur a augmenté de 6,75 $ en un court laps de temps, c'est notre plus forte croissance en cinq ans. Ça ne pourrait aller mieux, dommage que ta mère ne soit pas là pour voir ça.

— Oui, dit Nancy avec un pincement au cœur. Chaque fois que son père faisait allusion à sa mère, cela ravivait en elle un tison dans sa mémoire, la pensée qu'elle avait causé sa mort. Tu m'as dit qu'elle était très efficace comme femme d'affaires

— La meilleure, répondit-il sans hésiter. Dans ses yeux, on pouvait lire un mélange de fierté et de regret. Tu sais, elle surpassait bien des hommes dits éveillés. Il était impossible de la duper. J'ose espérer qu'un jour tu seras aussi hardie qu'elle.

Nancy, à travers les allégations de son père, avait longtemps compris que son destin passerait sans aucun doute par le monde des affaires, tant pis pour sa passion de l'archéologie. Si ça pouvait rendre papa heureux!

C'est sur cette note qu'avait débuté le lendemain de l'acte qui tourmentera Nancy jusqu'à aujourd'hui, soit vingt-huit ans plus tard.

CHAPITRE DOUZE

Depuis une semaine qu'il était en train de travailler dans le bureau de sa mère, Michael ne savait toujours pas où il en était ni par quoi commencer. La plupart du temps, il broyait du noir tellement la crainte d'échouer le dominait. À peine était-il arrivé qu'il devait présider deux réunions dans la même journée. Il s'en était bien tiré en jouant le rôle du nouveau président qui préférait laisser la parole aux autres afin de pouvoir prendre connaissance de la situation. À la réunion de ce matin, il s'en était fallu de peu qu'il perde la face devant les cadres et le regard constant de Christina fixé sur lui ne fit rien pour l'aider, quoi qu'il sût qu'elle ne le jugeait pas. John, oh John ! Bénit soit le jour que tu es entré dans cette entreprise, si ce dernier n'avait pas été là, il serait passé pour le dernier des idiots. Cet homme était assurément un grand sage. Il avait compris son embarras et s'était interposé toutes les fois où il sentait que le jeune étalon se trouvait dans une impasse. Il intervenait de façon si naturelle que Michael ne surprit aucun regard interrogateur sur lui. À la fin de la réunion, il lui avait gentiment tapoté le dos en lui disant de ne pas trop s'en faire et qu'avec le temps, tout finirait par devenir clair comme de l'eau de roche. Ce qui l'avait momentanément soulagé. À présent, c'est pour la réunion de demain qu'il s'inquiétait. John n'y serait pas.

Dès qu'on eut fait l'annonce de l'année sabbatique de Nancy, Christina avait su ce que cela voulait dire pour elle : la chance inouïe d'avoir Michael à portée de la main. Ce serait elle sa secrétaire et c'est avec elle qu'il passerait la majeure partie de ses journées. Elle ne pouvait espérer mieux. Bien sûr, elle savait que tôt ou tard il finirait par aboutir à l'étage, d'ailleurs on avait déjà commencé à lui préparer son bureau, mais cela n'aurait pas été la même chose. Elle n'aurait été sa secrétaire que le temps qu'on lui en trouve une autre.

Elle avait l'intention de tout mettre en œuvre pour attirer son attention, elle jouerait toutes ses cartes. Myriam lui avait conseillé de toujours se mettre en beauté, ainsi Michael ne pourrait pas ne pas la remarquer, mais il fallait faire le tout de façon naturelle. Ne pas montrer au monsieur qu'on cherche à attirer son attention ! Feindre qu'on s'intéresse à lui. Ce qui était bien difficile pour elle, voire impossible. Aux réunions, elle le dévorait des yeux jusqu'à oublier de prendre des notes importantes. Lorsqu'il la convoquait dans son bureau, elle était rouge jusqu'aux oreilles, perdait automatiquement son naturel et était prise d'un bégaiement incontrôlable. Elle devenait maladroite en sa présence. Sans aucun doute, Christina était certaine que Michael s'était aperçu de son béguin, non seulement lui, mais peut-être même tout le personnel. Feindre le désintérêt n'allait pas être facile, surtout quand l'intention saute aux yeux avant même que la partie ne commence.

Chapitre treize

Assis sur le coin du petit lit pliant de la minuscule et misérable pièce qui lui servait de chambre à coucher, de cuisine et de salon, Ricky commençait à trouver le temps long. Il n'avait rien trouvé à faire depuis son arrivée à Dorchester, il y a de cela une semaine et demie. Son coussin de cinq cents dollars commençait à s'effriter dangereusement. S'il ne trouvait pas quelque chose d'ici la fin de la semaine, il serait bien contraint de replonger dans l'ancien mode de vie qu'il menait à Los Angeles. Il s'était pourtant juré de s'en sortir, c'est pour ça d'ailleurs qu'il était venu s'installer dans un endroit aussi éloigné, il voulait fuir, couper les ponts, quoique le quartier ne fût pas l'endroit idéal pour quelqu'un qui voulait changer de cap, mais au moins, il n'y connaissait personne susceptible de l'influencer dans le mauvais sens. Il était convaincu qu'en s'éloignant de ses amis, de ses ennemis et de ses contacts, il pourrait changer de vie. Il n'avait pas les moyens de se payer un meilleur quartier que celui-ci, mais la bonne volonté y était et ce n'était pas seulement pour lui qu'il voulait cela. Il pria le ciel pour que ses convictions soient assez fortes pour le motiver au point de ne plus regarder en arrière. Désormais, avait-il décidé, le crime ferait partie de son passé. Il n'avait jamais tué personne, mais avait à son actif un lourd passé judiciaire acquis à force de vols à main armée, de trafic de stupéfiants, de port et de possession d'armes illégales, de recels et d'introduction par effraction. Il connaissait l'univers de la prison pour y avoir séjourné plus d'une fois, mais jamais à long terme. Par un heureux hasard, il écopait le plus souvent de sentences bonbon, il aimait croire que sa belle gueule y était pour quelque chose. Son père, Dieu ait son âme, avait travaillé si dur pour l'élever ! D'aussi loin qu'il se souvienne, il avait toujours été intègre à ses yeux, jamais il ne l'a vu rien faire de malhonnête.

Il était mécanicien et exploitait un petit garage à même sa résidence dans la banlieue de Los Angeles. Tous les soirs, il s'informait de la journée de son fils à l'école. Les nouvelles étaient rarement bonnes : bagarres, comportement inacceptable et non-respect des règlements. Malgré cela, il ne s'était jamais découragé et avait continué à espérer. Sans relâche, il s'efforçait de trouver de quoi l'encourager dans le chaos de sa vie, ce qui tenait du miracle. Il agissait ainsi parce qu'il avait compris depuis longtemps la raison du comportement agressif de son fils et c'est pourquoi il ne pouvait lui en vouloir ni le tenir pour responsable. Il savait que son fils luttait terriblement en son for intérieur, combattant des démons féroces qu'il n'avait pas su vaincre lui-même. Il le comprenait pour avoir lui aussi vécu une vie semblable. Mais le sujet était tabou entre eux. Ils n'en parlaient jamais. Même s'il l'avait voulu, c'était impossible.

Ricky se souvenait que son père s'était toujours débrouillé pour lui mettre quelque chose sous la dent, quoique bien souvent la disette se pointât sans crier gare. Deux ou trois fois, il s'était débrouillé pour l'envoyer dans des camps d'été en dépit de la certitude qu'il se ferait renvoyer. Il aurait aimé faire suivre son fils par un spécialiste, mais les honoraires dispendieux des psychologues l'avaient maintes fois découragé. Comment aurait-il pu, quand de son maigre salaire dépendait une ribambelle de bouches? Il avait aussi sur le dos le ménage de sa sœur qui, elle, ne travaillait pas. Celle-ci devait élever quatre jeunes enfants seule et sans le sou en plus de s'occuper de la vieille. Ricky pouvait bien être frustré par la vie, mais jamais il ne pourrait dire que son père n'avait rien fait pour lui.

Il savait que sa vie actuelle n'avait rien à voir avec les conditions dans lesquelles son père l'avait élevé. Jamais il n'avait vu un homme se démener autant pour tirer les siens du pétrin. Il croyait être né avec cette rage qui le rongeait tel un feu violent et qui le poussait à se comporter en bagarreur, en délinquant incorrigible qui prend plaisir à défier tout interdit. Toute sa vie, il avait cherché à se mettre dans des positions dangereuses comme s'il voulait se prouver à quelqu'un, mais à qui? Contre quoi se battait-il de la sorte? Et cette maudite frustration qui ne le lâchait pas d'une semelle… L'ignorait-il ou fuyait-il la réponse? Était-il un dur ou un jeune homme qui s'efforçait de cacher un manque criant sous une carapace de fer si chaud et si épais qu'il devait se battre pour empêcher le métal de lui brûler la peau et pour ne pas défaillir sous son poids? Il avait toujours fui ces questions et refusait effrontément d'y répondre. Aujourd'hui, il était acculé.

Franchement, il n'allait tout de même pas flancher et pleurer sur son sort. Trop tard, il sentait déjà des larmes chaudes si longtemps maîtrisées s'écouler hargneusement sur ses joues, telle une rivière qui déborde violemment en formant des sillons, tels des ruisseaux qui partaient dans tous les sens. Il fit un effort qu'il savait inutile pour les retenir mais il était déjà vaincu, inondé par le flot de ses émotions. En désespoir de cause, il se laissa emporter sans résistance. Qui aurait pensé que sa solide carapace s'écroulerait un jour?

Pendant combien de temps s'était-il laissé submerger par son émotivité ? Il ne saurait le dire. Avait-il crié ? S'était-il débattu ? Tout ce qu'il savait, c'est qu'il était à présent replié en boule sur lui-même tel un enfant en proie à une frayeur au beau milieu de la nuit, sans couverture et sans personne pour le consoler. Il se releva brusquement et bondit hors du lit. « Bon sang, qu'est-ce qui m'a pris ? » Il avait du mal à accepter ce qui venait de se produire. Il tenta même de se convaincre qu'il venait de faire un mauvais rêve, mais des traces d'humidité apparente sur son lit le démentirent. Et alors, ça arrive qu'on pleure en rêvant non ! Il fallait qu'il sorte avant de devenir fou. Ça devait sûrement être l'étroitesse ou l'humidité étouffante de la pièce qui le rendait dingue. Il s'apprêtait à partir en trombe quand soudainement sa conscience le rappela à l'ordre. Mieux valait se l'avouer, il avait réellement pleuré désespérément comme un enfant abandonné au beau milieu d'un camp de réfugiés bondé regorgeant de visages inconnus, ne sachant ni comment ni pourquoi il était là et encore moins vers qui se tourner.

Chapitre quatorze

Tant bien que mal, Michael s'adonnait à son nouveau travail du mieux qu'il pouvait. Il avait appris à maîtriser ses craintes et à chasser ses sueurs froides. Christina lui était d'une aide précieuse, quoi qu'un peu embarrassante car il savait que cette fille était follement amoureuse de lui. Il devait faire semblant à la journée longue de tout ignorer. Le tout était sans issue. Il ne voulait pas lui donner d'espoir pour éviter qu'elle n'en souffre un jour. Il veillait donc méticuleusement à ce que leur relation reste d'ordre strictement professionnel et se gardait bien de lui faire des compliments. Même s'il avait de plus en plus affaire à elle.

En effet, c'est avec Christina qu'il passait la plus grande partie de ses journées, soit pour dicter des rapports soit pour lui demander des comptes rendus ou parfois des conseils. Il lui arrivait aussi de la contacter à son domicile pour de quelconques renseignements qui lui avaient échappé. Elle lui était indispensable pour le travail, à tel point qu'il avait parfois l'impression d'en abuser. De temps à autre, il avait envie de l'inviter à dîner pour la remercier ou simplement pour discuter avec elle de tout et de rien, car il la trouvait plutôt sympathique et très compétente. Il avait beau être son supérieur et avoir fait plus d'études qu'elle,

elle avait plus d'expérience que lui. Mais malheureusement, il devait toujours repousser ses sentiments d'empathie pour respecter cette règle qu'il s'était juré d'appliquer à la lettre, à savoir maintenir une certaine distance pour éviter une tournure dramatique des choses. Dans le cas contraire, il lui ferait du mal. Il ne voulait surtout pas lui causer de peine, il l'aimait bien à sa façon. En quelque sorte, c'était sa façon à lui de la protéger de ce qu'il savait être inévitable. Il avait conclu que Christina était une fille bien et qu'elle méritait ce qu'il y avait de mieux, donc pas lui. Il n'était pas pour elle ce qu'il y avait de mieux. Il le savait.

Ce qu'il redoutait le plus, c'était qu'un jour elle lui fasse une déclaration d'amour en bonne et due forme. Bien qu'il appréciât sa présence, il ressentait toujours une espèce de tension énorme lorsqu'il se retrouvait complètement seul avec elle dans son bureau. Il avait parfois l'impression qu'elle allait craquer et tout lui avouer. Ce qu'il appréhendait beaucoup. Comment réagirait-il et que lui dirait-il sans la blesser ? C'est ce qui l'effrayait le plus.

La sonnerie de l'intercom interrompit brusquement ses pensées. Il appuya sur le bouton de l'appareil pour prendre l'appel. « Michael... – il sursauta, c'était Christina –, ...c'est votre mère au téléphone. »

— D'accord, je la prends, prononça-t-il en se forçant de prendre un ton supérieur. Puis chassant les dernières traces de distraction dans sa tête, il prit un ton énergique pour sa mère. Bonjour, maman, heureux de t'entendre.

— Moi aussi Michael, comment ça va au bureau ?

Il nota un certain ton dans la voix de sa mère qui ne lui ressemblait pas du tout.

— Très occupé. Je crois que j'avais sous-estimé l'ampleur de ton travail. Il laissa échapper un petit rire nerveux. Dire que je ne suis qu'au début, que je n'ai même pas entrepris encore le tiers de tout ce que tu faisais. Il allait ajouter d'autres complaintes, mais se ravisa, se rappelant que sa mère préférerait l'entendre dire que tout était sous contrôle. Il décida de lui retourner sa question, surtout avec ce soupçon qu'il avait noté.

— Et toi, comment vas-tu ? questionna-t-il sur un ton qui incitait à la confidence, ton qu'il regretta aussitôt, jamais il n'avait pris de telles largesses avec elle.

Nancy comprit qu'elle avait trahi son état d'âme dans sa voix. Aussi rectifia-t-elle :

— C'est quoi ce ton, est-ce que tu te ferais du souci pour ta mère par hasard ?

Elle laissa échapper un petit rire léger, volontairement, espérant que cela suffirait à effacer le doute dans l'esprit de son fils.

— Mon pauvre chéri, concentre-toi plutôt sur ton boulot et sache que ta mère se porte très bien. Je crois que ce retrait temporaire me fait beaucoup de bien. Je note déjà des effets bénéfiques. Je n'avais pas réalisé à quel point j'avais besoin de repos.

Michael avait gardé silence, elle comprit qu'il n'était pas convaincu.

— Je vais en profiter au maximum, continua-t-elle, je compte voyager et visiter des amis. Quelle sensation de se réveiller le matin et d'avoir l'esprit libre ! Oh, pardonne-moi de m'exclamer ainsi alors que pour toi c'est tout le contraire en ce moment.

— Non, ne t'inquiète pas pour moi. Il fallait bien que je m'y mette un jour ou l'autre, et puis je ne regrette pas que ce soit à ce moment précis.

— Comment sont les autres avec toi ?

— Très bien, John et Christina me sont les plus précieux.

— N'épuise pas trop ce vieux fauve de John, ajouta-t-elle sur un ton de taquinerie.

— Oh maman, il a plus d'énergie que tu le penses et je crois que ça lui fait plaisir de m'aider à prendre de l'aile. Présentement, il est en vacances, mais je m'en sors très bien grâce à ses recommandations.

— Bien, étant donné que tout semble être sous contrôle, je crois que je vais cesser de me faire du souci pour toi. Non que je doute de tes capacités, j'ai toujours cru en toi, mon chéri.

« Trop même », pensa-t-il, il allait ouvrir la bouche pour lui souhaiter un bon repos lorsqu'elle ajouta de façon inattendue :

— Dis, avec ton nouveau travail, tu ne négliges pas ta fiancée ?

Il n'avait jamais tenu de fiançailles officielles avec Jessica et pourtant, sa mère supposait toujours que c'était chose faite. Donc c'est qu'elle désirait que le tout soit fait dans les plus brefs délais. Et lui, comme toujours, trop timoré pour la remettre à sa place, allait céder à ce nouveau chantage. Comme il aurait aimé être plus costaud de caractère pour lui dire clairement ce qu'il en était, au lieu de toujours se laisser dicter par elle ! Ce qu'il en avait marre de toujours se plier aux quatre volontés de sa mère et de la fermer sans jamais la contredire !

— Non, maman, capitula-t-il, je vois que tu attends avec impatience la célébration de nos fiançailles, ça ne saurait tarder, dit-il en maîtrisant son irritation.

— Bien, au revoir Michael, maman est fière de toi.

— Prends soin de toi, maman.

Il attendit qu'elle ait raccroché pour le faire promptement à son tour. Ce geste brusque et subit ne lui ressemblait guère. Disons qu'à vingt-quatre ans, il commençait à en avoir plus qu'assez de ne pas pouvoir toujours s'exprimer comme bon lui semblait, et de ce « maman est fière de toi » qu'il détestait tant. C'est cette toute petite phrase entendue depuis sa plus tendre enfance qui l'avait emprisonné à vie dans une certaine faiblesse, cette pusillanimité à tenir tête à sa mère. Enfant, il avait aimé ces mots, il faisait plaisir à sa mère pour l'entendre les dire, mais petit à petit cela devint un piège pour lui, la peur de ne plus les entendre l'ayant terrorisé. C'est qu'elle paraissait tellement heureuse, sa mère, quand elle était fière de lui. Mais voilà que maintenant, il en ressentait de l'amertume.

Il resta un long moment pensif. Drôle de journée. Lui si énergétique ce matin, prêt à attaquer en l'absence de John, s'était vu ralentir par ses soucis pour les sentiments de Christina à son égard, puis, il y a quelque instant, inquiet du ton de sa mère, et se trouvait à présent complètement ramolli, effondré, à se plaindre de son sort. Se pouvait-il qu'il ne puisse jamais se libérer ?

CHAPITRE QUINZE

Jessica Hines ne savait plus où elle en était dans sa relation avec Michael Brown. Assise dans le fauteuil préféré de son père, son expression trahissait une inquiétude marquée. Depuis quelque temps, la relation semblait tourner en rond. Déjà qu'ils ne se voyaient pas assez à son goût, cela avait empiré depuis qu'il travaillait à la Brown's Co. Ils se fréquentaient maintenant depuis plus de deux ans et jamais Michael n'avait fait mention d'engagement plus sérieux entre eux. À plusieurs occasions, lorsqu'ils se trouvaient ensemble, elle avait eu l'impression d'être la seule à être présente, il semblait toujours absent, distrait, comme s'il était forcé d'être avec elle. À part quelques baisers échangés sans passion, il ne s'était jamais au grand jamais rien produit d'autre entre eux. Ce qui était plus qu'inquiétant. Ce qui l'intriguait beaucoup. Si ce n'était d'elle, ils auraient dépassé le stade des baisers mornes et sans éclat à chaque fois. Mais Michael semblait toujours vouloir se comporter en parfait gentleman et attendre. Elle jouait le jeu pour paraître bonne fille, mais là elle commençait à se poser de sérieuses questions. Deux ans pour un garçon de son âge, cela faisait trop. Elle commençait à trouver leur relation plutôt plate, monotone, pas très palpitante et sans intensité. Des plus ennuyeuses, quoi ! Se pouvait-il qu'il ait une autre amie pour satisfaire ses besoins ? Mieux valait ne pas y penser ! Sa vie manquait royalement de piquant et elle en était plus qu'importunée.

Elle avait déjà songé à le quitter, mais ce serait fou de laisser partir le jeune célibataire le plus convoité de la région bostonienne, et elle était flattée aussi qu'il l'ait préférée, bien que ce soit elle qui l'ait dragué, à toutes les autres filles mieux nanties qu'elle. Sa famille, contrairement à la sienne, ne menait pas une vie de riche proprement dite, mais avait quand même sa part du gâteau. En effet, son père possédait de nombreuses actions diversifiées en Bourse, pour la plupart très lucratives, et se trouvait parfois à participer aux plus grandes décisions de certaines entreprises en plus d'être un magnat de l'immobilier.

Par une nuit fraîche d'automne, dans un bar sophistiqué du centre-ville, Michael se tenait debout à l'écart, dans un coin près de la fenêtre, à contempler Dieu sait quoi au dehors, et buvait songeusement son verre. Il y avait quelque chose de mystique dans cette image qu'il projetait. Tout de suite, Jess avait été séduite et charmé. Doucement, elle s'en était approchée, feignant de ne pas le voir, prétendant regarder dehors elle aussi. N'ayant suscité aucune réaction chez sa proie, elle lui demanda l'heure puis peu à peu, la conversation s'était engagée avec beaucoup de vide au début puis plus remplie par la suite. Elle se rappela qu'il avait été facile de le draguer, trop facile même. Une complicité s'était installée petit à petit entre eux et ils finirent par se découvrir plusieurs affinités. Ils prirent rendez-vous pour le lendemain soir dans un endroit plus tranquille. Ils bâtirent posément ensemble une relation qui, à ses débuts, connut tout de même une certaine extase, sans toutefois jamais se rendre trop loin.

Au début, elle trouva cela charmant, car il était rare de nos jours de tomber sur un jeune homme pas trop pressé pour la chose. Elle interpréta cela comme étant du respect à son égard. Mais plus le temps passait, plus il semblait ne pas s'y intéresser du tout. N'était-elle pas assez désirable avec ses proportions harmonieuses qui faisaient tourner plus d'une tête à son passage? Que dire de ses magnifiques boucles dorées qui tombaient joliment sur ses épaules? Et ses splendides yeux verts qui n'en finissaient plus de lui attirer des compliments? Sans l'ombre d'un doute, Jess était sûre d'avoir physiquement tout pour plaire à un homme. Elle était belle à faire damner un saint. Alors pourquoi Michael n'avait-il jamais manifesté le moindre désir de posséder son corps? Peut-être qu'il ne l'aimait plus. Mais comment opter pour une telle hypothèse quand, paradoxalement, il ne cessait de la combler de toute sorte d'accessoires et de gadgets dispendieux, et ce de façon plus marquée depuis ses soupçons? Il lui téléphonait à chaque jour, mais semblait de plus en plus distant, conversant pour converser. Les cadeaux étaient maintenant livrés plutôt que remis en personne. De quoi était-elle coupable pour qu'il ait changé autant, et de manière plus drastique encore depuis quelques semaines? Et s'il avait rencontré quelqu'un d'autre? Sa secrétaire actuelle n'était pas mal du tout. Elle avait peut-être jeté son dévolu sur lui. Bien que cela lui semblât fort plausible, Jessica ne le pensait pas, le détachement de Michael à son égard ayant commencé avant qu'il ne commence à travailler avec elle. À moins que le tout n'ait commencé lorsqu'il allait voir sa mère au bureau!

Il fallait qu'elle réagisse, car elle sentait la fin s'approcher entre Michael et elle. Ce dont elle ne voulait absolument pas. Pas question de laisser partir le meilleur parti de la ville. Elle avait déjà en tête une petite idée de ce qu'elle allait entreprendre. C'était risqué, certes, mais cela lui permettrait de resserrer son étau sur lui et de s'assurer une vie de luxe jusqu'à sa mort, la Bourse n'étant pas trop sécuritaire de nos jours, songea-t-elle. Maintenant qu'elle y pensait, jamais Michael ne lui avait dit « je t'aime ».

Cette dernière réflexion lui fit venir à l'esprit l'urgence de réagir à cette situation. Elle sauta littéralement sur le téléphone, manquant de s'enfarger dans la petite table en marbre sur lequel reposait le combiné. Elle composa avec détermination le numéro de celui sur qui reposait l'aisance entière de sa vie à venir.

« Brown's Corporation, bonjour. » Une voix gentille et aimable, que Jessica trouva le moyen de caractériser de maligne du simple fait que c'était celle de Christina.

— Michael, s'il vous paît ! lâcha-t-elle sèchement.

— Qui le demande ?

« Non mais c'est pas vrai, cette chipie feint de ne pas reconnaître ma voix, pensa Jess, ce n'est pourtant pas la première fois que j'appelle ! »

— Je veux parler à mon fiancé, ordonna-t-elle.

Christina eut un choc. Malgré tout ce qu'elle entendait de commérages au bureau, elle s'était convaincue que Michael n'avait personne dans sa vie. La vérité lui fit l'effet d'une douche froide, non, glaciale plutôt. C'est donc vrai ! C'est pour ça qu'il l'ignorait. Elle était certaine que Michael savait qu'elle lui vouait un amour silencieux, il faudrait être aveugle pour ne pas s'en rendre compte. Cette jeune fille dont elle venait de feindre n'avoir pas reconnu la voix était donc bel et bien sa fiancée. Elle appelait souvent, mais Christina avait poussé son optimisme jusqu'au ridicule pour continuer à espérer vivre un jour une grande histoire d'amour avec Michael.

— Allô !

La voix impatiente et autoritaire de son interlocutrice la fit sortir de sa torpeur.

— Ou... Oui, ne quittez pas.

Plusieurs secondes s'écoulèrent avant qu'elle n'annonce à Michael cet appel. Le temps de se remettre de ses émotions.

Lorsqu'elle lui annonça l'appel de sa fiancée, elle crut déceler un certain embarras chez lui, car il mit un certain temps avant de lui dire qu'il prenait l'appel. Peut-être que ça n'allait pas très bien entre eux en ce moment, ce qui consola quelque peu Christina. Mince espoir qui lui permettrait de tenir jusqu'à la fin de la journée. Elle avait envie de se précipiter chez elle pour pleurer.

Le fait que Michael soit fiancé ne signifiait pas pour autant la fin de son amour pour lui, non plus qu'elle cesserait d'espérer qu'il lui appartiendrait un jour. Pour Christina, c'était Michael ou rien. Et ça, c'était vital. Les choses étant ce qu'elles sont, il lui fallait à tout prix déclarer à Michael, avec de vrais mots, ce qu'elle éprouvait pour lui. Plus de petites manies maladroites et de rougissements enfantins. Ces comportements puérils la rendaient ridicule aux yeux de tous. Fini de jouer à l'adolescente coincée, place à la vraie femme en elle. Elle devait à tout prix tenter quelque chose avant que ces fiançailles n'aboutissent à l'incontournable : le mariage. Car alors, le ciel lui tomberait sur la tête. Fini les petits jeux pour « faire semblant » de Myriam, et d'ailleurs c'était quoi cette idée de recevoir des conseils de sa cadette, n'était-ce pas elle l'aînée ? De plus, autant qu'elle s'en souvienne, cette dernière n'avait jamais eu de petit ami, à moins qu'elle ne le lui ai caché.

Ce soir-là, Christina rentra chez elle possédée d'un mélange de combativité et de défaitisme. Comment vaincre ce pessimisme qui semblait prendre le dessus sur tout ce qui lui restait d'optimisme ? Découragée, elle se laissa tomber de tout son poids sur le canapé vert qui décorait son modeste salon, et en même temps, son sac à main et ses clés aboutirent sur le sol dans un bruit sourd. Elle prit une longue inspiration, comme pour se convaincre qu'elle maîtrisait la situation, mais quelle situation? Celle d'une pauvre fille qui attrape d'emblée la tremblante dès qu'elle se retrouve face à l'homme de sa vie qui, lui, n'a que faire de ses petites manières de collégienne pour attirer son attention. En plus, il était promis à une autre. Elle fit courir lentement ses doigts dans sa masse de cheveux blonds en se demandant comment elle s'y prendrait pour parler à Michael sans se ridiculiser. Rien que d'y penser, elle sentit son corps se ramollir. Pourrait-elle pousser son audace jusqu'à cette limite? Il était pourtant clair qu'il n'y avait pas d'autre issue, à moins de se lancer dans des machinations dignes d'alimenter le scénario d'un film. Qu'en penserait Myriam? Non, surtout il ne fallait pas lui en parler. Elle lui briserait encore plus les ailes. Elle prétendrait que faire une déclaration d'amour ne veut pas forcement dire récolter les fruits escomptés et lui proposerait encore des chemins longs et périlleux. Mieux valait se fier à son instinct de femme qui souffre en silence et se laisser guider par son cœur.

CHAPITRE SEIZE

La dernière chose dont Michael avait envie était d'un souper en tête-à-tête avec Jessie. Il avait envie de refuser, mais quelque chose lui faisait pressentir que cette rencontre sous-entendait autre chose qu'un simple souper. Quoi? Il ne saurait le dire. Il avait fini sa journée et était écrasé dans le fauteuil de sa mère. Sur l'étage, il ne restait plus que lui, et Jacob qui s'affairait à vider les corbeilles. Il n'était pas pressé de rentrer chez lui, de peur de ne plus vouloir en sortir et manquer ainsi son rendez-vous avec Jess. Son appart, c'était son cocon. L'endroit où il pouvait être lui-même sans jouer de rôle quelconque. Être simplement lui tel qu'il aurait aimé paraître devant ceux qu'il côtoyait, sans aucune pression.

Sans trop savoir pourquoi ni comment, il se mit à penser à Ricky, ce mystérieux jeune homme rencontré quelques jours plus tôt. Il devait être à peine plus âgé que lui. Dommage qu'il ne lui ait pas encore lâché un coup de fil. Michael aurait aimé avoir de ses nouvelles et pourquoi pas l'aider, car il disait être nouveau dans le coin. Il avait sûrement besoin d'un job et il aurait pu lui être utile. Ricky avait le panache du gars éprouvé par la vie. Lui, au contraire, avait en apparence tout de celui qui avait été choyé.

Mais c'était vrai, matériellement, il l'était. Par contre, sur le plan psychique, il ne l'était pas. Contraint de mener une vie qu'il n'avait pas choisie. Il aurait préféré naître pauvre et vivre librement que de supporter toute cette tension que lui procurait son statut de fils de millionnaire. Non, l'argent ne fait pas le bonheur.

Le bureau de sa mère, celui qu'il occupait en son absence, possédait une salle de bain privée. Il s'y doucha puis enfila le complet de rechange qu'il avait demandé à se faire livrer juste après le coup de fil de Jess. Maintenant vêtu de ses nouveaux habits, il était d'une élégance à faire craquer une bonne sœur. Ses cheveux ramenés en arrière avec un peu de gel lui donnaient un petit air d'empereur avec une légère lueur de malice dans les yeux. Il descendit au stationnement de l'immeuble, embarqua dans sa Jaguar noire décapotable puis quitta le gigantesque édifice de la Brown's Co. Il se dirigea vers la bretelle d'accès de l'autoroute 95 Sud qui le conduisit tout droit à Randolph où habitait Jess.

Une fois arrivé à Randolph, il emprunta Main street. Ensuite, il tourna à gauche sur Union street et finalement à droite sur South street.

Il avait effectué le trajet sans vraiment se soucier de ce que Jess pouvait avoir de si important à lui dire, pourtant il appréhendait une certaine intrigue. Intérieurement, il était insouciant, ayant reçu plus que sa part d'écœurement de la journée. Il se foutait carrément du mobile de sa soi-disant fiancée pour le convoquer à un souper en tête-à-tête. C'était la première fois qu'il se sentait dans un tel état d'esprit et curieusement, il se sentait bien ainsi. Il regretta de ne pas s'y être adonné plus tôt.

Dans sa maison de South street, Jessica avait des sentiments contraires à ceux de Michael. Elle avait la maison à elle seule depuis que ses parents étaient partis faire le tour du monde il y avait de cela quelques mois. Consciente que la scène qu'elle s'apprêtait à jouer à Michael pourrait facilement se transformer en catastrophe, elle ne cessait de prendre de grandes inspirations pour s'aider à se calmer et pour se convaincre que tout irait bien, que Michael allait mordre à l'hameçon. Il était trop tendre et aimable pour céder à un emportement ou encore à la colère. Aussi, il était de nature calme et raisonnable, tellement compréhensif en plus. Alors cela pourrait-il tourner au vinaigre, dégénérer ?

« Calme-toi pauvre fille, se disait-elle, et applique-toi à préparer ta petite mise en scène. Ce qu'elle voulait obtenir, c'était une promesse de bague au doigt très prochainement. Ces jours-ci, elle avait la désagréable sensation qu'elle pourrait le perdre si elle ne tentait rien. Ce qu'elle prévoyait de faire était dramatique, certes, mais le temps jouait contre elle. Plus leur relation durait, plus il devenait distant. Elle avait pensé à mettre la mère de Michael au courant pour lui demander de l'aider à presser la chose, car madame Broconsfield-Brown, quoique parfois désagréable, l'aimait bien.

Mais comment affronter son regard d'aigle autoritaire qui semble n'avoir jamais fini de vous juger ? Elle avait peur qu'elle ne découvre ses mauvaises intentions et ainsi passer pour une arriviste opportuniste.

Ding dong ! Le bruit de la sonnette la fit sursauter à un point tel qu'elle lâcha un petit cri aigu. Elle sentit le sang se glacer dans ses veines. C'était lui, nul doute ! Avant d'aller ouvrir, elle jeta un dernier coup d'œil dans le grand miroir ovale du hall d'entrée où elle pouvait contempler son corps en entier. Satisfaite, elle nota que son affolement n'avait rien enlevé à sa beauté et qu'elle était plus que séduisante dans sa longue robe rouge moulante qui mettait en valeur ses rondeurs si bien proportionnées. Elle l'avait soigneusement choisie en espérant que ses courbes lui prêtent main-forte. Physiquement, elle était à son meilleur, mais elle connaissait assez bien Michael pour savoir qu'il en faudrait plus que ça pour l'amener à sauter sur elle. La glace l'ayant quelque peu rassurée, elle ouvrit la porte d'un coup en arborant son plus beau sourire.

Ce qu'il était beau ! Il était à ce point craquant qu'elle faillit en perdre le peu de cran qu'il lui restait. Elle l'embrassa tendrement sur la bouche et constata qu'il avait une certaine réticence à s'abandonner à son baiser. Elle nota aussi qu'il n'avait pas apporté de fleurs comme à l'accoutumée lorsqu'elle l'invitait à souper à la maison. C'était mauvais signe. Elle n'en oublia pas moins son but, s'efforçant de se concentrer sur ses intentions.

— Bonsoir mon amour, roucoula-t-elle. Qu'est-ce que tu es élégant, rentre, le dîner ne va pas tarder à être prêt. Elle pensa à tout ce qu'elle s'était fait livrer par le traiteur. Elle avait mis le canard farci à l'orange à réchauffer et avait mis sa petite touche personnelle de manière à ce que cela paraisse fait maison. Des petites pâtisseries succulentes couronneraient le tout. Reste à espérer qu'il croit qu'elle s'était donnée la peine de préparer tout ça pour lui.

— Je te retourne le compliment, s'efforça-t-il d'articuler pour ne pas paraître trop désagréable.

Il était d'une humeur massacrante.

Le dîner se déroula dans la plus grande quiétude. Tout se passa bien jusqu'à ce que Jessica décide qu'il était temps de passer aux choses sérieuses, étant donné que Michael semblait plus détendu qu'à son arrivée. Il s'était même permis de se coucher sur elle alors qu'ils étaient étendus sur le canapé de la salle de séjour. Ils se bécotèrent et Michael laissait flâner ses mains à des endroits osés. Jess n'en revenait tout simplement pas. Jamais il ne s'était permis de tels gestes. Toutefois, il lui semblait être dans un état second, ce qui pourrait expliquer son comportement. Peut-être était-il prêt à sauter la clôture aujourd'hui ?

Malheureusement, elle eut la mauvaise idée de jouer sa petite comédie à ce moment précis, pensant qu'on pouvait tout obtenir d'un garçon sur sa faim. Ce fut la catastrophe ! Entre deux baisers fougueux, elle l'arrêta net pour lui faire mention de ses craintes à propos de leurs relations, agrémentant ses paroles de profonds soupirs de fille désespérée. Aussi lui dit-elle que les choses traînaient un peu trop et qu'il était peut-être temps de penser à s'engager un peu plus sérieusement, et surtout qu'il valait mieux attendre le mariage avant de faire certaines choses. Elle avait ajouté cela, pensant faire bonne impression sur le gentleman qu'il était et ainsi paraître plus prude que lui.

— Qu'est-ce que tu entends par là ? lui avait-il répliqué tout d'un coup, redevenu aussi distant qu'il l'était à son arrivé.

Ayant supposé qu'il feignait de ne pas comprendre, elle avait laissé exploser sa petite colère dont le discours était tout préparé d'avance.

— Mais tu te moques de moi ou quoi ! Te rends-tu compte que cela fait plus de deux ans qu'on se fréquente et jamais tu ne fais allusion à un engagement plus sérieux ?

Elle l'avait repoussé pour qu'il se relève et s'assit à ses côtés.

— Tu me fais des cadeaux dispendieux, je l'avoue, tu me couvres de tendresse et d'affection, c'est vrai, mais rien de plus. Tu ne parles jamais de projets futurs entre nous. Jamais il n'est question de mariage. On dirait que tu prends notre relation au jour le jour en attendant je ne sais quoi. Qu'en est-il de notre avenir, Michael ? Pendant combien de temps encore va-t-on continuer ainsi ?

Jess prenait bien soin de ponctuer son discours d'intonations dignes des plus émouvants drames. Voyant qu'il ne réagissait pas à ses reproches, elle éclata en sanglots.

— Michael, tu me rends folle. Chaque fois que je me dis que ça y est, tu vas me demander en mariage, je finis toujours par être déçue. Tu finis toujours par t'en aller sans rien dire à part tes habituels mots doux et gentils. Je n'en peux plus, je sens que je vais craquer.

Et là, elle était sincère. Elle avait cessé de jouer la comédie, c'était ses vraies craintes de le perdre qui prenaient le dessus. Ce qui eut pour effet d'alimenter ses sanglots de plus belle.

— Est-ce que tu te sers de moi ? Ou bien y en a-t-il une autre depuis le début ?

Devant cette Jess en peine, Michael laissa partiellement tomber son masque d'indifférence. Il baissa les yeux, ne pouvant plus soutenir son regard. Jess avait vu juste, il se servait d'elle en effet. Il s'en servait pour montrer aux gens qu'il était un garçon normal. Il s'en servait surtout pour leurrer sa mère à qui il voulait plaire à tout prix. Il se servait d'elle pour ne pas provoquer de scandale au sein de la riche dynastie des Brown's d'où était issu son père. Il se servait d'elle pour cacher son homosexualité !

Comment pourrait-il lui dire qu'elle ne l'avait jamais inté-ressé vraiment ? Il l'avait choisie pour sa désinvolture, certes, mais aussi parce qu'elle était plus aisée que la classe moyenne sans être indubitablement de son richissime milieu. Ainsi, il pouvait brouiller les pistes, éviter certains commérages. Que lui répondre ? La vérité ou continuer à lui mentir ? Même sa soudaine fougue était fausse. Il ne l'embrassait pas par désir, mais dans le but de lui faire croire qu'il était capable de se comporter en homme viril. Le mensonge faisait partie de sa vie depuis l'époque où il avait découvert son homosexualité, soit à l'adolescence.

Il s'en était rendu compte après avoir constaté qu'au collège huppé privé mixte qu'il fréquentait, il ne manifesta aucune atti-rance pour les filles comme ses autres camarades de classe. Il n'avait jamais ressenti le besoin de la compagnie des filles, pas même comme simples amies. Il les fuyait farouchement ! Pour les garçons, c'était différent. C'est eux qu'il trouvait attirants et c'était leur compagnie qu'il désirait. Mais le problème, c'était qu'ils parlaient ou s'extasiaient le plus souvent sur les filles qu'ils convoitaient et sur leurs charmes. La plupart du temps, il feignait d'être intéressé par leur sujet de conversation prédominant, mais en réalité il s'ennuyait à en mourir. De peur qu'on ne lise sur son front son inversion sexuelle, il dut malgré lui s'en accommoder.

À dix-sept ans, il eut un méchant béguin pour un dénommé Edwardo. Un très beau garçon d'origine latine. Il avait beaucoup hésité à l'approcher pour lui avouer ses sentiments, par crainte de rejet ou pire, qu'il le dévoile à tous et qu'il ne devienne un objet de moqueries ou de sarcasmes si jamais il ne se révélait pas être comme lui. Mais heureusement, le destin avait voulu qu'Edwardo soit du même bord que lui. C'est après l'avoir longuement observé qu'il s'en rendit compte, mieux encore, il semblait très attiré par lui. Il était tout aussi tenaillé par les mêmes craintes qu'il éprouvait. Un jour, par un heureux hasard, ils se retrouvèrent seuls dans le vestiaire après le cours d'éducation physique. Ils passèrent aux aveux. Puis ils s'embrassèrent et cajolèrent à n'en plus finir et dès lors, ce fut l'amour avec un grand A. Ils se voyaient dans le plus grand secret pour éviter le scandale, tant de son côté que du côté d'Edwardo qui appartenait à une riche famille très active du milieu politique de son pays, dont son père était le plus sérieux aspirant à la présidence. Malheureusement, si flamboyant qu'ait été le début de leur idylle, elle prit fin abruptement trois semaines plus tard sans qu'ils n'eurent le temps de la consommer à fond.

La famille d'Edwardo retourna vivre dans son pays d'origine après avoir appris que le président qu'elle avait fui en gagnant les USA avait été destitué et que leur sécurité n'était plus menacée. Avant de se séparer, les amoureux s'étaient jurés de ne pas perdre contact, de s'écrire et de continuer à s'aimer malgré la distance. Ils pourraient se rencontrer durant les vacances d'été sans problème puisqu'il ne devrait pas avoir de mal à demander à sa mère de l'envoyer en vacances dans le pays de son ami. Ils n'avaient pas vraiment pu se dire au revoir car le lendemain du jour où Edwardo apprit la nouvelle, il devait regagner son pays. C'était donc au téléphone qu'ils s'étaient jurés de s'aimer à jamais.

Trois jours plus tard, ce fut le choc. La famille entière d'Edwardo périt dans un attentat à la voiture piégée à leur luxueux domicile. Il l'avait appris au journal de dix-huit heures à la télévision. Les images choquantes et brutales l'avaient marqué au point de lui donner des cauchemars des mois durant. Il avait de la difficulté à imaginer son ami de cœur au sein d'une telle tragédie. Et si c'était le destin, pour les punir de leur dérive sexuelle? Il prit peur et dès ce jour, se jura de tout faire pour refouler sa tendance gay et se forcer à aimer les filles. Leur amour était impossible dès le départ.

D'abord, jamais il n'aurait eu le courage d'affronter sa mère qu'il savait déjà être homophobe pour l'avoir déjà entendue parler de ces « désorientés mentaux » qui devraient tous se faire soigner par des psys. Ses camarades de classe les décrivaient comme étant des ratés toxiques pour la société que l'on devrait réduire en bouillie. Edwardo, de son côté, aurait été rejeté par sa famille très conservatrice pour qui le simple fait d'évoquer l'homosexualité suscitait le dégoût. Leur histoire était de toute évidence sans issue. Il capitula avant même d'entamer le combat. Il s'avoua vaincu sans se battre. La cause était perdue d'avance. S'avancer sur ce terrain serait comparable à se condamner soi-même à la guillotine.

Dans ses efforts pour s'intéresser à la gent féminine, il développa paradoxalement une haine des femmes. Non, c'était plutôt de la peur et il le savait bien. Systématiquement, il ne les détestait pas, mais il les craignait. Femme pour lui était synonyme d'emprise, de pouvoir, de domination et d'autorité. Comment pourrait-il en être autrement, ce sont les seules images que reflétait sa mère ! Il lui arrivait d'en douter, à voir l'air candide de Christina, il avait du mal à imaginer cet être-là bourré de tels vices. À moins qu'elle ne les cache sous ses griffes ! Non, il était prêt à risquer qu'elle n'était pas de cette espèce-là. Pour Jess, il ne parierait pas un sou. Comme s'il n'avait pas remarqué ses faux airs dès le départ. Il était peut-être mou comparé à un macho, mais il n'était pas idiot du tout. Il savait déceler le vrai du faux. Jess n'était rien d'autre qu'une tigresse en quête d'une proie de valeur.

Elle s'était avérée aussi malicieuse qu'il l'avait suspecté et par-dessus le marché, elle le croyait naïf au point de ne pas remarquer son petit jeu. Comme s'il n'avait pas compris qu'elle était avec lui uniquement parce qu'il était riche. Tiens, il pourrait en profiter pour lui lancer ces obscénités à la figure et lui dire qu'elle ne s'intéressait qu'à son argent. Non, ce serait de la lâcheté car lui aussi, il profitait d'elle. C'est lui qui avait été le plus malin des deux. Tout comme elle, il cachait son jeu. Il s'en voulait de participer, bien malgré lui, à ce sale jeu. Il aimerait bien y mettre fin. Même si elle était avec lui par pur intérêt, Jess était tout de même quelqu'un de bien qui ne cherchait qu'à assurer ses arrières au détriment de son bonheur. Il ne voulait pas lui faire de mal. Il ne voulait pas la blesser bêtement. D'un autre côté, il en avait marre de cette situation. Comment faire une omelette sans casser d'œufs ?

— Heu… Écoute Jess… tenta-t-il, peu sûr de lui, je…

— Non, l'interrompit-elle, je ne veux plus rien entendre qui me demande de patienter encore un peu. Ce soir, ou bien tu me fais la promesse d'un engagement futur, ou bien tout est terminé.

Elle savait qu'elle risquait gros en disant cela, son audace la surprit et eut pour effet de tarir la source qui alimentait ses larmes mi-sincères mi-provoquées.

Michael en était estomaqué! D'abord parce que Jess avait poussé l'audace jusqu'à un ultimatum pour lui mettre la corde au cou et ensuite, parce que la porte lui permettant de prendre la clef des champs était maintenant grande ouverte devant lui. Il n'avait qu'à choisir cette opportunité et ainsi quitter Jess sans blâme, car c'est elle qui aurait provoqué la rupture. Elle ne pourrait pas le rendre responsable. Il savait que c'était mal de profiter de la situation de cette manière, que c'était lâche... mais avait-il d'autres choix? Sautant honteusement sur l'occasion, il enfila un faux manteau de colère pour lui signifier qu'il valait mieux que tout se termine entre eux.

— Très bien, dit-il fermement, puisque tu ne peux pas attendre, aussi bien s'arrêter là.

Sur ce, il se releva brusquement, prit sa veste et se dirigea vers la porte. Puis, faisant référence à l'habitude de Jess de toujours le raccompagner lorsqu'il venait chez elle:

— Pas la peine de m'accompagner, je connais le chemin.

— Non, attend, Michael! l'entendit-il crier avant de claquer la porte derrière lui.

Il n'était pas fier de lui et une vraie colère l'envahit alors qu'il se dirigeait d'un pas rapide vers sa Jaguar. Il s'en voulait d'avoir été aussi malhonnête et lâche envers elle. Il démarra en trombe, ses pneus crissèrent dans un bruit strident.

Michael laissa derrière lui une Jessica en pleurs, couchée en boule sur son plancher de bois franc froid, sanglotant à la manière de quelqu'un à qui on vient d'enlever sa dernière goutte d'espoir et dont les cris perçaient les murs de sa demeure pour se faire entendre jusqu'au dehors.

Il avait dévoré la route et s'était précipité en coup de vent dans son appartement, témoin silencieux de toutes ses faiblesses, se dirigea en courant vers son lit puis s'y jeta pour pleurer les larmes amères qu'il retenait depuis qu'il s'était embarqué dans sa voiture, les larmes de la défaite. Il pleura longuement, chaudement.

Le lendemain, ce fut un autre jour pour Michael. Il s'était remis de ses émotions de la veille et attendait maintenant que la nouvelle de sa rupture avec Jessica fasse son chemin. Et pour ça, il n'avait rien à faire, Jessica s'en chargerait sûrement. Elle commencerait par le dire à une amie qui, croyant avoir un scoop, le répéterait à une autre, et ainsi de suite jusqu'à ce que les journaux à potins se chargent du reste. Il savait aussi qu'il ne pourrait pas se débarrasser d'elle aussi facilement. Certainement, elle essayerait de le relancer, mais cette fois, il était prêt à se battre. Pas question de retourner dans ce petit jeu malsain auquel il jouait depuis deux ans. Il y avait mis fin lâchement mais pour de bon. Et s'il était lui-même, pour une fois, et s'il se montrait dans sa vraie nature ? Pourquoi pas ? Place à de nouveaux horizons. Il se mit alors à penser à Ricky. Si seulement il daignait l'appeler... Il soupira avec optimisme. C'est avec ce soupir d'espoir qu'il gagna les bureaux de la Brown's Co, par cette matinée ensoleillée, au volant de sa décapotable, cheveux au vent, arborant son plus beau sourire.

Chapitre dix-sept

Nancy ne savait par où commencer. Tout d'abord, ce qu'elle voulait c'était mettre un terme à ses cauchemars qui découlaient du fait qu'elle avait exécrablement abandonné un petit être innocent. Elle était convaincue que le retrouver était la seule solution pour mettre fin à ses tribulations. Cependant, elle ne disposait d'aucun indice pour retrouver sa trace.

Tout de suite après l'avoir expulsé, Nancy avait vu que c'était un garçon et c'était tout. Affolée, elle n'avait pas pris le temps de regarder ses traits ni de voir à qui il ressemblait. À l'époque, elle s'en moquait pas mal, mais aujourd'hui, elle donnerait beaucoup pour savoir. Elle se força à se remémorer ses vieux souvenirs pour en soutirer quelques bribes, quelques détails sur le bébé. Tout ce qu'elle put en tirer, c'est qu'il était tout couvert de sang et de matières glaireuses. Elle avait coupé le cordon ombilical à la hâte, avait aspiré quelques sécrétions dans ses narines, le bébé avait pleuré à ce moment-là et elle se rappela qu'elle avait failli mettre la main sur sa bouche pour l'empêcher de crier, pour ne pas alerter quelqu'un qui pourrait se trouver dans les bois à cette heure nocturne. Maladroitement, elle l'avait alors enveloppé dans les couvertures, puis s'était sauvée en

95

courant vers sa bicyclette abandonnée à quelques mètres du lieu où elle avait accouché.

Juste avant d'enfourcher sa bécane, une douleur l'avait envahie à nouveau et elle avait senti que quelque chose allait encore sortir. Elle avait eu peur que ce ne soit un autre bébé, car elle n'était pas préparée à ça. La chose tomba subitement et lorsqu'elle la regarda, c'était un amas de sang tout noir. Elle s'était sauvée en pleurant sur son bicycle en proie à de grandes peurs. Plus tard, elle sut que la chose dégueulasse toute noire était le placenta.

Nancy se souvint comme si c'était hier des détails de cette horrible nuit d'angoisse. C'était tout un contraste comparé à la naissance de Michael. Lui était né comme un prince. Dans l'un des meilleurs hôpitaux de la ville, en présence du meilleur obstétricien de la région, sous le regard attentionné et rempli de fierté de son père. Tout s'était déroulé dans la plus grande quiétude. Une somptueuse réception avait eu lieu quelques jours plus tard, la famille au grand complet s'était réunie pour fêter l'arrivée du nouveau-né. Nancy se rappela y avoir rencontré de la parenté dont elle ne soupçonnait même pas l'existence. Tant de son côté que de celui de son regretté mari. En se souvenant que Mary-Ann avait eu le temps de faire la connaissance de son petit-fils avant de mourir, ce fut comme un baume pour son esprit pris d'assaut par ses affreux souvenirs. Quand elle avait tenu Michael dans ses bras pour la première fois, un pincement lui avait serré le cœur lorsque remonta en elle le souvenir de l'autre bébé qu'elle avait rejeté comme un déchet et qui n'avait pas bénéficié de ce geste instinctif, si naturel à une mère. À ce souvenir, des larmes coulèrent abondamment sur les joues de Nancy. « Mon Dieu, comment ai-je pu être aussi mauvaise ? Pauvre petit être innocent. »

Elle voulait le retrouver pour confesser son geste odieux, lui demander pardon et ainsi se soulager de ce poids sur sa conscience. Elle tenterait de lui expliquer pourquoi elle avait agi de la sorte. Elle n'espérait pas se faire aimer de lui ou se faire pardonner, ce serait trop demander au destin, mais au moins avoir la chance de solliciter son indulgence ou tout simplement de le voir en chair et en os. Elle voulait savoir ce qu'il était devenu, s'il avait vécu dans la misère, s'il avait souffert d'une maladie ou encore s'il était physiologiquement bien constitué. « Mon Dieu, faites qu'il soit toujours vivant ! » Elle pensa aussi à tout ce qu'elle pourrait lui offrir s'il se trouvait dans le besoin. Le prestigieux nom des Broconsfield, un avenir assuré, le confort, le luxe quoi ! Mais en toute honnêteté, elle savait que tout cela ne saurait effacer le fait qu'il ait été abandonné bêtement dans un bois au beau milieu de la nuit.

Était-il son fils au même titre que Michael ? Devait-il bénéficier des mêmes avantages que lui ? Comment réagirait-il lorsqu'il saurait ? Et si pour se venger, il devait exposer au grand jour ce qu'elle avait fait ? Le monde entier connaîtrait enfin la femme ignominieuse qu'elle était. Et Michael dans tout ça ? Lui en voudrait-il ? Certainement. Chaque fois qu'elle se posait une question, une autre venait à son esprit. Elle se demanda si elle ne devait pas consulter un psychologue, histoire de voir plus clair dans toutes ces interpellations car pour être franche, elle se sentait emmêlée. Pourrait-elle s'en sortir toute seule ?

Elle avait peur de consulter un psychologue, quoique c'eût été le professionnel le mieux placé, mais elle n'en connaissait pas un qui fût de confiance. Le vieux Dr Byrnes que son père lui faisait voir lorsque c'était nécessaire était mort il y a belle lurette. Elle craignait que son histoire ne tombe dans l'oreille potinière de secrétaires de psy ayant de la difficulté à tenir leur langue à la bonne place et que tout finisse par éclater au grand jour, en pleines pages des journaux à scandales. Non, elle ne supporterait pas ça, quoi qu'elle estima mériter pire encore pour ce qu'elle avait fait. Ces professionnels étaient liés par le secret de leur fonction, certes, mais on ne pouvait en dire autant de leurs employés ou des personnes qui gravitaient autour d'eux et avaient accès à leurs dossiers. De plus, ils devaient sûrement y avoir dans leur entourage une personne que cette loi ne régit pas à qui ils racontaient les cas dont ils traitaient.

Y avait-il sur cette terre une personne à qui elle pourrait faire confiance? Quelqu'un qui ne la jugerait pas, mais qui se contenterait de l'écouter ou de l'aider dans ses démarches? Assurément non, car aucune personne ne lui vint à l'esprit, à part Dieu. Mais Lui, elle l'avait longtemps écarté de son chemin pour pouvoir mener à terme ses desseins. Elle avait toujours été seule dans la vie. Cette pensée l'attrista. Assise à même le sol dans le grand living-room de son appartement de Marina Bay, Nancy avait l'impression d'être la femme la plus malheureuse du monde. Dehors, le soleil se couchait, donnant une teinte orangée au ciel qu'elle pouvait contempler par la fenêtre, ses rideaux étant tirés. Le silence qui entourait ce tableau ajouta plus encore à son désarroi. Comme elle se sentait seule... Terriblement seule. De nouveau, ses yeux se remplirent de larmes.

Elle n'avait jamais pensé à l'amour. Obsédée par le désir de plaire à tout prix à son père omniprésent dans son esprit, l'aveuglant jusqu'à en oublier sa personne, voire de faire *son* bonheur. Mais n'était-ce pas ça son bonheur, plaire à son père?

La partie n'allait pas être facile et Nancy le savait bien. Retrouver un fils abandonné sans nom et sans aucune trace allait lui être difficile. Et si elle y parvenait, qu'allait-elle dire à ce fils? Il n'était plus un enfant maintenant. Certainement, il lui demanderait des explications. Qui sait, il la détestait peut-être à en mourir. Était-il toujours vivant? De tout son cœur, Nancy l'espérait, car lui seul avait le pouvoir de la guérir de ses cauchemars. Autrement, son esprit serait tourmenté à vie.

Elle allait avoir besoin de toutes les ressources dont elle disposait. D'abord, les journaux qui avaient abondamment traité de cette affaire. Elle n'aurait qu'à se rendre à la bibliothèque municipale et demander à consulter les articles de l'époque, à partir du 22 décembre 1975, jour de naissance et de découverte du bébé dans les bois de Randolph.

L'insolite découverte avait fait couler beaucoup d'encre, et plusieurs émissions spéciales y avaient été consacrées, tant à la radio qu'à la télévision. Elle pourrait consulter les références audiovisuelles pour voir à quoi il ressemblait, si jamais son visage avait été filmé. Nancy n'avait jamais vu les traits de l'enfant qu'elle avait abandonné. Elle n'avait pour informations que le peu du bulletin télévisé que son père lui avait résumé le matin du drame, lorsqu'elle l'avait rejoint dans le salon. Elle n'en savait pas plus des démarches entreprises par les autorités concernant le poupon. Elle avait volontairement choisi de rester dans l'ignorance de cette affaire pour éviter d'éveiller tout soupçon à son égard. À l'école, quand ses camarades ou les professeurs en débattaient, elle se retirait discrètement pour ne pas qu'on lui demande son opinion sur l'événement. Elle s'effaçait de toute conversation qui portait sur le sujet. Et Dieu merci, son père ne lui en parla plus jamais.

Après une nuit de ténèbres, le soleil brillait maintenant de tous ses rayons pour annoncer un nouveau jour. Nancy décida qu'il était temps pour elle de passer à l'action. Avant de sortir, elle prit soin de vérifier qu'elle avait pris ses lunettes de soleil. Elle les porta à son visage non pas pour se protéger des rayons UV, mais pour cacher ses yeux rougis par les pleurs. Ayant à présent barré sa porte, elle se retourna pour longer le long corridor qui menait aux ascenseurs. C'est alors qu'elle vit James Lee, l'écrivain, qui faisait de même et l'avait aperçue à son tour. Il semblait déterminé à l'attendre. « Oh non ! » dit Nancy intérieurement, elle n'avait envie de parler à personne.

— Bonjour, Nancy, dit-il tout sourire, belle journée pour faire du yacht, qu'en dites-vous ?

— Vivement ! répondit-elle en lui rendant son sourire malgré sa mine basse. C'est ce que vous comptez faire aujourd'hui ?

— Exact, et vous ?

Ils discutèrent tout en se dirigeant vers l'ascenseur.

— Oh, moi non, pas aujourd'hui. J'ai une grosse journée devant moi.

— Vous travaillez trop, ma chère. Vous devriez prendre le temps de vous reposer.

Il appela l'ascenseur qui ne tarda pas à arriver. Ils y entrèrent. À travers ses verres fumés, elle vit qu'il la regardait d'un œil interrogateur. Ses lunettes teintées lui furent d'un grand secours.

— Quel étage ?

— Le premier sous-sol, s'il vous plaît, dit-elle tout en se demandant quand il allait cesser de poser sur elle ce regard insistant.

— Ah, au fait, est-ce que tout va comme vous le voulez ? Il y a quelques jours, j'ai cru entendre du bruit venant de votre appartement...

— Oh, fit Nancy portant brièvement les mains à son visage, je suis désolée de vous avoir dérangé. J'ai fait un cauchemar et je me suis réveillée en sursaut. Je ne pensais pas avoir crié aussi fort. Pardonnez-moi.

— Non, vous ne m'avez pas du tout dérangé, je ne dormais pas encore.

Son regard appuyé s'assouplit, son expression se radoucit. Il ébaucha un sourire juste au moment où la porte de l'ascenseur s'ouvrait ; il était arrivé à destination.

— Pour moi c'est le rez-de-chaussée. Je me rends immédiatement au quai. Bonne journée.

Nancy continua toute seule jusqu'au premier sous-sol où elle avait l'intention de récupérer sa Mercedes. Mais une fois rendue à l'aire de stationnement, elle fut tentée de changer d'idée et de faire le parcours à pied pour profiter du beau temps. Elle pourrait ainsi aérer ses poumons après avoir été cloîtrée à l'intérieur depuis plus de trois jours.

Marina Bay se trouvait entre Quincy et le centre-ville où elle devait se rendre. Entre les deux, il n'y avait que des routes sans trottoirs. À moins de vouloir se faire renverser, mieux valait oublier la petite marche de santé. Elle revint à sa première intention. Elle se dépêcha de trouver son véhicule. L'ayant repéré, elle y monta, puis démarra avec une destination bien précise en tête, les archives de la bibliothèque municipale, pour y consulter les coupures des journaux à partir du 22 décembre 1975 !

Elle ne mit pas longtemps à s'y rendre. La circulation habituellement dense était fluide en cette fin de matinée. À cause des nombreux panneaux d'interdiction de stationner, elle dut immobiliser sa voiture à quelques pâtés de maison de la bibliothèque. Une petite marche s'imposait pour y arriver. Dans un mouvement désinvolte, elle leva la tête. Ses yeux croisèrent une croix de bois perchée au sommet d'une modeste bâtisse dont tout semblait indiquer qu'il s'agissait d'une église. Sa conscience lui fit alors comprendre que pour sortir tous ses cadavres du placard, elle allait devoir aussi rendre des comptes à Dieu. Lui demander pardon pour ce qu'elle avait fait. S'il n'y avait personne à part elle qui soit au courant, bien sûr Lui, Il savait. Il avait été témoin dès le début, un témoin silencieux.

Nancy voulait plus que retrouver son fils. En plus de retouver sa trace pour mettre fin à ses tiraillements et à ses remords, elle désirait aussi la paix de l'âme, ne plus avoir ce geste immonde sur la conscience, l'effacer complètement, totalement. Ne plus jamais avoir le sentiment d'avoir été cette personne-là. Et ça, Dieu seul pouvait le lui procurer.

Elle se dirigea vers la porte brune qui donnait accès au temple. Elle ne considéra pas l'affiche juste au-dessus qui mettait l'accent sur la dénomination de la communauté qui y adorait. Tout ce qu'elle voulait, c'était s'adresser à Dieu. Elle tira sur la poignée. C'était débarré. Elle entra sans hésiter. Une fois à l'intérieur, elle se rendit compte qu'elle n'avait même pas pensé qu'il pourrait y avoir un service en cours et ainsi déranger son déroulement. Il n'y avait personne dans la grande pièce, qui n'avait pour décoration que de simples bancs de bois. L'espace réservé au prédicateur était légèrement aménagé de façon à être facilement distinguable, mais sans plus. En haut, il y avait écrit sur une longue banderole : « Si tu me cherches, tu me trouveras, seulement si tu me cherches de tout ton cœur ». « Tant mieux », pensa Nancy, car elle avait besoin de le trouver. En plus de la paix de l'esprit qu'elle recherchait, Dieu pouvait aussi l'aider dans ses démarches. Ainsi, elle mettrait vraiment toutes les chances de son côté.

Elle repéra une rangée de bancs parmi la vingtaine qui s'offrait à elle et alla s'agenouiller le plus naturellement du monde comme si elle avait toujours fait cela. Et pourtant, à sa connaissance, c'était bien la première fois qu'elle prenait une telle initiative. « Mon Dieu... commença-t-elle, je sais que je n'ai pas été une bonne personne jusqu'à ce jour. » L'arrivée des larmes fut instantanée. « Mais maintenant, je voudrais changer et réparer si possible mes erreurs du passé... »

CHAPITRE DIX-HUIT

Ricky en avait plus que marre de n'avoir toujours rien trouvé. Il avait fait le tour des boîtes du quartier, mais partout on lui avait affirmé ne pas avoir besoin de personnel. Les magasins qui affichaient chercher des employés n'avaient soudainement plus rien de disponible dès qu'il se pointait. « Pourquoi n'enlevez-vous pas votre affiche, alors ? » avait-il demandé au gérant de la boutique de chaussures de sports. « Ah la pancarte, avait-il répondu, l'air d'être pris au dépourvu, heu... C'est que... hé bien ! c'est ce matin que j'ai embauché le dernier préposé. » Balivernes ! Trois jours plus tard, il était repassé devant le magasin et la pancarte était toujours là. Il avait résisté à l'envie d'y retourner pour demander ce qu'elle faisait encore là et casser la gueule à ce petit chauve qui l'avait pris pour un idiot. La tentation de vendre des stupéfiants lui venait souvent à l'esprit, ce n'était pas les occasions qui manquaient dans ce coin, mais il la repoussa encore une fois. Il était venu ici pour donner une nouvelle direction à sa vie et rien n'allait lui faire changer d'idée. Quitte à ce qu'il reste toute une année sans rien faire, à vivre comme un clochard et à se nourrir dans les vidanges !

Il faisait vraiment beau aujourd'hui. Le soleil brillait de tous ses feux. Dommage qu'il n'en fût pas de même dans son cœur. Assis sur un banc dans un coin isolé du parc, vêtu de son vieux jean noir délavé et d'un t-shirt blanc tout aussi usé, il feuilletait les petites annonces du journal du samedi qu'il venait d'acheter avec son dernier dollar. Et comme toujours, il n'y avait rien pour lui. Si on ne demandait pas un diplôme, on exigeait de l'expérience ou encore des références. Il n'avait rien de tout ça. Ou bien il n'achetait pas le journal le bon jour, ou bien il n'avait pas de veine et était condamné à être sans emploi pour un bon bout de temps. Y avait-il dans cette maudite ville quelqu'un qui cherchait un simple employé sans diplôme et sans expérience ? Non, pas selon les annonces classées en tout cas. Il allait succomber à une vague de découragement lorsqu'il vit poindre à l'horizon, dans sa mémoire, un rayon de soleil inespéré. « Oui, le type qui me regardait bizarrement au dépanneur alors que je venais d'arriver ! » s'exclama-t-il tout haut. Il se souvint qu'il lui avait refilé son numéro de portable sur une carte et lui avait dit de lui téléphoner si les choses ne tournaient pas rond. Il l'avait négligemment prise et mise dans sa poche. Par chance, c'était le même pantalon qu'il portait aujourd'hui. Alors la carte devait y être encore. D'un bond, il se leva et fouilla rageusement dans ses poches. « Youpi ! » Elle était là. Il se dépêcha de trouver la cabine la plus proche. Dans son empressement, il faillit renverser une fillette en tricycle. Il ne porta pas attention au juron de la mère de la petite fille, son esprit baignant dans l'ivresse qu'avait provoquée ce bout de papier griffonné au nom de Michael Brown. Voilà, la cabine était là, juste au coin du trottoir où commençait l'entrée du parc. Il s'y précipita à vive allure, composa le numéro puis attendit. « Veuillez introduire… » commença une voix enregistrée. « Merde et merde et merde alors ! » Il balança un coup de pied à l'abri de fortune et raccrocha bruyamment. Il n'avait pas un autre sou en poche.

Lorsqu'il se remit de sa colère, il pensa contacter l'opératrice et faire un appel à frais virés. « Espérons que le type se souviendra de moi. »

« *Drinnng!* »

Michael sursauta. Il était rare que son portable sonne lorsqu'il était au bureau. En général, c'est par le numéro de la compagnie que passaient ses appels et ils étaient filtrés par Christina. Son portable était réservé aux choses strictement personnelles, rien à voir avec le boulot. S'il y avait urgence pour le travail et que Christina devait le joindre alors qu'il n'était pas dans son bureau, elle devait le faire signaler sur son télé-avertisseur. C'était ainsi qu'il avait établi la règle pour dissocier les affaires personnelles des affaires professionnelles. Il conclut que cet appel devrait être un cas personnel. Il repéra l'appareil à l'intérieur de sa poche de veston puis répondit. On l'informa qu'il s'agissait d'un appel à frais virés. « Oui, allô! » Il entendit deux ou trois raclements de gorge puis une voix hésitante.

— Heu… Oui… Heu, je…

— Oui j'écoute?

— Hé bien voilà, je… heu, on s'est rencontrés il y a quelques jours, à une station-service et…

Pas la peine d'en dire plus. Michael l'avait tout de suite reconnu. Ricky. Dire qu'il commençait à ne plus y croire!

— Ricky!

Il n'en revenait pas, à peine avait-il bégayé quelques mots et le mec l'avait reconnu.

— Heu… oui, c'est moi. Comment allez-vous?

— Très bien, merci.

Michael était surpris de comprendre que Ricky cherchait à bien paraître en le vouvoyant. Il ne soupçonnait pas une telle marque de politesse chez ce dernier.

— Ricky, s'il te plaît, ne me vouvoie pas. Et toi, comment ça va?

Ça alors, le type cherchait à le mettre à l'aise. Dès le premier regard, il avait compris que ce garçon était quelqu'un de bien et son attitude au téléphone venait de le confirmer. Il ne voulait pas le surestimer, mais il sentait que ce jeune homme était pour lui un don du ciel. Il avait la nette impression qu'il était depuis long-temps écrit quelque part que leurs chemins allaient se croiser. Et s'il était sa porte de sortie...

— Heu... autant aller droit au but, à vrai dire ça va pas très bien.

— Des ennuis? s'enquérit Michael.

— Heu non, pas vraiment. C'est que les choses ne sont pas faciles dans le coin.

— Et si on se rencontrait?

— Pas de problème, seulement...

— Ne t'en fais pas, dis-moi seulement où tu es et je passe te prendre.

Michael avait rejoint Ricky à l'entrée du parc où il disait être. Ne connaissant pas très bien le coin, il s'était perdu à plusieurs reprises avant de se faire indiquer la bonne route par un jeune homme si maigre qu'on aurait dit qu'il allait se casser en deux. Il avait constamment peur de se faire attaquer à rouler en Jaguar. Le coin était mauvais et plus que pitoyable. Lorsqu'il l'avait vu sur le trottoir l'attendant devant le parc, il avait eu un peu de mal à croire que c'était là le jeune homme mystérieux qu'il avait rencontré. Il paraissait amaigri et était dans un piteux état. Par contre, sa beauté et le magnétisme qu'il dégageait étaient toujours aussi frappants. Il n'avait pas osé débarquer de la voiture, la peur de se faire sauter dessus l'habitant toujours; il s'était simplement rapproché de Ricky en le saluant d'un sourire, puis lui avait fait signe de monter. Ce dernier était tout ébahi, visiblement troublé par la voiture.

Comment quelqu'un pouvait-il autant rouler sur l'or alors que lui avait peine à gagner son pain, pensa Ricky en embarquant. Il était à la fois impressionné et mal à l'aise, ne sachant pas trop quelle attitude adopter. Lui si mal fringué, embarquant dans une voiture de luxe à côté d'un richissime personnage soigné jusqu'au bout des ongles, dans un quartier mal fréquenté ! De toute évidence, ce tableau ne cadrait pas dans le décor, et il fut soulagé lorsque son compagnon démarra en trombe.

Il était content que Michael soit venu le chercher, mais il se sentait en même temps misérable. Minable de se voir dépouillé de la sorte. De se voir obligé de se remettre entre les mains de quelqu'un d'autre pour sa survie, lui qui ne devait jamais rien à personne. Il était contraint de s'humilier et de se laisser aider, lui qui d'habitude se débrouillait toujours seul. Il se laissa conduire sans rien demander. Pas même où ils allaient. Là où on le conduisait, ce ne pouvait être pire qu'où il était. Il savait que se pavaner ainsi en décapotable à côté de Michael devait le rendre ridicule aux yeux des passants. Il avait même vu tout un autobus rempli de passagers les regarder bizarrement. « Le petit prince et le pauvre » devaient-ils se dire. Le prince volant au secours de l'indigent. Le bon samaritain quoi ! Tout le mérite était pour Michael et tout le mépris pour lui. Plusieurs passants tournaient la tête à leur passage. Il était sûr que c'était l'intrus qui marquait et non la voiture. Il était honteux d'être réduit à ça, à s'humilier de la sorte pour donner un autre sens à sa vie. Mais mieux valait cette abjection que revenir en arrière. Il tourna la tête pour regarder son bon samaritain, pour voir s'il affichait un air de gloire. Non, il conduisait paisiblement sans se soucier du regard des autres. Il ne semblait pas du tout porter attention à l'absurdité de la scène. Normal, c'est lui qui détenait le rôle de choix !

Michael se doutait bien que Ricky n'était pas à son aise, il n'arrêtait pas de gigoter sur son siège. Cette situation ne lui plaisait pas. Il fallait qu'il trouve au plus vite un endroit où s'arrêter pour soustraire son ami de ces regards curieux qui le dérangeaient tant. Au départ, il pensait l'amener dans un bar chic qu'il connaissait au centre-ville, mais il ne s'attendait pas à le trouver dans un tel état, ce qui défit ses plans. Ils pourraient aller dans un simple restaurant, mais leurs habits faisaient ressortir une nette différence entre eux deux. Lui en complet-cravate, Ricky en jeans délavé et t-shirt usé. Il ne se sentirait pas plus confortable. Où pourrait-il parler tranquillement sans se soucier de leurs apparences distinctes ?

Tiens ! Pourquoi ne pas y avoir pensé plus tôt, ils n'avaient qu'à aller chez lui ! Non, le luxe de son appartement, quoique modeste à ses yeux, pourrait aussi le hérisser. Il lui demanda son avis.

— Ricky, où veux-tu qu'on aille pour discuter un peu ? lui demanda-t-il maladroitement, craignant qu'il ne pense qu'il avait honte de se montrer en sa compagnie.

Pour Ricky, il n'y avait qu'une seule place où il pourrait être en présence de Michael en toute connivence : dans le trou qui lui servait de logement.

— Si tu n'y vois pas d'objection, on pourrait aller chez moi.

— D'accord, indique-moi la route.

— Mais je t'avertis, on va débarquer dans un trou à rats à peine plus grand qu'une niche de chien. Il préférait lui dire à quoi s'attendre, étant donné que tout indiquait que Michael n'avait pas l'habitude de ce genre de lieu. Pour ta voiture, il faudra la parquer en lieu sûr. Je connais un stationnement payant non loin de chez moi. Le quartier que j'habite regorge de mauvais garçons.

Michael acquiesça d'un signe de tête.

— Tourne à gauche à la deuxième lumière, puis à droite au stop…

Ils mirent peu de temps à arriver. Ricky craignait un peu la réaction de Michael à la vue de son appartement. Mais celui-ci ne sembla pas en faire cas. Ricky décida de mettre un frein à ses craintes stupides et de laisser tomber ses histoires de prince et de pauvre. Michael était peut-être riche mais il n'était pas hautain pour un sou. Il le conduisit près de son lit, c'était la seule place disponible pour s'asseoir. Il n'avait pas de table ni de chaise. Pas de télé ni de radio. Pas de téléphone. Il avait un prisme rectangulaire brun qui devait dater de 1940 qui émettait un bruit à vous glacer le sang lorsqu'il était en marche. C'était son réfrigérateur. Il avait un vieux four dont il ne saurait dire de quelle époque il datait tellement il paraissait ancien, mais il fonctionnait. Pour ustensiles, il n'avait que deux assiettes, un chaudron, un couteau qui ne coupait plus rien, une fourchette à laquelle il manquait une dent et une cuillère tordue. Un lit d'antan grincheux complétait son ameublement. C'est tout ce qu'il avait trouvé dans cette minable petite pièce carrée que lui avait prêtée son contact. « Ce n'est que pour quelque temps », se disait-il toujours lorsqu'il sentait venir le cafard.

Tous les deux s'assirent sur le bord du lit qui grinça. Discrètement, il tira sur la couverture grise, jadis blanche, pour cacher un trou dans le coin du matelas.

— Alors ? s'enquit Michael.

— Alors, je crois que les choses ne tournent pas rond pour moi dans ce bled, répondit-il en haussant les épaules.

— Tu n'as rien trouvé encore.

Michael avait la bizarre impression qu'ils se parlaient comme deux bons vieux copains.

— Non. Et ce n'est pas parce que je ne cherche pas.

— Tu as bien fait de m'appeler. Qu'est-ce que tu sais faire ?

Ricky ne s'attendait pas vraiment à cette question, il fut pris au dépourvu. Il savait vendre de la drogue, cambrioler des maisons, proférer des menaces, voler et se servir de ses poings. C'est tout ce qu'il savait faire. C'est ce qu'il avait toujours fait. Pouvait-il lui raconter tout cela ? Il hésita. Puis pourquoi pas ?

— Écoute Michael, aussi bien mieux être franc avec toi… Je… Je suis pas un enfant de cœur. » Michael allait l'interrompre, mais il lui fit signe de lui laisser continuer. « Jusqu'à mon arrivée dans le Massachusetts, j'ai toujours vécu dans le milieu du crime. » Le visage de son compagnon resta impassible. « C'est pour changer de vie que j'ai déménagé dans la région et pour… »

Il confessa tout, jusqu'aux moindres détails. Il lui parla de son père qui avait tout fait pour qu'il réussisse dans la vie et lui fit comprendre qu'il était la motivation de son changement de cap. Il lui raconta comment son père avait rendu l'âme dans ses bras et la promesse qu'il lui fit de s'en sortir. Il avait tout plaqué, jusqu'à ses plus fidèles amis, pour fuir là où il était aujourd'hui. Il lui raconta aussi comment il avait renoncé à plusieurs occasions de travail qui l'auraient ramené inévitablement dans sa vie d'autrefois et comment il lui était difficile, malgré ses nombreuses démarches, de trouver un boulot propre.

— C'est comme si cette vie-là ne voulait pas me lâcher. J'ai beau chercher, rien ne se présente. Mais je préfère mourir dans ce trou que de revenir en arrière, conclut-il.

Michael en était tout ému. Non seulement parce que son histoire était émouvante, mais aussi parce qu'il lui avait confié toute sa vie. À ses yeux, ce garçon n'était pas seulement un dur, mais aussi un brave.

— Quel courage tu as ! J'aimerais bien en posséder ne serait-ce qu'une toute petite parcelle, lui dit-il, faisant référence à toute la couardise qui le liait à sa mère.

— Je ne crois pas que ce soit du courage. Je crois plutôt que c'est la honte d'avoir fait du mal inconsciemment à mon père qui me demande des comptes.

Il se frotta le visage avec ses deux mains, comme s'il n'en revenait pas d'avoir pu parler avec Michael avec tant d'aisance. Il ne saurait dire quoi, mais ce garçon dégageait quelque chose de spécial.

— Je crois bien pouvoir t'aider à trouver un emploi. Je t'en donnerai des nouvelles d'ici quelques jours. Ne t'en fais plus pour ça. C'est Promis.

— Ne te sens pas obligé, mais c'est à bras ouverts que j'accueille ta proposition.

Un bruit étrange vint déranger le cours de leur conversation. « C'est quoi ce bruit infernal ? » demanda Michael.

— C'est rien, c'est juste mon réfrigérateur.

— Et comment tu fais pour dormir avec un tel vacarme ?

— On finit par s'y habituer.

Soudainement, Michael se figea, comme s'il venait d'avoir une idée de génie. « Écoute, je rentre chez moi, je me change, je trouve une voiture qui attire moins les regards, je reviens te chercher et on sort manger un morceau. »

Les deux jeunes hommes éclatèrent de rire.

Chapitre dix-neuf

Étalé de tout son long dans son confortable grand lit, Michael fixait le plafond d'un air songeur. Dehors il faisait nuit, mais dans son cœur, il faisait jour. C'était l'une des plus belles journées de sa vie, peut-être même la plus belle. Cela faisait longtemps qu'il ne s'était pas senti aussi bien. « Ricky, pourquoi ne t'ai-je pas rencontré avant ? »

Il se remémora le sacré bon moment qu'ils venaient de passer ensemble. Après avoir délaissé sa décapotable pour une Isuzu Rodéo flambant neuve et s'être changé pour une tenue plus décontractée, soit un jean et un simple polo, il avait regagné la demeure de Ricky. Celui-ci l'attendait déjà dehors et lui aussi s'était changé. Il portait un jean noir qui avait meilleure allure que le précédent, une chemise à minuscules carreaux bleu marine entrouverte et une camisole blanche en dessous. Le tout le fit paraître beaucoup mieux. Lorsqu'il aperçut Michael, il lui offrit son plus beau sourire alors que ce dernier lui faisait signe de monter. « C'est le mieux que j'ai pu trouver, dit-il inquiet à Ricky alors qu'il s'affairait à attacher la ceinture de sécurité. Tu ne la trouves pas trop voyante, j'espère. » Il faisait référence à l'horrible épisode de la décapotable.

— Elle est parfaite, Michael, où l'as-tu dénichée ? interrogea Ricky toujours souriant.

Ce qui eut pour effet de détendre Michael. Il avait pris beaucoup de précautions à choisir la voiture pour ne pas éreinter Ricky comme ce fut le cas plus tôt, et s'était dit que l'utilitaire sport devrait lui plaire. Il avait misé juste. Et sa bouche se fendit en cette espèce de rictus qui se voulait un sourire qu'il arborait lorsqu'il était content de lui. Les deux nouveaux copains mirent les voiles en direction du centre-ville, vitres baissées et cheveux au vent.

— Bah ! Pas d'importance. Tant qu'elle roule et nous conduise à bon port.

Ainsi, il esquiva la question et se concentra sur la route. La circulation était dense, comme d'habitude.

Pendant le parcours, il avait fait part à Ricky qu'il était son invité et qu'il n'avait pas à s'inquiéter des dépenses.

Michael et Ricky s'étaient arrêtés à un bar non loin du Faneuil Hall. Après plusieurs bières et une conversation qui n'en finissait plus, ils avaient décidé qu'il était temps de manger quelque chose. Ricky avait opté pour un gigantesque steak qu'il avait avalé d'un trait. Michael avait l'impression de ne pas faire le poids à côté de lui avec sa petite salade verte. Mais qu'est-ce qu'il avait de l'appétit ! Il était heureux d'être là à le regarder s'empourprer de la sorte. De toute évidence, il se régalait de son plat, il était bien dans son assiette ! Après son steak, Ricky commanda, pour couronner le tout, deux hot-dogs, un hamburger et une grosse frite, puis but deux autres grands verres de bière. Ouf ! Lui, il avait à peine touché à sa salade. Non pas qu'il n'avait pas faim, mais il préférait savourer cette douce sensation d'avoir rencontré ce garçon au charme si impérieux.

Après avoir mangé, ils étaient allés se promener à pied dans les rues de la ville bondée de monde en ce chaud après-midi d'été, histoire de digérer un peu toute cette nourriture.

Ils avaient erré dans la ville comme deux gamins en pleine séance de vagabondage, riant aux éclats pour de simples banalités. Le temps filait sans qu'ils s'en rendirent compte. C'est grâce à une vieille dame qui les aborda pour leur demander l'heure qu'ils comprirent qu'il se faisait tard et qu'ils avaient intérêt à se dépêcher s'il voulait être au stade à temps pour le match des Red Sox contre les Yankees.

Les Red Sox l'avaient remporté par la marque de 1-0. L'euphorie s'était emparée de la foule partisane. Plusieurs supporters décidèrent d'aller fêter cette victoire pour prolonger la soirée. Ils se joignirent à eux, se rendirent au bar sportif le plus proche et veillèrent très tard. Épuisé par la soirée, Michael avait reconduit Ricky, à moitié saoul, dans son bled. Lui, il n'avait pas bu plus qu'il ne le fallait, leur sécurité reposant sur son bras. Il s'était assuré que son compagnon était bien rentré chez lui avant de démarrer pour rentrer chez lui à son tour. Quelle journée ! Michael était encore tout sourire dans son lit.

Par cette même nuit, Christina, elle, broyait du noir. Elle était déçue de sa journée. Désormais, plus rien ne l'intéressait au bureau à part Michael Brown. Et lorsqu'il n'était pas là, c'était comme un livre sans texte ou encore un copieux repas sans goût. Michael lui avait téléphoné sans lui révéler d'où pour lui dire que sa journée était faite et qu'il ne reviendrait pas au bureau. Christina était anéantie de voir filer son prince charmant de la sorte. Il n'avait même pas remarqué sa blouse de soie légèrement décolletée achetée et portée spécialement pour lui. Elle y avait investi une petite fortune. Oh zut alors ! Meilleure chance la prochaine fois. « Très bien Michael, je prendrai vos messages », lui avait-elle répondu. Non, ce qu'elle avait envie de lui dire c'était plutôt : « Non, mais n'as-tu pas remarqué que je me suis mise tout en beauté pour toi ? » Christina fantasmait sur le jour où Michael se rendait enfin compte qu'elle existait. Pas comme sa secrétaire, mais comme une belle femme attirante et amoureuse. Lui aussi il le serait d'elle et ensemble, ils vivraient le grand amour, celui avec un grand A. En son for intérieur, elle savait que cela n'était pas pour demain. Autant rêver! Pourquoi les choses ne se passaient-elles jamais comme dans les romans?

Le lendemain, c'était samedi, Christina était déprimée d'avance. Deux jours sans voir Michael, ce serait l'enfer!

Malgré l'heure tardive de la nuit, le son de la télé lui parvenait du salon. Elle se leva, se dirigea d'abord vers la cuisine pour prendre dans le réfrigérateur le gros paquet de raisin frais qu'elle avait acheté en quittant le boulot, puis rejoignit Myriam.

Elle s'assit à ses côtés sur le canapé. Myriam la regarda piteusement. Encore une fois, sa grande sœur se donnait un mal de chien pour un gars qui n'avait que faire d'elle. Elle avait envie de la secouer un peu pour la réveiller et la faire sortir de ses rêves chimériques. Mais au lieu de cela, elle se blottit contre elle, l'entoura de ses bras et appuya sa tête sur son épaule en la berçant doucement. Ensemble, elles regardèrent deux films de suite jusqu'aux petites heures du matin. Christina s'endormit avant la fin du deuxième et Myriam l'allongea sur le canapé, la recouvrit d'une légère couverture après avoir mis un oreiller sous sa tête, lui souhaita une bonne nuit dans un murmure et alla se coucher à son tour. Pendant le week-end, elle comptait sortir sa sœur pour lui changer les idées.

Ricky avait dormi comme un bébé, comme jamais il ne se l'était permis. Avant, il était toujours aux aguets. Avec les activités qu'il menait, il avait intérêt à surveiller ses arrières. Mais maintenant, tout allait changer. Il vivait loin de cet environnement-là et avait tourné la page. Mon Dieu, il avait peine à y croire. Se pouvait-il que la vie lui offre une seconde chance?

Il savait en son for intérieur qu'il ne méritait pas cela. Pas pour la vie qu'il avait menée. Du haut du paradis, son père devait veiller sur lui. À l'annonce du décès de son père, Ricky crut dans l'instant qu'il était monté directement au ciel. Il ne le larguerait donc jamais. Ce qu'il faisait de son vivant, il le continuerait dans la mort. Il songea à quel point son père tenait à ce qu'il réussisse dans la vie. Il avait fait tout ce qui était en son pouvoir pour qu'il s'en sorte, malgré les échecs. Aujourd'hui, il lui ouvrait une porte si grande. « Merci papa de continuer à veiller sur moi » soupira Ricky en se levant du lit. « Ce Michael m'est vraiment une bénédiction du ciel » pensa-t-il encore une fois.

Ce matin, il avait l'impression d'être quelqu'un de différent. Quelqu'un de nouveau. Il avait le cœur gai. Il se dirigea vers la salle de bain. Il brossa ses dents tout en ayant la sensation de flotter sur un nuage. Un éternel sourire orna ses lèvres tout le temps qu'il passa sous la douche. Comme il était de bonne humeur ! Juste avant de quitter la salle de bain, il jeta un coup d'œil à son image dans le miroir de la petite pharmacie. Ce type à l'air jovial, qui était-ce ? C'était lui, en mieux. Tiens, il se trouvait beau sans ce constant air bête sur son visage depuis la puberté. Avant, lorsqu'il habitait Los Angeles, il devait incessamment afficher une mine de dure pour faire peur. Pour qu'on le craigne ! Il ne croyait pas devoir s'en départir un jour. Il soupira profondément. Ce que le destin pouvait être chargé de surprises parfois !

Il s'habilla d'un vieux short et d'un vieux T-shirt. Il comptait faire le ménage dans ce bordel qui l'entourait. La pièce était sens dessus dessous et ses affaires y étaient éparpillées aux quatre coins. Dire qu'il avait laissé Michael voir ça ! Il commença par ramasser les linges sales et propres qui traînaient sur le plancher.

Il mit un peu plus de deux heures pour venir à bout du désordre qui régnait pour rendre la pièce présentable. À présent, tout était bien rangé et réparti à la place qui convenait le mieux. Des cochonneries, il en avait trouvé ! Il en remplit deux grosses boîtes pleines. Décidément, le mec qui habitait ici ne devait pas savoir ce que c'était que faire le ménage. Il était tombé sur toutes sortes d'ordures. Des vieux condoms utilisés formant une pile en dessous du lit aux vieux restants de pizza moisis qui traînaient sous l'évier depuis des mois. Non, il ne croyait pas que le propriétaire des lieux lui en voudrait de le débarrasser de ce tas de déchets malsains. Il avait aussi trouvé des bonnes choses, une bonne chose. Cinq billets de dix dollars si froissés qu'il avait failli les jeter au premier coup d'œil. Ils étaient tombés d'un vieux pantalon qui ne lui appartenait pas et qu'il secouait pour en déloger la poussière. Il les avait tout de suite transférés dans la poche de ses shorts. Ce serait son salaire pour le dur labeur.

Avec son maigre butin, il sortit se payer quelque chose à se mettre sous la dent, histoire de sortir de son jeûne matinal. Il se rendit au liquor store le plus proche, soit à un coin de rue de son bled. Il s'acheta un chausson à la framboise, son préféré, un sac de chips au ketchup et une bouteille de bière. Que voulez-vous, il n'avait jamais su bien se nourrir. Il avait toujours mangé ainsi. Il n'affichait aucun embonpoint. Aucun problème de santé lié à l'alimentation. Un corps naturellement musclé, des abdominaux parfaitement sculptés et sans efforts. Disons qu'il lui arrivait parfois de jeûner sans le vouloir et de soulever des charges plus pour le besoin que pour l'exercice. C'était peut-être ça qui équilibrait le tout. Il ne saurait le dire. Son déjeuner en main, il se dirigea vers la caissière, une fille assez insignifiante, non merci. Vraiment pas à son goût.

Il eut une brève pensée pour Michael, se dit qu'il devrait lui téléphoner dans le courant de la journée. Après son petit-déjeuner peut-être. Michael ne pouvait pas l'appeler. Il n'avait pas encore fait installer de ligne téléphonique. Ils avaient convenu de se rencontrer encore aujourd'hui pour discuter de certaines choses.

Arrivé devant la caissière, il jeta un regard aux journaux étalés plus bas sur une longue étagère après avoir déposé ses achats sur le comptoir. Il se figea sur place. « Oh putain ! » La fille à la caisse le fusilla d'un regard sévère. « Oh merde ! » Là, c'en était trop, elle devait le rappeler à l'ordre. « Dites, où est-ce que vous vous croyez ? » Il y avait de ces mecs qui se croyaient tout permis dans ce foutu bled ! Ils ne respectaient personne et lâchaient des jurons à tout bout de champ. Elle n'avait pas peur de ces crétins. « Pardon mademoiselle » articula-t-il d'emblée. Auparavant, il l'aurait envoyée au diable. « Fini ce temps-là » se rappela-t-il à l'ordre.

— Ouais, c'est ça espèce d'idiot, excuse-toi, renchérit la fille fière de l'avoir impressionné par son tact.

Ricky n'ajouta rien, espérant qu'elle se la ferme de peur qu'il ne perde patience et ne la martèle d'une de ces remarques que les filles détestent tant entendre.

« Vous les hommes, vous vous croyez au-dessus de tout hein… », elle ne semblait pas du tout vouloir se taire, « …eh bien moi je n'ai pas peur de vous. » Ricky se dit qu'elle devait vivre une période difficile avec son mec et qu'elle se défoulait sur lui. Il pouvait supporter ça, si cela pouvait la soulager.

— C'est combien, mademoiselle ?

— C'est combien quoi, le blanc-bec ?

Décidément, elle cherchait plus qu'à se défouler. Il se retenait tant bien que mal.

— Ces choses, là sur le comptoir ?

— Regarde-moi ça, ça lance des jurons dans votre face et après il espère être servi poliment. Je vais te dire moi…

— Ta gueule, pétasse !

Merde alors, cette fille était insupportable.

Il lui balança un billet de dix, prit un des journaux qui l'avait stupéfié et sortit.

Il marcha comme un enragé jusqu'à son logis. Il était en colère parce que le nouvel individu qu'il se sentait être avant de quitter l'appartement avait fui et cédé la place à l'ancienne personne qu'il était. Tout ça à cause d'un laideron barbare. Dire qu'il croyait vraiment avoir changé… En réalité, ce n'était que les agréables moments vécus la veille avec Michael qui l'avaient envoûté. Les ailes qui lui donnaient la sensation de flotter à son réveil devinrent subitement lourdes.

On ne change pas du jour au lendemain. Même poussé par toute la hardiesse qui l'habitait pour faire honneur à son père, il ne pourrait accomplir cet exploit. Sa petite mésaventure avec l'affreuse fille du liquor store lui fit prendre conscience de cette dure réalité.

Pour couronner le tout, sa photo faisait la une d'un des plus populaires journaux de Boston, ou plutôt « la » photo du prince avec en arrière-plan, plus floue, la face du pauvre. On pouvait y lire en grosses lettres : « La nouvelle tête dirigeante de la Brown's Co à une partie des Red Sox ». La veille, il avait passé presque une journée complète avec le riche héritier, et il n'en savait que dalle. Lorsqu'ils étaient passés devant l'imposant édifice de la Brown's Co, Michael n'avait pas même eu un battement de cils et avait continué sa route comme si de rien n'était. Non mais, nom d'un chien, c'était quoi son jeu ? Sans doute voulait-il le tester pour voir s'il serait capable d'être son ami sans être attiré par son pognon. Il aurait dû commencer par venir le chercher dans une vieille bagnole au lieu de se pointer au parc en Jaguar. Et puis, de toute façon, ça n'aurait pas marché, pour l'avoir déjà vu au volant d'une voiture de luxe la première fois qu'ils s'étaient rencontrés. Pauvre con, il pue l'argent à plein nez et s'adonne à ce petit jeu de bas niveau. C'était évident que ce gars-là était plein aux as. Mais avouons-le, il ne s'attendait pas à ce qu'il le soit à ce point-là. Ce qui le mettait en rogne, c'était qu'il ne le lui avait pas révélé dès le début et qu'il l'avait appris dans les journaux. Il ne lui avait pas non plus soufflé mot sur sa fiancée qu'il venait de plaquer. Lorsqu'il lui avait dit qu'il pourrait l'aider à trouver quelque chose, il pensait que le mec avait d'excellents contacts à lui refiler, pas qu'il était à la tête d'une multinationale. Quoique ses véhicules de luxe auraient dû lui mettre la puce à l'oreille !

Il avait toujours su se débrouiller seul dans la vie. Pourquoi se prêterait-il au jeu idiot de Michael ? Non, il n'en était pas question. Pas question pour lui de quémander son pain de la sorte. Il ne le rappellerait plus jamais. Il était vexé que Michael avec son petit air candide ait pu nourrir de tels soupçons envers lui. Il balança le bout de papier sur lequel était inscrit son numéro de portable dans le premier trou d'égout rencontré sur son chemin. Comme ça, si la tentation de lui téléphoner lui venait à l'esprit, il lui serait impossible d'y succomber. Il lui restait encore quarante dollars en poche, il comptait réduire ses dépenses au strict minimum afin que l'argent dure le plus longtemps possible. De plus, c'était l'été. Il devait bien y avoir quelque part des bus qui viennent chercher des travailleurs agricoles. C'était comme ça en Californie. Il y avait toujours moyen de se dépanner avec ce type d'ouvrage. Il fallait juste trouver où et quand ces bus se pointaient, et au diable Michael Brown.

Christina aussi avait lu le journal. Tout ce qu'elle retint, c'est que tout était fini entre Michael Brown et Jessica Hines. La fin de semaine sans son prince charmant serait longue, mais moins noire que prévue. Elle s'empressa de faire lire l'article à Myriam qui eut pour seule réaction un haussement de sourcil qui n'annonçait rien de prometteur.

Chapitre vingt

Nancy, qui fondait beaucoup d'espoir sur sa recherche à la bibliothèque, en revint bredouille. Non parce qu'elle n'avait rien trouvé, au contraire. L'affaire avait été très largement médiatisée. Le hic, c'est que la majeure partie des articles portaient sur... elle. Ou plutôt sur cette « femme sans scrupules » qui avait osé abandonner un bébé dans les bois par un temps de canard. Les médias n'avaient pas été tendres à son égard. Toutes sortes de spécialistes s'étaient prononcés sur son état physique et mental. Plusieurs hypothèses avaient été avancées pour expliquer son acte, mais nul ne manifestait de la sympathie pour la mère du bambin. On l'avait étiquetée des pires qualificatifs qui soient. Son moral en prit un coup. Elle avait quitté les lieux plus vite qu'elle ne le pensait.

Toute cette histoire commençait à peser lourd sur les épaules de Nancy. De plus, elle avait le mauvais pressentiment qu'elle ne resterait pas longtemps à vouloir mener seule cette enquête. Déjà, moralement, elle ne se sentait plus d'aplomb. Elle étouffait. Elle avait l'impression d'être en train de suffoquer sous le poids de cette affliction qui était la sienne. Elle voudrait crier à pleins poumons pour se libérer de sa condition asphyxiante. Que faire ?

Il n'était pas question de renoncer à le retrouver. Pffouuu! Découragée, elle s'effondra dans le fauteuil tout près du lit.

Nancy sentit une congestion dans son cerveau, comme si le sang était bloqué à un endroit précis dans sa tête. La douleur qui s'ensuivit fut infernale. Cela lui arrivait toutes les fois qu'elle se trouvait dans des situations graves, difficiles, voire sans issue. Ça la prenait parfois au bureau. Relâchant tous ses muscles, elle baissa la tête au sol, espérant faire repartir le débit sanguin bloqué elle ne savait où. D'habitude, cela suffisait pour soulager la douleur. Pas cette fois. Le mal de tête perdurait. Elle avait toujours l'impression d'être congestionné à la tête. Elle se leva, se dirigea d'un pas chancelant vers la salle de bain privée de sa chambre, ouvrit la pharmacie et y prit non pas deux mais trois comprimés d'acétaminophène extrafort. Ce n'était pas recommandé, mais tant pis. Elle devait dénouer une situation de crise, trouver une solution pour continuer ses recherches sans traîner de boulet à ses pieds, à savoir cette pression émotionnelle qui l'étouffait. Elle se sentit défaillir. Pour éviter de tomber lourdement s'il s'avérait qu'elle s'évanouisse, elle s'accroupit lentement en prenant soin de s'accoter au mur. Elle vit tout noir un court instant puis sa vision redevint normale. La céphalée était toujours là, mais ce n'était qu'une question de temps : dans quelques minutes, les comprimés feraient effet. En attendant, elle alla s'allonger sur le lit.

Nancy avait fait la sieste à son insu. À son réveil, elle constata qu'elle avait repris du poil de la bête. Elle se sentait calme. Elle avait maintenant envie de se confier à quelqu'un qui ne la jugerait pas. Qui se contenterait de l'écouter jusqu'à la fin et qui, si le cœur lui en disait, pourrait l'aider dans ses démarches. Il n'était pas question de mêler Michael à tout ceci, du moins pas pour l'instant, car un jour, lorsqu'elle l'aurait retrouvé, il faudrait bien qu'il sache. Déborah non plus ne pourrait pas être considérée. Pour ce qu'il restait de leur amitié ! Elle rirait dans son dos. Elle rirait certainement de la bonne petite fille à papa sans tache qu'elle était. John, bourré de sagesse, se révélait être la personne idéale dans une telle circonstance, mais à quoi bon perturber ses derniers jours avec un si lourd secret ? En plus, son vieux cœur menaçait de lâcher d'un moment à l'autre. Nancy se demanda sur le coup pourquoi il tardait à prendre sa retraite malgré les nombreux avertissements de son cardiologue. Sacré John ! Il occupait une place particulière dans son cœur. Pas celui d'un père, car personne ne pourrait jamais occuper la place du sien. Ni celui d'un grand-père, elle n'en avait jamais eu et ne savait pas ce que c'était. Mais il occupait une place qui ne revenait qu'à lui seul. Elle sourit intérieurement en pensant au vieux fauve. Ouais ! Sa liste de confidents n'était pas bien longue. D'où vient l'adage populaire selon lequel plus on est riche, plus on a d'amis ? Nancy n'avait pas d'amis. Pas même des faux amis. C'était peut-être de sa faute.

Subitement, Jack lui vint à l'esprit. « Jack » répéta-t-elle doucement à haute voix. Jack était ce qu'elle avait de plus proche de ce qu'on appelle l'amitié. À plusieurs reprises, il lui avait semblé voir de l'admiration pour elle dans son regard et sa façon de parler. Il leur arrivait souvent de discuter longuement au téléphone sur des sujets… qui revenaient presque toujours au monde des affaires. Nancy prit une grande inspiration. Elle se demanda si Jack était vraiment son seul recours. En effet, mis à part lui, il n'y avait personne d'autre. « Mon Dieu, arriverai-je à révéler à Jack un si lourd secret ? » Et qui sait, peut-être pas.

Jack lui paraissait parfois être un personnage difficile à saisir. Il était assez séduisant malgré sa petite taille. Il attirait beaucoup de femmes, mais il ne semblait pas s'y intéresser. Elle ne lui connaissait à l'heure actuelle aucune maîtresse. Il n'avait tout de même pas à lui raconter sa vie privée. Ça ne la regardait pas. Elle ne s'en était jamais inquiétée jusqu'à ce jour, ce qui l'intéressait étant strictement les affaires de la compagnie. Maintenant qu'elle y pensait, leurs conversations n'avaient jamais pris un tour plus personnel, de sorte qu'elle ne saurait dire où se trouvaient en ce moment les parents de Jack, ni même s'ils étaient encore vivants. Avait-il des frères et sœurs? C'était bien elle qui l'avait hissé au rang supérieur qu'il occupait au sein de la Brown's Co, comment se faisait-il qu'elle en sache si peu à son sujet? Nancy se demanda quel genre de personne elle avait été jusqu'à aujourd'hui. Ce n'était pas gratuitement qu'elle avait permis à Jack de grimper si vite les échelons au sein de la société. C'est qu'il était compétent et très loyal envers elle. À plusieurs reprises, il avait sauvé la compagnie de désastres financiers imminents. Comment pouvait-on parvenir à tirer autant d'une personne, sans jamais lui demander de nouvelles de lui? Et qui sait, avant de dire qu'il ne s'intéressait pas aux femmes, peut-être était-il marié et avait-il, de surcroît, des enfants. Amicale, leur relation... mon œil. Elle ne savait strictement rien de lui à part son nom et ses compétences au travail. Comment osait-elle déclarer qu'il existait de l'amitié entre eux! Elle avait été d'un égoïsme sordide envers lui.

Le dessein de retrouver son fils lui révélait des traits affreux de sa personnalité. Nancy comprit qu'elle ne pesait pas lourd dans la balance comme être humain. Elle prit conscience d'une chose encore plus horrible. Oui, elle s'en voulait pour cet enfant qu'elle avait considéré à l'époque comme un déchet, elle voulait le retrouver pour rétablir sa paix intérieure et lui demander pardon, mais quel genre de mère avait-elle été pour celui qui avait toujours été avec elle? Oh Michael, Michael! Un garçon si gentil et doux. Toujours là pour elle et prêt à faire ses quatre volontés. Elle éclata en sanglots.

« Non, non, non » répétait-elle inlassablement en serrant très fort la légère couverture qu'elle avait prise pour se couvrir juste avant de sombrer dans sa sieste. Elle pleura, pleura et pleura encore. Michael souffrait peut-être en silence et cachait sa vraie personnalité sous la gentillesse et la douceur. Et si elle lui avait imposé la vie actuelle qu'il menait ? Ce foutu monde des affaires que son père lui a balancé à la figure dès son jeune âge. C'était un fait, une réalité. Aussi loin qu'elle se souvienne, jamais elle ne lui avait laissé le choix de faire ce qu'il voulait de sa vie. C'est elle qui avait choisi sa branche d'études, elle qui s'était person-nellement occupée de son inscription à Havard en administration. Elle lui avait dicté son comportement dès sa plus tendre enfance. Exactement comme cela avait été le cas pour elle. Le visage et l'expression calme de Michael lui vinrent à l'esprit. « Mon pauvre enfant », murmura-t-elle avant de s'enflammer de colère contre elle-même. Elle poussa des gémissements et frappa de toutes ses forces dans ses oreillers. « Non ! » répétait-elle sans cesse en pleurant. Elle lui avait fait mener la vie misérable qu'elle avait elle-même menée autrefois. Jusqu'à tout récemment, elle lui avait donné les commandes de l'entreprise familiale sans lui demander son avis. Quelle mère indigne elle avait été… De toute évidence, le mal coulait dans ses veines. Il ne pouvait pas en être autrement. Avec Michael, la vie lui avait offert la chance de se racheter de l'outrage fait à son premier bébé. Même avec plus de maturité, de possibilité, de ressources et de légalité, elle avait trouvé le moyen de faire le mal.

CHAPITRE VINGT ET UN

Assis devant un téléviseur qu'il ne voyait pas, qui diffusait des nouvelles qu'il n'écoutait pas, Michael ne comprenait pas que Ricky n'ait pas encore téléphoné. Pourtant, ils ne s'étaient quittés que la veille. Probablement son ami dormait-il encore. Normal, après la soirée de fou qu'il venait de passer. Mais ils s'étaient entendus pour communiquer au cours de la journée. Et celle-ci s'achevait.

Se pourrait-il que Ricky ait décidé qu'il ne reprendrait plus contact avec lui? Mais qu'est-ce qu'il est con, pensa-t-il. Qu'est-ce qu'il va chercher là... Ricky et lui s'étaient éclatés comme deux gosses la veille et voilà qu'il se faisait des idées bizarres. Il n'y avait aucune raison pour que cela puisse être. Il se trouva presque psychologiquement singulier. Mais il n'en fallut pas moins pour que son rythme cardiaque augmente. Il se sentit stupide de se trouver dans un tel état qui n'avait pas lieu d'être. « Ricky, Ricky... » pensa-t-il en se frottant le visage de ses deux mains. Ce geste, l'instant d'une seconde, lui fit remarquer que la télé fonctionnait et qu'il ne l'écoutait pas. Nonchalamment, il s'étira les membres dans tous les sens et secoua vigoureusement la tête, comme pour se débarrasser des pensées sans queue ni tête qui voulaient émaner de son esprit.

« Driiiiing ! »

Le son du téléphone le fit bondir sur ses pieds plus vite qu'un félin aux aguets. Ricky se décidait enfin. Il savait qu'il s'en faisait pour rien et que c'était le sommeil qui l'avait empêché de lui téléphoner plus tôt. Puis comme une douche glaciale, il reçut le message que lui transmit presque instantanément son cerveau et s'immobilisa, la main suspendue au-dessus du combiné : Ricky ne peut t'appeler que sur ton portable, il ne connaît pas ton numéro résidentiel, en tout cas, il ne se souvenait pas de le lui avoir donné. Mais il voulait tellement que ce soit lui qu'il balaya d'un trait cette information. Il répondit à son cerveau : « Il connaît mon nom au complet, l'opératrice a pu le lui donner » et son cerveau de lui répondre : « Ton numéro est confidentiel ! » Il lâcha un juron. Mais sait-on jamais, il décrocha, plein d'espoir :
« Allô ! »

— …

Un silence qui lui donna l'espoir qu'il s'agissait bien de Ricky. La première fois qu'il lui avait téléphoné, c'était ainsi que tout avait commencé. Il rit intérieurement d'un rire nerveux. Dans quel pétrin s'est-il fourré celui-là ? Il allait lui dire : « Désolé, mec, de n'avoir pu t'appeler plus tôt, c'est parce que blablabla… »

— Ricky c'est toi ?

— …

Pas de réponse. Ses espoirs diminuèrent de moitié lorsqu'il lui vint à l'esprit qu'il pourrait s'agir de Jessica qui essayait de le relancer.

— Jess…

— Non Michael, c'est maman.

Il avait compris dès la prononciation de la première syllabe. « Maman » répéta-t-il dans sa tête. Il était déçu. Sa mère était la dernière personne à qui il voulait parler en ce moment.

— Maman, je suis content de t'entendre, mentit-il. Comment ça va ?

À l'autre bout du fil, Nancy se demanda si son fils était vraiment content de l'entendre ou s'il le disait sans le penser. Sa voix le trahissait.

— Ça va, mon chéri, répondit-elle en repoussant un sanglot.

Michael eut l'impression que la voix de sa mère s'étouffa à la fin de sa phrase. Il ne savait pas ce qui se passait, mais quelque chose lui instillait dans l'esprit que sa mère devait avoir de gros ennuis. Il ne la reconnaissait vraiment plus depuis l'annonce subite de sa sabbatique. Tout ça commençait à l'inquiéter.

— Et toi, tu te portes bien ? ajouta-t-elle dans un effort considérable pour éclaircir sa voix.

— Très bien, mentit Michael. À vrai dire, il était dans tous ses états pour un garçon qui l'avait attiré dès qu'il l'avait aperçu. « Ça, maman ne pourra pas le comprendre », ajouta-t-il pour lui-même.

Irait-il raconter ses difficultés, s'il en avait, à la mère médiocre et exigeante à l'extrême qu'elle était ? Elle l'avait appelé pour essayer de recoller les pots cassés au fil des ans. Mais Nancy, n'ayant jamais entretenu de relation de complicité mère-fils avec son rejeton, avait bien du mal à trouver les mots à utiliser en de telles circonstances. Cette conversation allait finir en queue de poisson, elle le craignait. On ne règle pas d'un simple coup de fil des années d'oppression. Dure constatation.

— Écoute, Michael… je voulais juste savoir comment tu vas et…

Elle voulut ajouter « et te dire que je t'aime » mais les mots refusaient de sortir.

— Ça va, maman, ne te fais pas de soucis pour moi, je suis un grand garçon maintenant.

Un grand garçon qui n'a pas eu d'enfance, pensa-t-elle.

— Maman, si tu t'en fais pour la compagnie…

— Non, Michael», dit-elle trop hâtivement. C'était parti tout seul. Elle ne voulait plus être la même pour son fils. Celle qui le guette sans relâche, allant même jusqu'à contrôler son existence. «Non, Michael, répéta-t-elle à nouveau d'un ton plus normal. C'est à propos de toi seulement que je voulais m'informer.»

Curieux, sa mère ne l'appelait jamais sans raison valable. Et si Jess était derrière tout ça? Il décida que pour une fois, il allait prendre les devants et lui annoncer l'état de sa relation avec Jess.

— Maman, j'ai quelque chose à te dire.

— Oui, mon amour.

Michael n'en croyait pas ses oreilles. Mais qu'est-ce qui lui prenait de le chouchouter de la sorte? Sa mère n'était presque jamais tendre avec lui.

— Maman, Jess et moi ne sommes plus ensemble.

Voilà, il venait de lâcher la bombe. À présent, sa mère allait exploser et lui demander sur un ton militaire des explications claires, nettes et précises. Ses muscles se tendirent et il sentit une boule dans sa gorge.

— Tu ne devais pas être bien avec elle. Tu n'en souffres pas trop?

Non mais c'est une farce! Ce n'était plus sa mère qui lui parlait. Quelqu'un devait être en train de lui jouer un mauvais tour. Mais pourtant, la voix était bien la sienne, il la reconnaîtrait entre mille. Michael était si ébahi qu'il en trembla et faillit laisser échapper le combiné. Il ferma les yeux pour se ressaisir. Sa mère n'avait peut-être pas compris. Il décida de répéter ce qu'il venait de dire.

— Maman, tout est fini entre Jess et moi. Il alla plus loin: «Je l'ai quittée.»

— J'ai compris, mon chou.

Elle ne savait plus quoi ajouter d'autre. Elle sentit bien l'étonnement de son fils. Il devait s'attendre à une autre réaction de sa part. Réaction qui ne viendrait pas, qui ne viendrait plus.

— Michael, je ne te retiendrai pas plus longtemps, promets-moi de bien prendre soin de toi.

— Oui maman, répondit Michael dans un murmure. Il avait envie de pleurer.

Jamais sa mère n'avait été aussi affectueuse avec lui. Une larme s'écoula de son œil gauche. Il entendit un déclic, sa mère venait de raccrocher. Des larmes s'échappèrent de ses yeux. Il resta suspendu au combiné. Ému par ce qui venait de se passer.

Il raccrocha à son tour, puis décrocha et composa le numéro de sa mère. Le téléphone sonna sans réponse. Il comprit qu'elle ne devait pas être à Milton. Il composa le numéro à la Marina Bay. Après deux sonneries on décrocha : « Allô ! » Il reconnut la voix plus adoucie de sa mère.

— Maman, c'est moi.

— Oui, Michael, tout va bien ?

— Oui.

— Tu voulais me dire quelque chose ?

— Oui.

— Je t'écoute.

Il pensait qu'après les émotions que venait de lui infliger sa mère, la mission qu'il s'était donnée en la rappelant allait être facile. Mais il se rendit vite compte que ce n'était pas le cas.

— Je... je... » Ça ne voulait pas sortir. Il se ravisa. « On en parlera une autre fois, je ne crois pas qu'en ce moment tu veuilles entendre parler de chiffres », mentit-il.

— Tu as visé juste. Je ne veux pas entendre parler de chiffres.

— D'accord. Au revoir, maman.

— Au revoir, Michael.

Elle raccrocha

— Je t'aime, maman, dit-il sincèrement, sachant que sa mère n'était plus là. C'était pour lui dire ça qu'il avait appelé.

Michael raccrocha à son tour. Puis il prit une profonde inspiration tout en pensant à ce qu'avait été jusqu'ici sa relation avec sa mère. Disons que ce n'était pas l'une des meilleures. C'était sa mère qui avait le contrôle. Lui ne faisait que lui obéir et aussi loin qu'il s'en souvienne, cela avait toujours été ainsi. Mais il espérait qu'à présent les choses allaient changer. Il pressentait que tout allait changer. Il ne saurait dire par quel miracle cela se produirait, mais il sentait un vent de changement souffler sur sa vie. D'un côté, il ne reconnaissait plus sa mère et de l'autre, il se sentait léger comme une plume. Comme s'il lui avait poussé des ailes.

D'abord, il avait eu le courage d'en finir avec Jess, ensuite il l'avait annoncé à sa mère avec beaucoup de sang-froid et il avait décidé de ne plus cacher sa vraie nature. Mais il n'avait pas encore eu l'occasion de mettre en pratique cette dernière affirmation. « D'où te vient cette vague de courage, jeune homme ? » pensa-t-il. Puis un nom, un seul, lui vint à l'esprit : Ricky.

Ce nom était pour lui synonyme d'espoir et de délivrance. De bonheur aussi. Il avait envie de hâter le jour où il déclarerait à Ricky tout ce qu'il représentait pour lui. Il y a longtemps qu'il attendait une telle rencontre. Ricky si plein de vie. Il se sentait si bien en sa présence. C'était comme si tout ce qui les entourait n'existait plus et qu'ils n'étaient qu'eux seuls. Tout cessait d'être. Tous les tracas et les tourments. Plus d'inquiétudes inutiles ou de préoccupations futiles. Plus de dossier urgent ou de réunion stupide à préparer. La simple présence de Ricky à ses côtés réussissait à faire fondre tous ces fardeaux de la vie qu'il traînait sur son dos. Il lui vint à l'esprit l'image de Ricky riant aux éclats après la partie de base-ball. Ce seul petit souvenir fit déferler dans son cœur une sensation de bien-être qui le fit se sentir encore plus léger qu'il ne pensait l'être.

Depuis le jour où il l'avait croisé, son cœur avait basculé. S'il ne lui avait pas été donné de le croiser à nouveau, Michael ne saurait dire ce qu'il adviendrait de son psychisme. Ricky avait brassé la cage de ses émotions pour en faire triompher les plus dominantes.

Le téléphone sonna à nouveau et interrompit le cours de ses réflexions. Il était certain que cette fois c'était bien le coup de fil qu'il attendait. Il sourit intérieurement en allongeant le bras vers le combiné : « Ricky » dit-il gaiement.

— Non, c'est Jess.

Michael soupira de découragement. Jess avait capté son mécontentement, mais elle se consola qu'il n'ait pas prononcé le nom d'une fille. Ricky devait sûrement être un vieux copain dont il avait oublié de lui parler ou qu'il avait omis de lui présenter.

Malgré leur rupture flagrante, Jessica persistait à croire qu'il lui serait possible de récupérer Michael. Après son départ en catastrophe ce soir-là, elle avait versé tout ce que son corps contenait de larmes. Puis elle s'était relevée avec un regain de force qui lui dictait de ne pas se laisser abattre par une simple dispute qui faisait partie du commun des relations amoureuses. Non, elle n'allait pas laisser glisser entre ses doigts cette manne de qualité sans rien tenter pour le récupérer. Michael lui avait reproché son côté faux. Et si elle lui présentait son côté vrai... Non pas la Jessica opportuniste et arriviste qu'elle se savait être, mais plutôt la fille vulnérable et fragile qu'elle était. Celle qui craignait l'avenir, ne sachant pas ce qu'il lui réservait, et qui ne demandait qu'à être protégée. Elle se savait capable d'aimer, seulement elle avait de la difficulté à ne pas y voir en premier ses intérêts. Elle avait beaucoup d'amour à donner, il fallait juste lui laisser sa chance. Ce n'était pas de sa faute si ses inquiétudes pécuniaires la dominaient. Elle était ainsi faite, un point c'est tout. Elle l'appela aussi dans le but de vérifier s'il avait lu l'article du journal qui mentionnait leur rupture. Elle avait été imprudente en se confiant à son amie Melissa, journaliste au *Boston Herald*, qui n'avait pas perdu de temps pour vendre la mèche. D'une voix mal assurée, Jess se lança à la reconquête de son amour perdu. « Michael... je... je me... demandais... » Mais elle n'eut pas le temps de finir sa phrase. Il l'arrêta net.

— Tout est fini entre nous, Jess, dit-il fermement. Nous n'avons plus rien à nous dire.

Il savait qu'il se montrait cruel, mais il n'avait pas le choix. Il n'avait rien à lui offrir et il n'était pas question de lui laisser espérer quoi que ce soit.

— Mais...

Sa voix s'éteignit dans un sanglot inattendu qui la prit au dépourvu. Elle ne voulait pas jouer la carte de la pauvre fille inconsolable qui avait perdu son petit ami. Pourtant, c'est ce qu'elle était en ce moment même.

À l'autre bout du fil, Michael comprit que Jessica pleurait silencieusement. Il aurait aimé pouvoir lui dire ce qui saurait la consoler mais c'était impossible. Il compatissait sincèrement à sa peine, mais il ne pouvait rien faire de plus, si ce n'était lui faire comprendre la réalité de la situation.

« Écoute-moi bien, Jess... – il inspira et expira profondément comme pour se donner la force d'aller jusqu'au bout d'un chemin où l'on voudrait faire demi-tour –, dès le début, j'avais prévu notre rupture... » Il s'interrompit en entendant le cri étouffé de Jessica. Le fait qu'il soit l'auteur de sa souffrance le rendit malade. Mais il devait aller jusqu'au bout.

— Jessica, je me suis servi de toi. » Ces paroles étaient lourdes et sortaient, quoique clairement, avec difficulté de sa gorge qu'il sentit se resserrer pour étouffer ses mots si durs. « Je ne t'ai jamais aimé. »

— Comment as-tu pu me faire ça, Michael ? questionna Jessica en pleurant.

— Je suis désolé, Jess, dit-il tout en émoi avant de raccrocher.

« Ouf ! quelle journée ! pensa Michael. D'abord maman et ensuite Jess. » Il s'affala dans le fauteuil, se couvrant le visage de ses deux mains avant de les laisser retomber lourdement sur ses cuisses. Puis il ferma les yeux un court instant. Il les ouvrit lentement, un air de tristesse s'affichait son visage. Avec la télécommande, il éteignit le téléviseur qu'il n'avait jamais écouté et se cala encore plus dans son siège pour s'y abandonner complètement. Michael s'endormit, l'esprit quelque peu tourmenté par divers sentiments.

Lorsqu'il se réveilla de sa sieste fortuite, Michael vit par les rideaux tirés que le soleil était déjà couché. Il se frotta les yeux. Comment avait-il pu dormir autant ? Il se leva pour s'étirer les membres. Comme ses muscles étaient engourdis ! Normal après avoir passé autant d'heures à dormir sur un fauteuil. Mais pourquoi s'était-il assis là si longtemps qu'il avait fini par s'endormir ? Ah oui ! La mémoire lui revint brusquement. Il guettait l'appel de Ricky. Il vérifia le registre des appels en appuyant sur un bouton du combiné. Le dernier appel affiché était celui de Jess. Il se souvint de lui avoir parlé. « Pauvre Jess » pensa-t-il. « Je suis désolé de te faire autant de mal. »

De toute évidence, Ricky n'avait pas appelé. Michael se demanda ce qui avait bien pu arriver pour que Ricky n'ait pas fait ce qui était convenu. Et s'il lui était arrivé quelque chose ? Un accident, par exemple. D'un coup de balai, il chassa vite cette mauvaise pensée de sa tête. « Mais qu'est-ce que tu vas penser là... » se dit-il. Mais cette idée refusait de le quitter. Et si c'était le cas ? Et si quelque chose de vraiment néfaste lui était arrivé ? « Non » dit-il à voix haute pour se persuader qu'il faisait fausse route. Mais cela ne l'empêcha pas de sauter sur ses clés et de quitter rapidement son loft.

Il démarra en trombe. Il devait se rendre immédiatement chez son ami pour s'assurer que rien ne lui était arrivé et qu'il avait trop d'imagination. Tout en conduisant, il s'efforçait de se convaincre que ce qu'il s'imaginait n'avait aucun sens. Ricky était aussi rusé et futé qu'un renard. Comment un accident pouvait-il lui arriver? Ce qu'il se sentait con de s'inquiéter comme ça pour une idée qui ne germait que dans sa tête! Il s'en faisait pour rien. Mais toutes ces réprimandes qu'il se faisait n'arrivait pas à lui faire changer d'idée. Il conduisait si vite qu'il rata un stop dans le dernier virage qui donnait accès à la rue ou habitait son ami. « Ralentis ! » se gronda-t-il « Tu aurais pu tuer quelqu'un ! » Mais son pied se faisait encore plus pesant sur l'accélérateur à mesure qu'il s'approchait de la demeure de Ricky.

Chapitre vingt-deux

Au même moment, Jack Coleman quittait l'aéroport Logan en direction du centre-ville. Il ne s'était toujours pas remis de la décision de Nancy. Il avait l'intention de découvrir ce qu'il en était vraiment. Il voulait entendre Nancy le lui dire en face. « C'est impossible » pensa-t-il, toujours incrédule. En effet, celle qu'il connaissait n'aurait jamais pris un tel virage, même à l'article de la mort. Il était convaincu que sa patronne affrontait un problème plus grand que le ciel. Sans cela, elle n'aurait pas abandonné les commandes de la compagnie entre les mains d'un novice, prenant tout le monde au dépourvu. Michael était intelligent, mais loin de posséder les nerfs d'acier de sa mère. Compétence essentielle pour triompher dans le monde du business. C'est lui qui en était le plus estomaqué. « Incroyable » s'entêta-t-il. Impatient, assis dans le taxi qui le conduisait à l'hôtel, Jack n'avait qu'une seule chose en tête : contacter Nancy dès son arrivée. Non, il n'avait pas l'intention de lui faire passer un interrogatoire, il y avait tout même des limites, mais indirectement, il chercherait à lui tirer les vers du nez.

En entrant dans la chambre qu'il avait réservée depuis Chicago, il chercha instinctivement le téléphone des yeux. Il le repéra sur la petite table de chevet près du lit. Il s'y dirigea aussi vite que l'éclair puis composa le numéro du domicile de Nancy. Elle le lui avait donné pour des questions d'affaires. Rien de plus. Après plusieurs sonneries, le répondeur se mit en marche. Déçu, il raccrocha. Elle n'était pas là. Il aurait tout donné pour pouvoir lui parler en cet instant. Et merde alors, pourquoi s'en faisait-il autant pour cette histoire d'année sabbatique! Elle avait bien le droit de faire ce que bon lui semblait. Mais avouons que cela ne lui ressemblait pas. Et alors, c'était elle la patronne. Elle pouvait faire ce que bon lui semblait.

Jack se laissa tomber sur le lit après avoir dénoué le nœud de sa cravate. L'attitude de Nancy n'était pas normale. Il ne supportait pas qu'elle puisse se trouver dans une situation si difficile qu'elle soit contrainte de battre en retraite et d'abandonner ce pour quoi elle s'était farouchement battue : la réussite de la Brown's Co. Elle devait traverser un sale moment. Il ne savait pas ce que c'était, mais il devait lui faire comprendre qu'il était là pour elle. Tant pis si elle se moquait de lui. Il reprit le combiné et composa le numéro de son portable. Encore un foutu message. Il essaya son télé-avertisseur. Il n'eut pas plus de succès.

« Michael » pensa-t-il. Michael saurait lui dire où était sa mère. Mais chez Michael non plus, ça ne répondait pas. Il lâcha un juron. Christina, la secrétaire, pourrait peut-être l'aider. Pas de réponse. « Mais où sont-ils tous passés ? » Il tenta de se calmer. Allait-il se mettre à appeler tous les employés de la compagnie pour retrouver Nancy ? Non, c'était fou. Il devrait plutôt se calmer, aller prendre une douche, manger un morceau et réessayer plus tard. Il soupira profondément. Dans l'immédiat, il n'y avait rien d'autre à faire.

La puissance du jet d'eau sur son corps nu lui fit du bien malgré qu'il ne pût s'empêcher de penser à Nancy. Il tenait à lui parler, sans quoi il ne dormirait pas cette nuit. Seule sa voix pourrait le calmer. Jack avait toujours été secrètement amoureux de Nancy. Nancy ne l'aimait pas. Il le savait. Il avait longuement guetté son regard à son insu pour voir si elle manifesterait un quelconque sentiment pour lui. Jusqu'ici, il avait toujours été déçu. Dans tous leurs rapports, elle s'était toujours tenue au strict plan professionnel. Elle était satisfaite de son travail au sein de l'entreprise, rien de plus. Elle le manifestait visiblement, mais son cœur était impénétrable, dur comme une roche pour ce qui avait trait à l'amour. Il s'était résigné à l'idée qu'il ne pourrait jamais posséder une telle femme, et d'ailleurs, elle lui était inaccessible. Nancy dégageait une telle force de caractère qu'il ne serait jamais à la hauteur. Mais là, elle était à terre. Non qu'il ait l'intention d'en profiter, mais rien ne l'empêchait d'espérer. D'espérer qu'elle voie en lui plus qu'un compagnon d'affaires.

CHAPITRE VINGT-TROIS

Enfin, Michael arriva devant la bâtisse délabrée où habitait Ricky. Il constata avec dégoût la malpropreté des lieux. « Il faut absolument que je te sorte de là, mon vieux. » Le quartier était mauvais et pitoyable. Non seulement l'architecture laissait à désirer, mais en plus, les gens qui y vivaient lui inspiraient de la méfiance. Surtout ces deux types louches qui lorgnaient sa décapotable. Michael se demanda s'il devait débarquer ou pas. Quelques mètres plus loin se trouvait un petit groupe d'adolescents qui avaient cessé leur conversation dès qu'il avait garé sa voiture, et non loin d'eux, un vieillard assis confortablement sur une vieille chaise qui grinçait à ses moindres mouvements, fumant sa pipe comme s'il était dans son salon. Il semblait surpris de voir arriver un type comme Michael dans le quartier. Le vieil homme le détailla du regard avec suspicion. « Que pouvait bien faire un richard dans le coin à une heure pareille ? » semblait vouloir dire son regard mesquin. De l'autre côté de la rue se trouvait une fille mal fringuée, visiblement en manque de dope. Et pour couronner le tout, deux petits garçons jouaient aux billes sur le trottoir juste en dessous d'un lampadaire qui avait du mal à rester allumé. Ils ne se rendaient pas compte que ce n'était ni l'heure, ni l'endroit idéal pour ça. Eux aussi avaient arrêté leur jeu pour porter attention au nouvel arrivant.

Michael maîtrisa sa peur puis descendit de la voiture. Il releva la tête et soutint quelques instants, tour à tour, tous les regards curieux qui s'attardèrent sur lui. Histoire de leur faire comprendre qu'il n'était pas impressionné. En réalité, il avait la frousse. Il se dirigea d'un pas mal assuré vers le block où logeait Ricky. Une fois devant la porte, il risqua un dernier regard en arrière et vit qu'il avait cessé d'être le point de mire. Cependant, les adolescents s'étaient rapprochés de sa voiture. Il comprit qu'ils ne voulaient pas y faire du grabuge mais seulement l'observer de plus près. Rassuré, il poussa la porte et entra.

L'appartement de Ricky se trouvait au sous-sol. Celui-ci était mal éclairé et les escaliers pour y parvenir étaient plongés dans le noir. À chaque marche qu'il descendait, il entendait grincer le bois sous ses pas. À la dernière, il faillit basculer tellement le tout était en mauvais état.

Finalement, il parvint à la bonne porte. Il frappa trois coups puis attendit. À l'intérieur, il entendit couiner un vieux divan. De toute évidence, on se levait pour venir l'ouvrir. « Ricky… pensa-t-il. Enfin, il était temps que je te vois. » Il sentit un soulagement gagner tout son être. Il se trouva vraiment idiot d'avoir pensé plus tôt qu'il lui était arrivé malheur. Peut-être avait-il tout simplement oublié de l'appeler ou encore s'était-il endormi comme un loir pour ne se réveiller que très tard dans la journée. Lorsqu'il comprit que la porte allait finalement s'ouvrir, puisque les pas venaient de s'arrêter derrière celle-ci, les battements de son cœur s'accélérèrent. Il se sentait excité comme un adolescent à son premier rendez-vous. « Calme-toi, Michael, vous vous êtes quittés pas plus tard qu'hier. » Mais il avait l'impression qu'une éternité s'était écoulée entre-temps. Lui revint en mémoire le charme ravageur de Ricky. Comme il lui plaisait ! « J'ai enfin trouvé l'oiseau rare » pensa-t-il. Lui qui n'y croyait plus.

Lorsque Ricky entendit frapper, il se demanda s'il devait ouvrir ou pas. Jamal, le type d'à côté, était venu le relancer plusieurs fois sur une quelconque affaire faramineuse. Il avait flairé que c'était une activité louche et lui avait tout de suite fait comprendre que ce temps-là était révolu pour lui. Jamal avait insisté en protestant que son plan était infaillible et qu'il ne risquait rien. Ricky ne s'était pas laissé convaincre.

C'était ce matin, en revenant du liquor store, que Jamal l'avait approché devant l'immeuble où ils habitaient tous les deux. Jamal s'était présenté à lui, lui avait affirmé que cela faisait plusieurs jours qu'il l'observait et qu'il avait le profil exact du type qu'il recherchait pour son occasion en or. Quand il lui avait demandé ce qu'était cette opportunité rare, les explications de Jamal avaient été chiches et vagues. Il comprit néanmoins qu'il s'agissait d'un gros cambriolage.

Jamal avait parlé en montrant toutes ses dents, convaincu que l'affaire était dans le sac et que le compagnon convoité allait embarquer sans hésiter. Pour lui, le fait que ce drôle de type mal rasé à la tignasse longue l'ait trouvé parfait pour ce genre d'activité l'accablait. Il n'avait pas suffisamment modifié son attitude. Lui qui ne voulait plus être étiqueté de la sorte ! Décidément, il allait devoir faire plus que changer d'État. Bien sûr, le quartier qu'il habitait n'aidait pas sa cause. Ici, tout le monde pouvait passer pour un délinquant. Quand il aurait trouvé du boulot, il déménagerait.

Il se leva d'un pas décidé et se dirigea vers la porte avec la ferme intention d'envoyer promener Jamal. Lorsqu'il ouvrit, il tomba sur une tout autre personne : Michael Brown. « Ah non ! Pas toi, qu'est-ce que tu veux ? » lança Ricky d'un ton impatient. Il se mit à taper du pied pour le presser. Son regard ne laissait présager rien de bon.

Michael en fut renversé. La manière dont ils s'étaient quittés la veille ne prédisposait pas à un tel accueil. En dépit de la façon dont Ricky le reçut, il était tout de même content de le voir en chair et en os. Ce qui lui confirma qu'il ne lui était rien arrivé de tragique comme il le pensait. Ils s'étaient quittés dans l'euphorie et voilà que maintenant il l'accueillait comme un étranger, pis encore, comme un ennemi. Non, quelque chose avait dû se passer entre-temps. Il n'était pas question qu'il se laisse repousser de la sorte. Il lui vint à l'esprit que Ricky était peut-être sous l'effet de la drogue. Il chassa aussitôt cette pensée, rien de leur conversation d'hier ne permettait une telle hypothèse. Mais quoi alors ? Il décida de jouer de prudence.

« Ricky, tu devais m'appeler, pourquoi tu ne l'as pas fait ? »

— Parce que je dois te rendre des comptes, alors que toi tu te fiches de ma gueule ?, lança-t-il, irascible.

Ricky ne portait pas de haut. Il était simplement vêtu d'un vieux short cargo kaki qui le rendait encore plus séduisant, constata Michael. Son petit air de défi dans les yeux était digne d'une star hollywoodienne.

— Ricky », dit-il tranquillement comme pour le calmer. Michael ne savait pas de quoi il l'accusait mais mieux valait pour lui jouer le coupable s'il voulait obtenir une chance de s'expliquer. « Laisse-moi d'abord entrer, d'accord ? »

Nonchalamment, Ricky recula pour le laisser passer. À son attitude, Michael pensa que son ami se serait bien passé de sa visite. Il remarqua que le ménage avait été fait et que la pièce paraissait plus grande maintenant que tout avait été ramassé. Il ne put s'empêcher de le complimenter. « Superbe ! Cela a dû te prendre des heures. » Ricky le considéra à peine et retourna s'asseoir sur son vieux divan qui grinça de plus belle. Il était toujours maussade lorsque finalement il daigna jeter un regard à son interlocuteur toujours perdu dans sa contemplation de la pièce. Les yeux de Michael tombèrent sur le journal, la vue de son nom écrit en grosses lettres sur la page de couverture avait attiré son attention. Il se dirigea vers l'étagère où il était posé. Il lut la manchette et contempla la photo.

Tout de suite, il comprit ! C'était donc sur ça que Ricky était tombé. Apparemment, Jess avait raté une belle occasion de tenir sa langue. Cet incident le disculpa de l'avoir quitté indignement. Il soupira et se tourna vers son ami. « C'est pour ça que tu me méprises ? » dit-il en pointant le journal tout en s'approchant pour le prendre. Ricky ne répondit pas et fit mine de fixer un objet quelconque sans abandonner sa bouderie. « Ricky, réponds-moi. Est-ce bien pour ça que tu es fâché contre moi ? » Michael avait haussé le ton et cela provoqua une explosion de colère chez Ricky. « Mais pour qui tu te prends à me parler sur ce ton, suis-je à ta merci ? » Décidément, il était vraiment d'humeur massacrante. Michael se rendit vite compte de son erreur. Il n'avait jamais rien voulu lui cacher, c'est juste qu'il n'avait pas vu l'importance de lui dire de prime abord qu'il descendait d'une riche dynastie et que le fait qu'on parlât quelquefois de lui dans les quotidiens de la ville ne lui était pas venu à l'esprit. Aussi, il n'avait pas eu le temps d'y penser. Le fait qu'il soit riche était pour lui un fardeau plus qu'un avantage. La journée qu'il avait vécue hier était une bénédiction du ciel qui lui avait permis d'oublier tout ce poids qu'il portait sur ses épaules. Si seulement Ricky savait à quel point...

Le fait qu'on lui dédiait occasionnellement quelques lignes dans les journaux l'ennuyait beaucoup, lui qui était timide et effacé. Les articles qui lui étaient consacrés avaient augmenté de façon absurde depuis qu'il travaillait officiellement à la Brown's Co. Tous y allaient de leur prédiction de succès ou de malheur sur la compagnie. Certains journaux prédisaient une vague de changement bénéfique au sein de l'entreprise avec son arrivée à la barre. Jeune et intelligent, il saurait moderniser de vieux concepts de la compagnie pour mieux s'adapter aux besoins de la jeunesse d'aujourd'hui plongée dans un monde où les nouvelles technologies révolutionnaient chaque jour le monde du jeu et des jouets. D'autres au contraire croyaient que le placement de la Brown's Co sous la protection de la loi sur la faillite n'était qu'une question de temps, et que Nancy Brown cherchait à ruiner malhonnêtement certains actionnaires. Michael aimerait retomber dans l'anonymat de l'époque où on se fichait bien de son existence pour vivre sa vie comme il l'entendait. Au lieu de cela, il devait maintenant porter attention à ses moindres faits et gestes. Il avait laissé croire à tous que Jess et lui étaient fiancés (sans l'avoir toutefois officiellement annoncé) pour éviter les spéculations sur sa vie privée et ainsi être en paix de ce côté-là, vu ses tendances qui ne manqueraient pas de faire jaser. C'était la solution la plus simple qu'il avait trouvée. Voilà maintenant que cette histoire de rupture éclatait au grand jour et qu'il n'était plus fichu d'aller à un match de base-ball sans se faire photographier. Jess n'avait pas perdu de temps pour jacasser.

Il n'était pas une vedette rock ou de cinéma. Pourquoi on ne lui fichait pas la paix ? Il n'avait jamais demandé à faire la une des journaux. Il comprenait un peu la frustration de Ricky. L'article ne mentionnait pas son nom, mais quoique flou sur la photo, il était assez reconnaissable. Il soupira avant de tenter de se lancer dans des explications. « Écoute, je suis désolé que tu n'apprécies pas d'être pris en photo à ton insu et… » Ricky ne lui laissa pas le temps de finir.

— Ce n'est pas la photo qui me dérange, c'est juste que j'aurais aimé que tu m'informes un peu plus de ta notoriété et que tu ne me le laisses pas la découvrir de la sorte, avait-il lancé avec fureur.

Il affichait à présent l'air d'un chien battu, de celui qu'on avait trahi. Lorsque Michael vit cela, il en éprouva une certaine satisfaction. Il pensa que pour être atterré de la sorte, Ricky avait dû avoir instantanément confiance en lui. Donc qu'il comptait pour lui. « Désolé, je... je ne voulais pas crier... » reprit-il plus calmement en fixant le sol pour éviter que Michael ne voie son désarroi, car il se sentait vulnérable. Jamais auparavant, il ne s'était attaché aussi vite à une personne. Lui qui sur le coup avait cru pouvoir se ficher de Michael dut admettre que ce gars-là représentait sa seule porte de sortie. Et lorsqu'on avait frappé à la porte, il ne s'était pas douté une seconde que ce pouvait être Michael, même s'il avait pensé à Jamal. Il avait sauté sur ses jambes avant d'avoir eu le temps de décider s'il devait ouvrir ou pas. Et puis, pourquoi était-il si frustré dans cette histoire ? Ils n'avaient passé qu'une journée ensemble et ils avaient ri comme des fous, quand aurait-il pu trouver le temps de lui expliquer tout cela, d'autant plus qu'il s'en était douté dès le début ! Tout en Michael laissait supposer qu'il était plus que bien nanti. Alors de quoi l'accusait-il ? Pourquoi lui en voulait-il ?

Il se résolut à mettre son orgueil de côté pour saisir la chance que lui offrait le destin en la rencontre de Michael Brown. Son regard s'adoucit, provoquant du même coup un relâchement des muscles tendus de son visage. Son expression devint plus douce, mais lointaine.

Michael observa Ricky. Il crut déceler un voile de tristesse dans son air distant. Une profonde tristesse. Son comportement l'aurait-il atteint à ce point-là ? Ou cette pointe de tristesse était-elle due à autre chose ?

Ricky leva les yeux vers Michael. Ils plongèrent chacun dans le regard de l'autre, chacun s'efforçant d'y lire une quelconque réponse à son ressentiment. Michael découvrit dans le regard de

Ricky un grand trouble qu'il ne lui avait pas vu la veille. Ricky, lui, lut dans le regard de Michael de la bonté. Ils comprirent qu'en peu de temps, ils partageraient une grande complicité comparable à celle des amitiés de longue date. En cet instant précis, ils réalisèrent que le croisement de leur route était inévitable tant ils se sentirent réconfortés par la présence de l'un et l'autre.

« ...J'suis un idiot, j'aurais dû te téléphoner », finit par dire Ricky après qu'ils se fussent observés longuement. « Non, c'est ma faute. J'aurais dû t'en dire plus sur ma vie publique. » Ils se sourirent.

— J'ai presque rien mangé de la journée, reprit Michael sur un autre ton, et si on allait manger un morceau ?

Ricky comprit qu'aller manger un morceau signifiait une autre journée folle comme celle de la veille, toutes dépenses payées par Michael. Il ne voulait pas profiter de la situation de la sorte. Il ne considérait pas Michael comme sa vache grasse à qui il pouvait tirer du lait sans fin. Lorsqu'il pensait que Michael était sa seule porte de sortie, ce n'était pas dans ce sens-là. Il le voyait plutôt comme une porte ouverte sur d'autres horizons. Des horizons différents de ceux qu'il avait connus.

Michael ne ressemblait pas aux gens qu'il avait jusque-là côtoyés. Avec lui, les chances qu'il retombe dans sa vie d'avant étaient minimes. Tout était différent chez lui. De son langage jusqu'à sa manière de marcher ou de parler. Bien élevé et cultivé, il ne pourrait qu'avancer à ses côtés.

Il avait tout à gagner, lui qui voulait tant changer. Mais qu'avait-il à lui offrir en retour ? Cette question resta en suspens dans son esprit.

Hier, Michael avait tout payé. Aujourd'hui, il tenait à le faire. Il lui restait encore quelques dollars du butin trouvé le matin. Il ne lui resterait plus rien après, mais tant pis. Il ne pourrait pas l'amener dans un restaurant pour gens fortunés, mais cela ne l'empêcha pas de se sentir fier de pouvoir offrir un repas à son « ami ». Oui, Michael était vraiment son ami, pensa-t-il. N'était-ce pas son premier véritable ami ?

— D'accord, répondit-il, mais à la condition que ce soit moi qui t'invite.

Bien que surpris, Michael n'en laissa rien paraître. Il était flatté que Ricky tienne à lui offrir un repas malgré sa situation. Il acquiesça de la tête. Les deux compères se sourirent à nouveau avant d'éclater de rire.

— Laisse-moi le temps de me préparer, dit Ricky en se levant du vieux fauteuil qui grinça de plus belle.

— Prends ton temps, dit Michael en le suivant des yeux avec un sourire fendu jusqu'aux oreilles.

Après avoir ramassé quelques vêtements qui traînaient sur son lit, Ricky disparut derrière une minuscule porte que Michael avait pris pour une garde-robe. C'est lorsqu'il entendit couler l'eau qu'il comprit qu'il s'agissait de la salle de bain. La pièce qu'habitait Ricky était si petite qu'il ne lui était pas venu à l'esprit qu'elle pouvait être pourvue d'une salle de bain. Il se dirigea vers le lit, s'y assit et jeta à nouveau un regard admiratif sur la propreté qui à présent y régnait. Il était content d'être là. Il inspira profondément l'odeur de la pièce en fermant les yeux. Ça sentait bon malgré l'odeur nauséabonde qui régnait dans tout l'immeuble. Bien que ce ne fût que sa deuxième venue en ce lieu, la pièce lui devint vite familière. Il s'y sentait à son aise en dépit du manque d'espace flagrant. La présence de Ricky y était pour quelque chose. Il le savait.

À leur sortie du block, Michael vit que les adolescents étaient encore plus proches de son véhicule et qu'ils en parlaient avec passion. Le vieux bonhomme n'avait pas bougé de sa chaise et semblait perdu dans ses pensées. Aucune trace de la fille qui se trouvait de l'autre côté de la rue ni des gamins qui jouaient aux billes. Lorsque Michael et Ricky s'approchèrent de la voiture, les jeunes gens s'écartèrent pour les laisser passer. Une fois embarqué, Michael démarra lentement pour laisser aux jeunes le temps de la contempler une dernière fois. Ricky lui indiqua le chemin à prendre pour se rendre au restaurant.

L'endroit n'avait rien de luxueux, mais la cuisine était bonne et les lieux plutôt propres. La salle était clairsemée de clients qui semblaient tous être des habitués. Installés à une table tout au fond à l'abri des regards, Michael et Ricky discutaient aisément de tout et de rien.

Bien qu'il semblât passer un bon moment, Michael vit à plusieurs reprises une ombre sombre dans les yeux de Ricky. « Qu'est-ce qui ne va pas ? » lui demanda-t-il de but en blanc.

— Hum… rien, répondit Ricky

— Ricky, si quelque chose te tracassait, tu me le dirais, n'est-ce pas ? » Il resta impassible. « Je sais que ça ne fait pas si long-temps qu'on se connaît, mais je veux que tu saches que je suis à ta disposition pour quelque problème que ce soit.

— Ça va, Michael. T'en fais pas pour moi. Je crois que j'ai le mal du pays.

Michael n'en était pas convaincu. Son problème était autre. C'était évident. Il décida de tenter de lui remonter le moral.

— Est-ce parce que tu n'as pas de travail que tu t'inquiètes ? Eh bien, ne t'en fais plus pour ça, enchaîna Michael sans lui laisser le temps de répondre. Je crois avoir quelque chose pour toi. D'ailleurs c'est l'une des raisons pour lesquelles je suis passé chez toi, mentit-il. C'était pour t'annoncer cette bonne nouvelle. » Il n'allait tout de même pas lui dire que c'était parce qu'il se faisait un mal de chien à s'en ronger les ongles en croyant qu'il lui était arrivé un accident. « Mike, le responsable du service de livraison du courrier dans l'édifice de la Brown's Co, manque de main-d'œuvre. Je vais lui demander de t'embaucher et tu pourras commencer dès lundi si cela te va. »

— Super ! s'exclama-t-il. Je peux tout de suite espérer quitter mon trou et ce foutu quartier.

Sa mine basse disparut à l'instant même et Michael ne vit plus trace d'inquiétude dans ses yeux de la soirée. Il fut heureux de lui procurer un tel espoir.

— Tu sais, reprit Ricky, enjoué, je suis prêt à commencer dès demain si tu veux. Dis-moi juste où je dois me rendre.

— Oh là du calme, le taquina Michael, demain c'est dimanche et le service de courrier est fermé.

Ils continuèrent leur bavardage avec ce regain d'énergie dans la conversation, passant du coq à l'âne. Quand vint le temps de quitter le resto, Michael proposa à Ricky de venir prendre un verre chez lui pour terminer la soirée. Il accepta.

Michael habitait un loft dans un bâtiment ancien, mais très prisé à voir la décoration qui l'ornait et le quartier huppé dans lequel il était situé. S'il s'attendait à rentrer dans un appartement où brillaient le luxe et la richesse, il fut surpris de constater à quel point c'était modestement meublé. En revanche, ce qui ne le surprit pas, c'est qu'il reconnut bien là le Michael simple qu'il avait rencontré. L'argent lui sortait par les oreilles, mais pas une once de snobisme ou d'arrogance n'émanait de sa personne. Il n'aimait pas étaler sa fortune à la face des plus démunis. Même ici, chez lui, un lieu qui n'était pas ouvert au public, il restait égal à lui-même. Ricky l'admirait. Il ne pensait pas qu'une telle personne pouvait exister, lui qui avait si souvent été confronté à des gens qui ne recherchaient que leurs propres intérêts.

Ce qui l'épatait encore plus chez Michael, c'était qu'il ne semblait pas considérer la moindre différence de classe sociale entre eux. Il se comportait avec lui comme s'il avait été de son rang. Que lui importait qu'il soit un délinquant né, un ancien trafiquant de substances illicites. Jamais personne, connaissant son passé, ne l'avait élevé à un tel niveau et ne lui avait fait confiance aussi rapidement. « Sacré Michael, t'es la personne la plus remarquable que j'aie jamais rencontré » pensa-t-il. Michael avait tout de suite cru en lui, ce qui représentait beaucoup à ses yeux.

Sa vie durant, il n'avait jamais été autre chose qu'un fauteur de trouble. Les tracas qu'il avait fait subir à son père en étaient la preuve. Jusqu'au décès de ce dernier, il n'avait jamais senti le besoin de remettre en question son comportement marginal et violent. Pour lui, c'était la bonne manière d'agir. La mort de son père lui avait ouvert les yeux, lui avait fait comprendre qu'il perdait beaucoup de la vie à agir de la sorte et qu'elle goûtait mieux que ce qu'il connaissait quand on prenait le temps de la vivre comme il faut.

Son père avait rendu l'âme dans ses bras. Il n'oublierait jamais ce moment. Sentant que le chagrin allait gagner son cœur, il se dirigea vers le bar, non loin du poste de télévision, et se dépêcha de dire quelque chose pour cacher son mal. « C'est tout un appart! »

— Bof, de répondre Michael en allumant la télévision. Il opta pour une chaîne de sport qui diffusait un match de base-ball. Il alla rejoindre Ricky au bar. « Qu'est-ce que je te sers? »

— N'importe quoi, dit vaguement Ricky, s'efforçant du mieux qu'il pouvait de chasser l'image de son père rendant l'âme.

Michael lui sourit. Il passa de l'autre côté du bar, sortit deux verres, y déposa quelques glaçons pris dans le petit réfrigérateur adjacent et les remplit d'un liquide doré.

— Qu'est-ce que c'est?

— Du rhum.

— Avec des glaçons?

Michael lui tendit un verre plein. D'un coup, il le cala de moitié. « Plutôt fort », dit-il, sentant le liquide lui brûler la gorge.

— C'est ce qu'il y a de plus fort sur le marché en matière de rhum, répondit Michael en portant à son tour son verre à ses lèvres.

Puis, changeant brusquement de sujet, Ricky lui demanda de lui parler de sa copine Jess. Pris au dépourvu, Michael lui dit vaguement ce qu'il en était, afin de clore rapidement le sujet.

— Qu'est-ce qu'elle avait de si moche pour que tu la laisses tomber ?

— Rien de bien grave, répondit Michael que la question dérangeait.

— Alors…

— Je… je ne l'aimais pas, dit-il sèchement.

Incrédule, Ricky plissa le front pour lui signifier son interrogation insatisfaite. Michael comprit qu'il voulait en savoir plus.

— Physiquement, elle avait tout pour plaire, ajouta-t-il, mais elle n'éveillait rien en moi.

Ricky le fixait, toujours incrédule.

— Je… je ne sais pas, continua-t-il un peu pensif, je crois que c'était l'intérieur de la coquille qui ne m'attirait pas… Faux, lui dit une petite voix intérieure, l'extérieur non plus ne te plaisait pas.

— … Et toi, demanda-t-il à Ricky, tu as laissé une copine en Californie ?

Il redoutait sa réponse. Il sentit comme un serrement dans sa poitrine. Serrement qui ne dura pas, car Ricky se mit à rire. Il ne savait que penser d'une telle réaction.

— Alors ? le pressa-t-il malgré sa crainte.

— Les filles et moi, ça n'a jamais vraiment marché, dit-il d'un ton sérieux, arrêtant brusquement de rire.

« Génial, pensa Michael, pour lui non plus ça n'a jamais fonctionné avec les filles. »

— C'est quoi le problème avec elle ? demanda-t-il.

— Bah, elles ne sont pas aussi angéliques qu'on le pense. » Il fit une pause, comme s'il se demandait s'il devait dire la suite de sa pensée. « J'ai eu beaucoup de copines, toutes des écervelées », déclara-t-il sans ménagement.

Le mot sonna dur aux oreilles de Michael. Il n'aimait pas les femmes, mais il ne les qualifiait pas en ces termes.

Ricky haïssait les femmes, d'une haine parfaite. Il n'avait jamais été aimable avec elles. C'est vrai, il avait eu beaucoup de copines, mais n'en avait aimée aucune. Sa rage contre elles était, pour lui, naturelle. Elles ne méritaient pas son amour. À ses yeux, elles étaient soit des pétasses, soit des arrivistes. Rien d'autre. Il n'avait jamais appris à leur parler. Elles n'en valaient pas la peine. Avec sa gueule d'enfer qui lui servait d'appât pour les séduire, il n'avait pas besoin de les courtiser. Pour lui, aucune n'était sincère et capable d'aimer réellement. Il en avait pour preuve la longue liste de concubines, toutes plus idiotes les unes que les autres, de son père. Lorsqu'il était petit garçon, devant lui, elles faisaient semblant de s'intéresser à lui, mais dès qu'il avait le dos tourné, elles le traitaient de tous les noms. Quelques-unes allèrent même jusqu'à le frapper.

Ricky portait en lui une rage incontrôlable contre les femmes qui le rongeait jusqu'aux os. Dans ses rapports intimes avec elles, il s'arrangeait toujours pour les faire souffrir. Il les montait comme un sauvage et leur arrachait des cris de douleur plutôt que de jouissance. Et chaque fois qu'il les dominait ainsi, il en éprouvait un pseudo-soulagement qui disparaissait avant même qu'il n'en savoure la plénitude. Il ressentait toujours une déception profonde après chaque ébat, ce qui le rendait encore plus haineux envers elles.

— Tu les détestes toutes, demanda Michael, inquiet du sentiment de Ricky à l'égard du sexe opposé.

— Toutes, répondit Ricky sans équivoque.

Michael en frémit.

— Même ta mère ?

Ricky se renfrogna. Michael venait de toucher une corde sensible. Michael remarqua son assombrissement. La main avec laquelle Ricky tenait son verre se mit à trembler. Il déposa le verre d'un geste brusque puis se dirigea rapidement vers la fenêtre. Il fit semblant d'observer au-dehors. Michael regretta sa question. Il lutta quelques instants contre des larmes rebelles qui tenaient mordicus à couler.

— Je crois que c'est la seule que j'aurais pu aimer, articula-t-il dans un murmure.

Il se retourna pour faire face à Michael.

— Je suis désolé, Ricky... Je ne savais pas...

— Non, ce n'est rien, l'interrompit Ricky. Il fixa la moquette fleurie du sol. Lorsqu'il releva la tête, Michael vit dans ses yeux qu'il était disposé à en dire un peu plus. Il l'encouragea à parler d'un signe de tête.

— Ma mère a été abattue quelques jours après ma naissance par un forcené pour des dettes de drogue. Je ne l'ai jamais connue.» Il marqua une pause durant laquelle il battit plusieurs fois des paupières pour refouler d'autres larmes rebelles. «Dès ma conception, j'étais prédestiné à être maudit, dit-il d'une voix à peine audible. Ma mère se dopait alors qu'elle était enceinte de moi, ajouta-t-il avec une pointe de colère dans la voix.»

Il revint prendre son verre sur le comptoir et le vida.

Après un bref instant durant lequel ni l'un ni l'autre ne sut que dire, Ricky éclata d'un rire qui sonnait faux.

— C'est peut-être pour ça que j'ai mal viré dans la vie, reprit-il.

Il regarda longuement par la fenêtre dont les stores tirés laissaient voir la noirceur de la nuit. Il la compara à la noirceur de son âme.

— C'est une chance que je n'ai pas été physiquement atteint.

— Ne dis pas de sottises, intervint Michael que Ricky rendait triste.

— Essaye pas de me faire croire qu'il en est autrement, Michael. Je n'ai jamais rien fait de bon de ma putain vie, dit-il en proie à l'abattement.

Voyant sa détresse, Michael eut envie de serrer Ricky très fort dans ses bras pour le réconforter. Confus, il oscilla plusieurs fois entre le désir de le faire ou non. Voulait-il réellement le réconforter ou voulait-il en profiter pour se coller contre lui ? Ricky suscitait en Michael des sentiments profonds. Il ne savait ni pourquoi ni comment, mais ce mec exerçait un véritable magnétisme sur lui. Michael croyait l'aimer comme un homme aime une femme étant donné l'orientation sexuelle qu'il présumait être la sienne. Du moins, c'est ce qu'il pensait. Mais il constatait aussi qu'il l'aimait au-delà de cet amour-là. Il n'arrivait pas à se l'expliquer.

Il ne le connaissait que depuis peu, mais il aurait donné sa vie pour lui. À peine se fréquentaient-ils depuis quelques jours et déjà, il avait l'impression de ne plus pouvoir se passer de la présence de Ricky, elle était vitale pour lui. Cette attirance qu'il exerçait sur lui était à la fois agréable et effrayante. Il en était troublé, au point de ne plus pouvoir distinguer ses véritables ressentiments.

Ricky s'approcha de lui et lui empoigna fermement le bras. Il le saisit si fort que Michael en ressentit l'emprise comme s'il s'était agi d'un garrot.

— Michael, balbutia Ricky, en dehors de mon père, tu es la seule personne qui m'accepte comme je suis.

Michael était déconcerté tant par l'aveu de Ricky que par le fait d'être si proche de lui, leurs visages se touchant presque. Puis Ricky lâcha brusquement son étreinte et alla se caler dans le sofa. Il monta le son de la télé avec la télécommande et parut ne plus vouloir rien dire. L'envie de confession qui l'habitait disparut instantanément pour faire place à sa mine mystérieuse qui avait toujours intrigué Michael.

Il aurait aimé que cette discussion continue pour lui parler, à son tour, de son père Denovan qu'il n'avait pas connu et du vide qu'il en ressentait. Il lui aurait fait comprendre qu'il ne s'en sentait pas maudit pour autant. Il est parfois des choses du destin qui arrivent et qui n'ont absolument rien à voir avec nous ou la personne qu'on est. Ça l'aurait peut-être aidé de savoir qu'il n'était pas le seul à ne pas connaître un de ses parents.

Il ne lui arrivait pas souvent de l'évoquer, mais son père lui avait manqué tout au long de son existence. Il ne savait pas ce que c'était que d'en avoir un. Durant les premières années de sa vie, c'est son grand-père Charles qui avait plus ou moins tenu ce rôle. Mais ce qu'il avait vécu avec lui n'était pas comparable à la réalité d'une relation entre un père et son fils. C'est un manque qu'il ne pourrait jamais combler. Après le décès de Charles, il ne lui resta plus que sa mère. Aucun autre modèle masculin dans sa vie. Il aurait aimé parler de cela à Ricky, mais il ne semblait plus du tout avoir le goût de bavarder de sujets sur lesquels se lamenter. Une autre fois peut-être, se résigna-t-il.

Il remplit à nouveau les deux verres et alla rejoindre son ami sur le divan. Il ne savait pas si Ricky écoutait le match, mais lui ne l'écoutait pas. Toutes sortes de pensées et de sentiments s'agitaient en lui. Tous en rapport avec Ricky, cet être à l'image forte, mais vulnérable sous son apparence de dur, qui prenait de plus en plus de place dans son cœur. Il avait du mal à imaginer qu'il avait vécu vingt-quatre ans sans lui. À présent, s'il y avait une chose qu'il désirait plus que tout, c'était de l'avoir à ses côtés pour le reste de ses jours.

Désormais, sa vie commençait avec leur rencontre fortuite. Tout ce qui avait existé avant ne comptait plus. Pas même Edwardo.

Il était tard lorsque Ricky quitta son appartement. Il l'avait lui-même reconduit à Dorchester et avait convenu avec lui qu'il viendrait le chercher le lundi matin pour le présenter à Mike afin qu'il lui déniche une place au service du courrier de la compagnie. Ricky jubilait comme s'il n'y avait pas eu cet épisode pathétique durant la soirée où il s'était livré à profondes confidences. Michael fit de même et se jura de ne plus jamais aborder ces sujets à moins que cela ne vienne de Ricky.

CHAPITRE VINGT-QUATRE

Jack avait fini par aller se coucher. Ses tentatives pour rejoindre Nancy avaient été vaines. Après avoir pris son bain, il avait mangé, trinqué quelques verres à lui-même et lu les magasines trouvés dans la chambre pour essayer de se changer les idées. N'y parvenant pas, il avait de nouveau essayé de localiser Nancy, mais toujours sans succès. Il y renonça en se promettant de recommencer le même stratagème le lendemain matin. Il remuerait ciel et terre s'il le fallait. La pensée qu'il pourrait ne pas la trouver alors lui était insoutenable. Il s'allongea dans le lit sous une mince couverture.

Couché sur le dos, Jack laissa libre cours à ses pensées tout en écoutant les bruits de la nuit au-dehors. La fenêtre à peine entrouverte laissait passer une brise légère qui soulevait doucement le fin tissu des rideaux. « À quarante-cinq ans, qu'est-ce que j'en ai fait du chemin… » pensa-t-il.

Né dans une petite ferme du Midwest américain, il était le cadet d'une famille de neuf enfants, sept filles et deux garçons, de parents fermiers qui se débrouillaient du mieux qu'ils pouvaient pour nourrir et éduquer leurs rejetons. Il arrivait parfois qu'il manquât de pain sur la table, mais jamais trop longtemps. Les

Coleman étaient des travailleurs courageux. Ils auraient été fiers de lui s'ils vivaient encore.

Un incendie dont on ne saurait jamais la cause avait rasé la petite ferme au beau milieu de la nuit, emportant avec lui la quasi-totalité des biens de la famille. Les deux parents ayant succombé des suites de leurs brûlures, les enfants avaient été éparpillés dans des foyers d'accueil. Ses sœurs se marièrent prématurément et Matthew, l'aîné, prit le large.

Il fut trimballé de foyer d'accueil en foyer d'accueil par les services sociaux. Tantôt bien traité, tantôt maltraité, le petit garçon ambitieux qu'il était ne perdit jamais l'espoir de s'en sortir un jour. Il avait toujours cru être destiné à un avenir meilleur. S'il avait survécu à ce terrible feu, ce n'était pas pour finir minablement, se répétait-il dans les moments les plus noirs. Il s'était aussi juré de réussir pour sa famille. Pour leur faire honneur, eux qui avaient été solidaires dans tout avant le terrible incendie. Sa vie, il la leur dédiait. Le peu qu'il avait partagé avec eux avait suffi à lui forger un caractère d'infatigable combattant.

Maintenant que Jack avait atteint ses objectifs professionnels, il ne lui manquait plus qu'une seule chose pour être totalement comblé : l'amour. Il l'avait cherché, mais jamais trouvé. À plusieurs reprises, l'occasion de fonder une famille avec une femme quelconque et ainsi continuer à perpétuer le nom des Coleman s'était présentée à lui, mais l'amour n'était jamais au rendez-vous et là où il aurait pu le trouver, la réciprocité n'y était pas. L'image de Nancy, cette belle femme divinement élancée aux cheveux foncés, s'imposa avec force à son esprit. « Nancy », répéta-t-il pour lui-même. Nul doute qu'il aurait été comblé par elle. Elle avait tout ce qu'il recherchait chez une femme : un caractère solide pour parer aux catastrophes et des nerfs d'acier pour affronter les imprévus, avec en prime un sens inné des affaires. Il se laissa aller à une rêverie où Nancy était son épouse. Elle lui disait à quel point elle l'aimait avant de se jeter amoureusement dans ses bras. Il désirait cette femme plus que tout au monde, mais elle était inaccessible, sa cuirasse de femme forte étant insensible à son amour.

Le son de son portable le tira brusquement de sa rêverie. À contrecœur, il se releva du lit, allongea la main jusqu'à la table de chevet et saisit l'appareil. « Pourvu que ce ne soit rien de grave », pensa-t-il, vu l'heure avancée de la nuit. Il s'accota à la tête du lit avant de répondre. « Allô ! » dit-il de sa voix claire et ferme.

— Jack, comment ça va ?

Jack remercia le ciel du fond de son cœur comme il ne l'avait jamais fait. À l'autre bout du fils, c'était Nancy. Sa voix avait quelque chose de bizarre, mais il ne s'y attarda pas, tant il était content de l'entendre.

— Ça va. Et toi, Nancy ? lui demanda-t-il, excité.

Silence. Elle ne répondit pas. Son silence calma d'un coup son excitation. Elle n'appelait pas pour affaires, c'était certain. Pourquoi l'appelait-elle alors ? La question resta en suspens dans sa tête.

— Nannncyyy… dit-il langoureusement comme pour s'assurer que son interlocutrice était toujours là.

À nouveau un silence, puis il l'entendit se racler la gorge.

— Oui, oui, je suis là, répondit-elle.

— Alors ? dit-il sur un ton interrogateur.

De toute évidence, Nancy l'appelait pour une chose qui n'avait pas de rapport avec le boulot, pour une fois. Et lui comme un idiot gardait son ton d'homme d'affaires toujours aux aguets. Il se traita intérieurement de nigaud. Assurément, elle l'appelait pour une raison personnelle qu'il ne pouvait deviner. À une heure pareille, il ne voyait pas comment il pourrait en être autrement. Le son de sa voix n'était pas la même, il y pressentait une certaine vulnérabilité.

— Nancy, à t'entendre, je crois deviner que quelque chose ne va pas.

Il fit une pause pour lui laisser la parole. Mais rien ne vint.

— Écoute, je suis présentement à Boston.

Il crut entendre un soupir de soulagement. Elle avait donc besoin de lui. Sans se réjouir de la difficulté qui pouvait être présentement la sienne, il se sentit envahi d'un sentiment de contentement dû au fait qu'elle avait pensé à lui pour lui venir en aide.

— Si tu veux, on pourrait se rencontrer demain matin, acheva-t-il amicalement.

— Oui, l'entendit-il murmurer.

Cette fois, l'intonation de la voix de sa patronne l'inquiéta. Les choses semblaient être plus graves qu'il ne l'imaginait. Une angoisse subite s'empara de lui. Il eut soudainement peur. Peur que Nancy ne soit en danger.

— Nancy, parvint-il à articuler.

Les mots étaient lourds et difficiles à prononcer car il redoutait la réponse de Nancy comme si elle s'apprêtait à lui annoncer une mort certaine. Il ne savait pas ce qui la tracassait, mais toutes sortes de suppositions se bousculaient dans sa tête. Allait-il la perdre avant qu'elle ne lui ait appartenu?

— Jack, je…

Nancy éclata en sanglot et Jack en trembla de tous ses membres. Nancy, la femme forte, son modèle féminin s'effondrait. Lui qui la croyait infaillible, au-dessus de tout. Était-il déçu d'elle? Bien au contraire, elle était donc vulnérable comme tous. Elle n'avait pas le cœur dur comme il l'imaginait. Celui-ci pouvait fondre, fondre en larmes. Un espoir inespéré prit alors naissance en lui en cet instant précis. Espoir qu'il puisse un jour gagner son cœur puisqu'elle n'était pas aussi insensible qu'il le pensait. Jack avait toujours cru que toute âme pouvant pleurer pouvait être gagnée par une cause quelconque. N'empêche qu'il avait tout de même du mal à saisir ce qui se passait réellement. Il n'aurait jamais imaginé que Nancy puisse pleurer. Cette femme solide comme un roc, il la croyait invincible, insensible même. Mais voilà qu'elle lui dévoilait ses faiblesses, qu'elle éclatait en sanglot et cherchait en lui un soutien! Il avait supposé quelque chose de grave, mais à ce point-là, jamais.

— Si tu veux, je peux passer tout de suite, où es-tu?

— Il est tard, Jack, articula-t-elle entre deux sanglots.

— Je ne dormais pas.» Il s'abstint de lui dire que quelques instants plus tôt, il la cherchait comme un forcené et que voilà moins d'une minute, il rêvait d'elle. «Où es-tu?»

— Je... Je suis à Marina Bay.

— Marina Bay?» répéta Jack. Voilà pourquoi elle était impossible à joindre, il ne lui connaissait pas cette demeure. Sans doute parce qu'ils n'étaient pas encore assez intimes. «Indique-moi comment m'y rendre et j'arrive tout de suite.»

Après avoir transcrit sur papier les indications que lui avait données Nancy, Jack calcula qu'il y serait en moins de dix minutes. Il s'habilla en toute vitesse et quitta l'hôtel en toute hâte dans une voiture de location réservée depuis Chicago.

Malgré la clarté des indications qu'il détenait, il eut un peu de difficulté à faire le trajet. Le réseau routier du centre-ville de Boston subissait des travaux majeurs et était plein de détours qui se révélaient être un vrai labyrinthe pour quelqu'un qui n'en avait pas l'habitude.

Il mit donc plus de temps qu'il ne le fallait pour s'y rendre. Il s'inquiéta à l'idée que Nancy puisse penser qu'il avait changé d'idée. Elle avait besoin de lui et il tenait à lui faire savoir que peu importait l'heure ou le moment, il serait toujours là pour elle. Il honorait cette règle dans leurs relations d'affaires, mais beaucoup plus fort dans une relation personnelle.

Lorsque finalement il parvint à Marina Bay, la beauté des lieux lui fit oublier un peu à quel point il était nerveux. Il allait retrouver Nancy sans savoir ce qu'elle allait lui annoncer ni comment il devrait se comporter. La place était un ensemble de condos de luxe le long du quai, avec quelques sièges sociaux de compagnies financières qui de toute évidence nageaient dans les profits. Il y avait aussi plusieurs commerces, tous fermés à cette heure, qui vendaient des raretés d'après ce qu'il put en voir dans leurs vitrines. Mais le plus impressionnant était la centaine de yacht amarrés, tous plus beaux les uns que les autres, qui ne pouvaient appartenir qu'à de riches propriétaires. Nancy devait y avoir le sien, pensa-t-il en avançant d'un pas nerveux vers le condo où était l'appartement de Nancy. Il entendit au loin de la musique et des cris de fêtards qui provenaient d'un grand navire de croisière tout éclairé de lumières étincelantes qui contrastaient avec la noirceur de la nuit.

Parvenu au condo de Nancy, plus il avançait, plus sa nervosité augmentait. Il prit une grande et profonde respiration qui se révéla sans effet sur ses nerfs. Il appuya malgré tout courageusement sur la sonnette de l'appartement 506. Il entendit une voix enrouée qui se voulait être celle de Nancy lui demander si c'était bien lui. Entendre sa voix accéléra d'avantage ses pulsations déjà à un point critique. « Oui, Nancy, c'est moi » parvint-il à articuler malgré la nervosité qui empêchait sa voix de sortir de sa gorge. Elle lui débarra la porte. Il entra dans l'immeuble et se dirigea vers les ascenseurs bien indiqués par des pancartes.

Maintenant qu'il était sur l'étage de Nancy, bizarrement, le contrôle de lui-même lui revint, ses battements de cœur se calmèrent. Il se sentit plus en état d'offrir à Nancy une épaule pour la supporter.

Au tournant d'un long et spacieux corridor, il n'eut pas de mal à repérer la porte du 506. Elle était entrouverte et Nancy l'attendait sur le seuil. De loin, elle était égale à elle-même, grande et élancée, elle dégageait de la classe. Même en peignoir. Plus il s'approchait d'elle, plus sa belle image se désagrégeait. Il crut même qu'il s'était trompé de personne. Ce qui n'était pas le cas puisque cette femme qui paraissait abattue le reconnut et prononça son nom pour lui signifier qu'il était bien à bon port.

Ses yeux étaient rouges et bouffis en plus d'être cernés. Son teint était mat, et ses cheveux qui d'habitude étaient magnifiquement coiffés en coupe au carré, tombaient raide sur ses épaules. Elle avait les traits tirés et la fatigue se lisait sur son visage aminci. « Nancy » prononça-t-il, incrédule, en espérant qu'elle lui réponde que ce nom n'était pas le sien. Cette dernière secoua tristement la tête de haut en bas pour confirmer qu'il s'agissait bien d'elle.

Elle l'invita à entrer sans que plus un son ne sortît de ses lèvres, en reniflant silencieusement. Il voyait bien qu'elle tentait de repousser ses larmes. Il était abasourdi par l'état de sa patronne. Une petite voix en lui l'incitait à rester incrédule car il pouvait s'agir probablement d'un mauvais rêve. Ne s'était-il pas allongé sur le lit de sa chambre d'hôtel ? Peut-être s'était-il endormi et était-il en train de rêver tout ceci, étant donné qu'il était très étonné de la décision de Nancy de se retirer des affaires et que son subconscient n'avait rien trouvé de mieux pour expliquer une décision si incompréhensible. « Viens, Jack, rentre » l'entendit-il prononcer, ce qui le tira de ses improbables réflexions. « Pour l'amour de Dieu, Nancy, mais qu'est-ce qui t'es arrivé ? » demanda-t-il, incrédule.

— Rien de grave, rassure-toi. C'est plutôt un problème personnel.

— Tu es malade ?

— Non.

Jack ne voulait pas la brusquer. Si elle avait fait appel à lui, c'est qu'elle était prête à tout lui raconter. Mais voilà que Nancy fixait ses mains, les tordait nerveusement et se terrait dans un silence complet. Dieu du ciel, pensa-t-il, mais qu'est-ce qu'elle a? Il décida de l'aider à continuer de parler.

— Nancy, est-ce la raison de ton année sabbatique.?

Elle secoua affirmativement la tête, incapable de parler.

Un flot de larmes déferla sur ses joues. Jack n'hésita pas à la prendre dans ses bras. Il la serra très fort. Le corps de Nancy ainsi collé au sien lui parut si fragile qu'il se demanda s'il ne lui faisait pas mal en la tenant de la sorte. Aussi, il se demanda s'il n'était pas en train de rêver. Se pouvait-il qu'il tînt entre ses bras cette femme au caractère imposant?

Il fut tenté de se pincer pour se réveiller, mais trouva sa pensée absurde. La scène était bien réelle. Après un moment, il l'écarta tendrement et lui proposa de lui faire du thé. Elle accepta d'un hochement de tête en lui indiquant le chemin de la cuisine d'un geste gauche de la main. « Seigneur, aidez-moi » pria Jack que l'état de Nancy avait bouleversé.

La cuisine était vaste et impeccable. Jack trouva sans trop de difficulté les sachets de thé instantané dans l'armoire au-dessus de la cuisinière. Il en prépara deux tasses, retourna vers Nancy et la força à boire.

Ensuite, Nancy raconta son mal à Jack qui l'écouta jusqu'à la fin sans l'interrompre. Certes, Nancy avait un méchant problème qui lui pesait lourd sur la conscience, mais il ne put s'empêcher de soupirer de soulagement en son for intérieur, car il craignait une atteinte physique incurable.

— Jack, je suis désolée de t'importuner avec cette histoire, continua Nancy en pleurnichant, mais je n'avais personne d'autre à qui me confier. C'est un lourd secret que je porte depuis mes quinze ans et aujourd'hui, je me sens anéantie sous le poids de ce fardeau. Est-ce que tu veux m'aider à retrouver mon fils?

— Je serai toujours là pour toi, Nancy. Je suis touché et ému que tu aies voulu partager ta peine avec moi. Je ferai tout mon possible pour t'aider du mieux que je peux.

Nancy lui sourit à travers ses yeux voilés de larmes et Jack la trouva belle malgré son allure moche. Elle lui prit les mains et les serra très fort dans les siennes. Ce geste remplit Jack de bonheur. Il lui caressa les cheveux comme on caresse les cheveux d'une petite fille qu'on veut réconforter.

— Est-ce que tu as pensé à une aide psychologique? lui demanda-t-il.

— Oui, mais j'ai laissé tomber l'idée. Je ne crois pas en avoir de besoin. Tout ce que je veux, c'est retrouver l'enfant et lui demander pardon. Cela seul pourra me consoler.

— Cet enfant n'est peut-être pas au courant, tu pourrais lui faire mal en lui racontant tout ceci.

— Tu as raison, je n'avais pas vu le problème sous cet angle-là, mais le désir de le revoir m'importe plus que tout. S'il n'est pas au courant, je déciderai de ce que je ferai quand je serai rendu là.

— As-tu commencé des démarches?

— Pas vraiment. J'ai essayé de trouver des informations dans les journaux de l'époque, mais cela a été trop dur pour moi. J'ai laissé tomber. À présent, je ne sais plus quoi faire. » Elle s'interrompit pour reprendre aussitôt: « J'avais envie de me confier à quelqu'un et... tu es la seule personne fiable qui me soit venue à l'esprit. »

— Michael est-il au courant?

— Non. Personne d'autre n'est au courant.

Pour que Nancy lui témoigne un si haut degré de confiance et qu'elle ne trouve que lui seul à qui se confier, c'est qu'elle devait se sentir bien seule, pensa Jack. Mais il ne s'en sentit pas moins honoré.

Un moment de silence pendant lequel Jack et Nancy semblèrent perdus dans leur pensée passa, quand tout d'un coup les yeux de Jack s'illuminèrent.

— Nancy, interpella-t-il en lui prenant les épaules.

— Oui, répondit-elle pleine d'espoir.

— As-tu pensé à faire appel à un enquêteur privé?

Les yeux de Nancy brillèrent. Non, elle n'y avait pas pensé, son problème la cernant tellement qu'elle avait perdu le sens de la logique. Jack vit une étincelle dans ses yeux. En un rien de temps, elle avait repris des couleurs et paraissait retrouver de la force.

— Mais comment n'y ai-je pas pensé? s'exclama-t-elle, bondissant sur ses pieds et portant ses mains à la taille. Oh Jack, merci, merci.

À son expression, Jack comprit qu'elle était prête à entamer le combat. Il l'admira. Elle était effondrée et la voilà maintenant debout comme un vaillant soldat prêt à attaquer. Il retrouvait la femme qu'il connaissait.

Nancy sentit un regain d'énergie jaillir en elle. Elle l'attribua à la présence de Jack à ses côtés. Il était doué pour trouver des solutions simples aux situations impossibles. C'est pour avoir flairé ce don en lui qu'elle lui avait offert un poste clé au sein de la Brown's Co. À plusieurs reprises, il avait sorti la compagnie de désastres financiers certains. Les solutions qu'il élaborait étaient parfois si simples qu'on se sentait idiot de ne pas y avoir pensé soi-même, comme cette idée de détective privé pour retrouver son enfant. Nancy regarda Jack et soupira.

— Je connais un excellent détective.

— C'est vrai? s'exclama Nancy, excitée.

— C'est un de mes meilleurs amis.

— Peut-on le rejoindre facilement? Quand est-ce que je pourrais le rencontrer?

— Ça ne devrait pas être difficile. J'ai son numéro personnel.

— Est-il fiable, Jack? demanda Nancy, subitement inquiète. Je veux dire… il n'ira pas étaler mon histoire au grand jour?

— Ne t'en fais pas pour la confidentialité, Nancy. S'il n'était pas fiable, je n'aurais pas fait mention de son nom.

L'expression de Nancy se rembrunit.

— Jack, cette histoire m'est terriblement accablante et je ne supporterai aucune fuite d'informations qui pourraient se retrouver dans les médias. Tu imagines les titres: l'odieuse mère du bambin abandonné retrouvée vingt-huit ans plus tard! Et l'entreprise de papa, qu'est-ce qu'il en adviendra quand on saura que la présidente est l'auteur d'un tel acte!

— Crois-moi, Nancy, rien de tout cela n'arrivera. J'y veillerai personnellement.

— J'ai peur, Jack. J'ai peur que toute cette histoire ne se révèle au grand jour. Je ne crois pas que je serai capable d'en supporter la charge, bien que ce soit ce que je mérite.

Jack constata qu'une crainte réelle se lisait dans les yeux de Nancy. Sa fragilité fut à nouveau mise à nu.

— On fera le nécessaire pour que cela ne se produise pas, l'assura Jack.

Nancy soupira profondément avant de demander à Jack pour combien de temps il était à Boston.

— J'étais venu dans le but de savoir ce qui t'avait poussée à prendre une année sabbatique, avoua-t-il.

— Tu t'inquiétais pour moi? lui demanda directement Nancy.

— Oui, avoua Jack.

Jack s'inquiétait pour elle. Nancy en frémit. Ces jours-ci, son estime d'elle-même en tant qu'être humain ne pesait pas lourd dans la balance. Jack était unique ! Il se faisait du souci pour une femme aussi froide et insensible qu'elle. Il ne devait pas y avoir beaucoup de spécimens comme lui sur terre !

— Maintenant que tu as la réponse, est-ce que tu vas repartir pour Chicago ?

— Non. Je t'ai promis mon aide. Je resterai le temps qu'il faudra.

Nancy le contempla longuement avant de le serrer dans ses bras.

— Merci, Jack.

CHAPITRE VINGT-CINQ

Ce jour-là, Ricky accumulait trois mois de service au département de courrier de la Brown's Co. Ce n'était pas le nirvana, mais il aimait ce qu'il faisait. Force lui était d'admettre qu'il s'en sentait valorisé et qu'une perspective d'avenir plus reluisante que la vie de dangereux téméraire qu'il avait jusque-là menée s'offrait à lui.

Dans son nouvel emploi, il avait rencontré des gens différents de ceux qu'il avait côtoyés auparavant. Du snob méprisant en complet impeccable au plus humble concierge et aux femmes de ménage.

Les « cravatés », comme il les surnommait, qui ne lui accordaient pas la moindre attention, affichaient des regards incrédules lorsqu'ils le voyaient se pavaner avec Michael, le grand patron. Un jour, alors qu'il quittait en voiture l'imposant building de la Brown's Co en compagnie de Michael, il en vit un enlever ses lunettes, les nettoyer à la hâte avant de les remettre pour finalement s'étonner que sa vue ne l'eût pas trompé. Que pouvait bien faire Michael, le président, avec un gars bien ordinaire en baskets?, devait-il se demander. Il n'avait rien à faire avec ces snobs hautains et méprisants. Il se fichait d'eux autant que de la théorie de la relativité.

En revanche, il s'était lié d'amitié furtive avec plusieurs employés de son niveau. Darren, l'agent de sécurité en chef de l'entrée principale, par laquelle il transitait chaque matin avant de descendre par les escaliers au troisième sous-sol où se trouvait le département de réception du courrier, l'accueillait toujours avec un sourire et entretenait avec lui une brève conversation avant de lui souhaiter une bonne journée, sauf quand ses paris sportifs ne rapportaient pas et le plaçaient dans des situations compromettantes. Ces jours-là, il se contentait de lui envoyer une salutation de la main et affichait une mine basse. Jeanne, la secrétaire du département, petite rousse frisée, rondelette et d'âge mûr, le couvait presque comme une mère poule. S'enquérant de ce qu'il avait mangé la veille, se proposant de lui concocter des petits plats maison et de recoudre ses vêtements. Elle lui tapait parfois sur les nerfs, mais il arrivait à la supporter parce qu'une bonne volonté naturelle émanait d'elle. C'était une femme seule et sans enfant, d'où l'explication de son comportement. Marissa, qui livrait elle aussi le courrier, s'était donné pour rôle de le faire sortir de ses torpeurs fréquentes où, disait-elle, il s'enfermait dans un mutisme inquiétant qui lui donnait un air antipathique. Elle lui tapait si fort dans le dos avec ses larges mains qu'il en sursautait. Il la surnommait amicalement « la nattée » à cause de ses cheveux toujours coiffés en quatre grosses tresses qui lui retombaient dans le dos. Jacob, qu'il ne rencontrait qu'en fin de journée, était affecté à l'entretien de l'étage où travaillait Michael. Ce drôle de type grand et maigrichon arrivait à lui arracher un fou rire même quand il n'était pas de bonne humeur. Enfin, Mike, son supérieur, ne lui avait jamais nui en quoi que ce soit malgré ses débuts rocambolesques où il eut bien du mal à livrer le bon courrier aux bons endroits. Le fait qu'il avait été introduit par Michael devait y être pour quelque chose.

Son nouveau job lui avait permis de quitter son logis minuscule et mal aéré de Dorchester pour un semi-meublé de deux pièces et demie à Somerville, ville beaucoup plus tranquille. C'était comme s'il passait du ghetto à un quartier chic.

Il s'était acheté des nouvelles fringues et menait une vie qu'il qualifiait de normale à présent. Ce qu'il aurait aimé que son père soit encore de ce monde pour voir ça! Comme il aurait été fier de lui! « Tu as quand même réussi à me transformer, papa » pensat-il en poussant le chariot rempli de missives qu'il s'apprêtait à livrer au vingt-deuxième, son étage préféré. C'est là qu'il croisait quotidiennement Michael. Celui à qui il devait presque tout.

Ces derniers jours, ils ne se voyaient pas beaucoup. Michael était enseveli jusqu'au cou sous la paperasse. « C'est toujours comme ça en fin de trimestre financier », lui avait-il dit un jour. Michael, il l'aimait bien. Son bon copain commençait à lui manquer.

La Californie aussi lui manquait. La chaleur, le bruit et le nuage de smog qui planait en permanence sur Los Angeles. Le temps froid commençait à s'installer sur Boston. Les arbres perdaient leurs feuilles qui changeaient de couleurs. C'était la première fois qu'il contemplait un tel phénomène, de toute beauté, mais il s'en serait volontiers passé pour retrouver l'air chaud de la Californie. À présent, il devait s'emmitoufler dans des gros chandails chauds qui lui piquaient la peau. Mais mieux valait ça que de sentir le froid lui transpercer le corps. « Quel coin de merde! » s'exclamait-il souvent. Ce coin qu'il commençait vraiment à détester à cause du froid lui offrait un nouveau départ. Il s'y sentait en même temps libre et prisonnier. Il ne trouverait pas cette chance ailleurs. Il serait donc stupide de le quitter juste à cause du froid. Ce coin de pays était sa seconde chance.

Il affichait parfois un air sombre qui n'échappait pas à Michael et Marissa. Il aurait voulu leur expliquer l'origine de cet état d'âme, mais doutait qu'ils puissent le comprendre. Michael, entouré d'un tel luxe qu'il n'avait qu'à lever le petit doigt pour tout avoir, et Marissa qui ne semblait jamais s'inquiéter de rien. Il n'avait jamais cru bon de leur expliquer l'origine de ce nuage noir qui planait constamment dans son regard.

Ils ne pourraient jamais comprendre le drame qui s'était passé, il y a de cela quelques mois, en Californie, et qui l'avait contraint à débarquer dans un État jusqu'alors inconnu pour lui.

En s'approchant du bureau de Michael, il vit Christina qui en sortait rouge comme une tomate. Cette pauvre fille avait le béguin pour le grand boss, de toute évidence. Pourquoi ne pouvait-elle pas se contenter de tomber amoureuse d'un type ordinaire ? « Ah ces femmes, pensa-t-il, toujours en train de courir après les gros portefeuilles. » Elle lui faisait pitié, mais la malheureuse avait belle apparence. Il la trouvait belle et délicate. Il n'aurait pas fait de mal à celle-là. Michael lui avait dit qu'elle était très compétente. À son expression naïve et candide, il ne voyait pas où elle cachait sa compétence. Elle le saluait toujours gentiment quand il la croisait mais rien de plus. Parfois, elle l'invitait à rentrer voir Michael, mais seulement quand celui-ci lui demandait de le faire. Les seuls moments où il avait affaire directement à elle, c'était quand il lui livrait le courrier de Michael. Une affaire de quelques secondes : il se contentait de déposer la pile de lettres sur le coin du bureau de la belle après avoir répondu d'un signe de tête à sa gentille et toujours courtoise salutation de connivence.

— Ricky !

Tiens, elle l'appelait par son surnom. La belle se permettait des familiarités, pas aussi timide qu'il l'avait crue. Il bifurqua vers elle en poussant le chariot rempli de lettres qui l'accompagnait dans presque tous ses déplacements dans la bâtisse.

— Michael aimerait vous voir. Vous pouvez entrer, il vous attend.

Christina paraissait à la fois gênée et mal à l'aise. Sans doute regrettait-elle de ne pas l'avoir interpellé par le nom de Ricardo comme les autres fois. Il la regarda à peine et entra dans le bureau de Michael, refermant aussitôt derrière lui.

De jour en jour, Christina tenait pour douteuse la relation entre Ricky et Michael. Elle ne savait pas ce que son patron trouvait à cet être acariâtre et si différent de lui. Elle le trouvait antipathique et brusque parfois. Elle avait beau lui sourire tous les jours, il restait toujours de glace avec elle. Parfois il esquissait une espèce de rictus en guise de sourire, mais rien de plus. Par moments, elle le trouvait beau, avec un certain charme mystique, sans toutefois être attirée par lui. Rarement il lui parlait. Jamais plus de deux mots quand il ouvrait la bouche. Si ce n'était les bribes de conversation avec Michael qui lui parvenaient malgré elle du bureau de son patron, elle n'aurait su que sa voix était rauque et masculine. Son rire sonore n'allait pas avec son image. Il ne souriait jamais, sauf avec Michael. Elle n'arrivait pas à l'imaginer en train de rire, pourtant elle l'entendait du bureau de Michael et était sûre que c'était bien lui, car Michael riait de manière plus sophistiquée et classique.

Elle commençait à trouver louche leur relation. Que pouvait bien avoir à faire le PDG de la Brown's Co, si prospère, avec un simple livreur de courrier? Non pas qu'elle le dénigrât, mais avouons que la chose était plutôt curieuse. Elle les avait vus un jour quitter l'édifice comme deux gamins insouciants.

« Oh Michael, Michael, j'espère que tu n'as pas d'ennuis » priait souvent Christina. Ce type louche pouvait bien être un revendeur de drogue camouflé en livreur de courrier ou même un... Stop. Il fallait qu'elle mette fin à ces pensées stupides. Non, Michael n'est pas assez dingue pour se droguer ou pour fréquenter des individus peu recommandables. Leur relation était peut-être simplement amicale. Elle ne connaissait aucun ami à

Michael. Peut-être en avait-il trouvé un en lui. Mais il n'était pas de son milieu ni de son statut social. N'avait-elle pas toujours pensé que Michael était l'homme le plus modeste qu'elle connaissait et qu'il ne jugeait pas les gens à leur portefeuille même si le sien était bien garni ? C'était d'ailleurs l'une des raisons de son attirance démesurée envers lui.

Se sentant coupable de juger Ricky sur son apparence, Christina se réprimanda. « Jeune fille, occupe-toi plutôt de tes paperasses et cesse de chercher des bibittes là où il n'y en a pas », se dit-elle en replongeant la tête dans son boulot.

Dès que la porte se referma sur Ricky, Michael posa son stylo et repoussa le rapport qu'il était en train d'analyser.

« Hé, Ricardo ! » s'exclama-t-il avec un sourire moqueur.

— Fais pas chier, Michael, tu sais que je déteste qu'on m'appelle comme ça.

— Mais c'est bien ton nom.

— Oui, mais je ne l'aime pas. Crois-moi, si ce n'était pas pour encaisser mes chèques de paye, je ne l'aurais pas dévoilé.

— La première fois que j'ai entendu Mike t'appeler ainsi, j'ai failli tomber des nues.

Michael pointa le fauteuil situé en face de lui et l'invita à s'asseoir.

— J'ai du boulot, Michael.

— Et alors, moi aussi j'ai du boulot. Allez, viens qu'on cause un peu, dit-il en se frottant le visage des deux mains. Malgré tout le temps que j'ai passé avec toi, je n'ai pas une seule fois soupçonné tes origines italiennes.

— C'est peut-être parce que je n'ai rien d'italien en moi, répondit Ricky après s'être laissé tomber dans le fauteuil.

— Ton nom en tout cas le laisse deviner. Pourquoi renies-tu tes origines ? Il me semble qu'en général, les gens sont fiers de ce qu'ils sont.

Ricky ne répondit pas. Michael ne pourrait pas comprendre, se dit-il, même s'il lui expliquait.

— D'où crois-tu que me viennent ces cheveux noirs? continua Michael. De ma grand-mère paternelle, dit-il sans lui laisser le temps de répondre. Sa mère était Amérindienne et crois-moi, je suis très fier d'avoir ces quelques gouttes de sang autochtone en moi.

— Il est plutôt dilué, ton sang.

— Oui mais il est là quand même. Mes cheveux en sont la preuve.

— Arrête, tu me casses les oreilles avec ton discours sur la fierté raciale, dit Ricky, visiblement agacé.

Mais Michael décida d'approfondir ce point, soucieux de savoir ce qui l'agaçait tant.

— Pourquoi tu n'en fais jamais mention?

— Est-ce que j'en ai l'air? répondit-il, presque sur la défensive avec une pointe de colère dans la voix.

— Oh là! C'est juste une simple question. Avec un nom comme ça, il te sera difficile de passer pour autre chose.

Il n'était tout simplement pas disposé à parler de cet aspect de sa vie.

Ricky détourna le regard un moment. Ses yeux se posèrent sur la photographie d'un type qui arborait la même chevelure noirâtre que Michael.

— C'est qui, lui? questionna-t-il.

— Mon père, répondit fièrement Michael.

Soudainement, un voile de tristesse, mais qui disparut aussitôt, balaya le visage de Ricky. Cela n'échappa pas à Michael.

Les deux compères se turent un moment. Ricky balaya du regard le bureau de Michael comme si c'était la première fois qu'il y avait accès. Michael fixa Ricky comme s'il le voyait pour la première fois.

Michael se leva et alla verser deux verres de whisky. Il en tendit un à Ricky

— Tu sais, reprit-il pour changer de sujet, j'ai bossé sans répit ces derniers jours et je commence vraiment à en avoir ma claque. Le bilan financier du dernier trimestre vient à peine d'être terminé qu'il faut déjà penser à préparer le suivant. Des chiffres, des chiffres et toujours des chiffres. Ce que j'ai envie de voir autre chose... conclut-il avec un long soupir.

— De quoi tu te plains, vieux ? T'es le grand patron, tu peux prendre le large quand tu veux.

— C'est pas comme tu le penses.

Il y eut un autre silence pendant lequel tous deux firent semblant de contempler leur verre.

— Ricky, dit doucement Michael en levant la tête pour le regarder.

Celui-ci haussa les sourcils en guise de réponse.

— J'ai parfois l'impression que tu me caches quelque chose, je m'inquiète pour toi.

Ricky éclata de rire. Mais il sonnait faux.

— Tu t'inquiètes pour moi ? Grâce à toi, j'ai trouvé un job décent qui m'a permis de quitter un quartier délabré. J'habite un appartement aéré, je mange mieux et je vis mieux. Pour la première fois de mon existence, j'ai l'impression de mener une vie normale. Qu'y a-t-il d'inquiétant dans tout ça ?

— Et ce regard sombre qui ne te quitte jamais ?

— Alors tu lis dans mes yeux maintenant.

Michael prit une grande inspiration et retourna s'asseoir derrière son bureau. Pourquoi son ami manifestait-il de l'agressivité lorsqu'il cherchait à en savoir plus sur lui, se demanda Michael.

— Ricky, si tu avais des ennuis, j'aimerais que tu m'en parles.

Ricky avala d'un trait son restant de whisky et déposa bruyamment le verre sur l'étagère la plus proche. Il fit volte-face et se dirigea vers la porte.

— Ricky, l'interpella Michael, promets-moi…

— J'ai pas de problème, Michael.

Sans se retourner, il referma la porte derrière lui.

Seul dans son bureau, Michael était songeur. Qu'est-ce qui tracassait Ricky? Il avait souvent cete ombre dans le regard, même après qu'il ait ri aux éclats. Ces jours-ci, ils n'avaient pas passé beaucoup de temps ensemble. Il avait été trop pris par son travail. Il se sentit coupable de l'avoir quelque peu négligé. Ricky avait un problème, il en était sûr. Il irait chez lui après le boulot pour tenter de le faire parler.

CHAPITRE VINGT-SIX

Depuis qu'elle s'était confiée à Jack, Nancy avait l'impression de respirer mieux. Il s'était révélé être un support plus que solide. Retroussant ses manches, il avait entrepris le combat avec elle comme s'il était sien. Il avait pris congé de la filiale de la Brown's Co de Chicago sans toutefois négliger les gros dossiers dont il suivait l'évolution. Parfois, il lui arrivait de s'absenter quelques jours, mais jamais trop longtemps. Quoiqu'elle lui conseillât de retourner chez lui et de ne pas trop s'en faire à son sujet, il s'entêtait à vouloir l'aider à tout prix. Elle l'avait alors invité à loger à Milton. Il s'était donné pour mission de l'empêcher de sombrer. Chaque jour, il lui proposait une activité, une sortie, histoire de lui aérer l'esprit. Il remplissait bien son rôle et elle lui en était plus que reconnaissante. Lorsqu'il pressentait qu'elle avait envie d'être seule, il s'éclipsait discrètement.

Jack occupait la chambre d'amis adjacente à celle de son père du temps de son vivant et elle, bien que ce soit encore douloureux, s'était réinstallée dans son ancienne chambre remplie de souvenirs regrettables afin d'essayer de comprendre ce qui l'avait poussée à être si insensible. C'est là qu'elle avait tout manigancé sans scrupules.

Debout, la tête appuyée sur le rebord de la fenêtre, Nancy se revit dans cette même position des années auparavant, se demandant ce qu'elle allait faire de sa grossesse embarrassante. À l'époque, elle était en proie à la panique, son monde basculant à son insu. Aujourd'hui, elle était en proie à une détresse psychologique. Elle donnerait beaucoup pour revenir en arrière et agir autrement. Son comportement de jadis l'avait rattrapée sans jamais l'avoir laissée libre et lui demandait maintenant des comptes. Des comptes qu'elle avait longuement repoussés et dont le délai était maintenant expiré. Elle était au pied du mur.

Cet après-midi, elle devait se rendre à la petite église découverte par hasard alors qu'elle était en route pour la bibliothèque, il y a de cela plusieurs semaines. Elle y était retournée à quelques reprises et y avait fait la connaissance du révérend James Taylor, pasteur de la congrégation. À lui aussi, elle avait raconté son histoire sans toutefois donner dans les détails. Il lui avait promis de prier pour elle et elle s'était proposée pour faire du bénévolat. Le révérend Taylor, ayant flairé la grande aisance de Nancy avec les chiffres, lui avait demandé de l'aider à mettre de l'ordre dans les finances de l'église, lui qui n'avait pas la bosse des chiffres. Nancy avait accepté avec joie.

Elle mettait donc à jour le registre des entrées et sorties de la petite communauté, et proposait au pasteur de meilleures méthodes de gestion des avoirs de l'église au profit des membres. Elle savait qu'il désirait une plus grande bâtisse pour sa communauté sans cesse grandissante. Il voulait rénover celle-ci et l'agrandir du mieux qu'il pouvait. Or l'église était prise en sandwich entre deux autres bâtisses. Nancy lui suggéra plutôt de rénover afin d'augmenter la valeur pour vendre à un prix plus élevé et d'acheter un nouveau terrain plus dégagé pour y construire une nouvelle église plus grande. Le révérend s'était montré sceptique, doutant de la capacité de ses fidèles à mener à bout un projet de cette envergure.

Cet après-midi, Nancy s'était donné pour mission de le convaincre de s'engager dans ce qui serait d'après elle un investissement majeur, mais bénéfique à long terme. Les taux du marché étant à leur plus bas niveau depuis dix ans. Il serait stupide de ne pas en profiter. Elle lui proposerait plusieurs activités de collecte afin de ramasser les fonds nécessaires pour financer le projet. Elle lui avait déjà proposé de prendre à sa charge une bonne partie des dépenses, étant donné qu'elle en avait les moyens, mais le pasteur avait sagement refusé, disant que le projet était l'affaire d'une communauté et non d'une seule personne. Il ne s'en était pas senti offusqué et avait compris ses bonnes intentions. C'est elle qui avait été stupide de lui faire une telle offre.

Le révérend Taylor l'accueillit comme à l'accoutumée avec un grand sourire et une poignée de main ferme avant de l'inciter à prendre place. Nancy ne perdit pas de temps et eut vite fait de l'instruire des idées qui avaient germé dans son esprit, son exposé étant accompagné d'exemples divers plus convaincants les uns que les autres, documents à l'appui. Elle lui avait tout débité comme un magnéto. Plus elle parlait, plus elle s'animait, comme si elle s'était trouvée devant des investisseurs potentiels qu'elle tenait à tout prix à convaincre. Sans aucun doute, pensa le révérend, avait-il devant lui une femme d'affaires exceptionnelle. Mais toute l'adresse de Nancy ne parvint pas à le dissuader de ce qu'il avait pressenti en la voyant arriver.

— Nancy, lui dit-il posément, après l'avoir patiemment écoutée, je vous remercie de vous donner autant de peine pour l'église…

Nancy, croyant qu'il allait s'opposer à tout ce qu'elle venait de lui dire, sortit immédiatement de son cartable un paquet de feuilles reliées par une spirale et le lui tendit. Elle lui avait préparé un rapport. Il l'examina furtivement et le referma. « Vous êtes vraiment exceptionnelle, très chère, je soumettrai cela au comité. » Puis le révérend se croisa les mains et la regarda de manière franche.

— Comment vas-tu, Nancy ?

Surprise, comme si la question n'avait pas sa place, Nancy le regarda à son tour d'un air interrogateur avant de lui répondre.

— Bien, merci.

— Vous en êtes sûre ?

— Oui, pourquoi ça n'irait pas ?

— Il est vrai que vous êtes plus détendue aujourd'hui qu'il y a quelque temps, mais j'ai quand même l'impression qu'il y a quelque chose qui cloche.

— Dans mon rapport ?

— Non.

Nancy fit la moue.

— Comment vont vos démarches pour retrouver votre fils ? demanda directement le révérend Taylor.

Il avait frappé juste. Les mains de Nancy tremblèrent et elle battit plusieurs fois des paupières avant d'avaler sa salive. Elle prit une grande respiration avant de répondre.

— Ce soir, j'ai rendez-vous avec l'enquêteur. Il dit avoir découvert quelque chose et il tient absolument à me voir en personne pour en parler.

— Il ne vous a pas dit de quoi il s'agissait ?

— Non, il ne voulait pas en parler au téléphone.

— Et vous avez peur.

— Oui, murmura Nancy, fixant ses mains qui tremblaient toujours.

Quelques larmes coulèrent silencieusement de ses yeux. L'homme de Dieu baissa les siens un instant pour ne pas l'embarrasser.

— Je suis désolée, s'excusa Nancy.

— Mais voyons, mon enfant, c'est tout à fait normal de pleurer dans de telles circonstances.

— J'ai peur qu'il m'annonce quelque chose de terrible, révérend Taylor.

— Comme la mort de votre fils ?

— Oui, répondit Nancy d'une voix étouffée.

— Vous craignez ainsi de ne pouvoir lui confesser vos torts et lui demander pardon.

Nancy s'efforça de se ressaisir. Elle essuya ses larmes du mouchoir fleuri que lui tendit le pasteur.

— Vous savez, si je ne puis le rencontrer vivant, révérend Taylor, je ne sais pas ce que je deviendrai.

— C'est peut-être pour vous annoncer une bonne nouvelle que le détective veut vous voir.

— Sa voix ne laissait présager rien de bon.

— Cessez d'envisager le pire. Il se peut qu'il ait besoin d'informations supplémentaires que vous aurez négligé de lui fournir lors de votre dernière rencontre, ou que son enquête l'ait conduit sur une piste nouvelle à laquelle il ne s'y attendait pas et que cela le surprenne en plus de l'inquiéter. Vous lui avez donné un très gros cachet pour mener cette investigation, c'est normal qu'il craigne de ne pas pouvoir répondre à vos attentes s'il se sent égaré dans son enquête.

— Le détective Russell est un homme d'expérience, dit Nancy, peu convaincue de ce que venait de lui dire le révérend qui cherchait à lui remonter le moral. Il a à son actif un très grand nombre de cas résolus. Des situations les plus compliquées aux plus farfelues. Lorsqu'il travaillait au service secret fédéral, tous les dossiers auxquels il a touché de près ont été solutionnés. Je doute que retrouver un enfant égaré dans la nature représente pour lui un défi de taille.

— Vous serez surprise, mon enfant, du nombre de petites choses qui peuvent faire trembler un géant. Même ceux qu'on dit éprouvés et aguerris.

Le vieil homme se leva et Nancy fit de même. Il lui prit les deux mains et les serra très fort dans les siennes. Nancy fut surprise qu'un homme de son âge puisse avoir autant de force dans les mains.

— Promettez-moi de ne pas le rencontrer seule. Prenez avec vous quelqu'un de fiable et ayez foi en Dieu.

— Promis, répondit Nancy.

Le pasteur lui ayant relâché les mains, Nancy en profita pour essuyer les dernières traces de larmes sur son visage.

— Je suis désolée pour votre mouchoir…

— Ce n'est rien, gardez-le au cas où vous en auriez encore de besoin.

— Merci.

— C'est moi qui vous remercie, dit le révérend en pointant du doigt le rapport de Nancy. Vous rendez un fier service à l'église. Le Seigneur ne manquera pas de vous bénir. Puisse Dieu vous garder, mon enfant.

Nancy lui sourit malgré l'apparente crainte qui se lisait sur son visage à l'idée de rencontrer le détective Russell. Elle tourna les talons, jeta un dernier regard à l'endroit du révérend qui lui sourit avec confiance. Elle s'imprégna de son assurance et referma doucement la porte derrière elle.

Une fois dans la rue, Nancy respira de grandes bouffées d'air frais avant d'embarquer dans sa Mercedes argentée. Elle referma la portière en se disant que Jack devait maintenant être rentré de son voyage à Chicago et qu'il était sûrement en train de l'attendre pour la rencontre avec le détective Russell. Elle réalisa la chance qu'elle avait de l'avoir à ses côtés. « Merci mon Dieu » dit-elle à voix haute avant de démarrer lentement.

CHAPITRE VINGT-SEPT

À son arrivée à Milton, elle constata qu'elle avait vu juste. En effet, la voiture de Jack était garée devant la propriété et les lumières du rez-de-chaussée et de l'étage étaient allumées. Nancy eut du mal à se rappeler la dernière fois qu'elle avait vu la maison briller autant de tous ses phares. « Peut-être lorsque papa vivait encore » pensa-t-elle. Avec un peu de nostalgie, elle se remémora ce temps qui datait d'une autre époque. D'une époque lointaine et proche en même temps. Il y avait plus de dix ans que son père était mort terrassé par une crise cardiaque et pourtant, chaque fois qu'elle s'apprêtait à pousser la porte d'entrée, elle s'attendait à le trouver à l'intérieur.

Son père lui manquait. Elle se plaisait à être sa petite fille chérie. Si bien qu'elle était prête à tout pour lui plaire. Ce qui la ramena à son problème actuel. Elle s'était débarrassée indignement d'un bébé pour ne pas le contrarier. Si c'était à refaire, elle referait les choses autrement. Elle aurait cherché à lui plaire plus sainement.

Au fond d'elle-même, elle savait que son père n'était pas responsable de son comportement de jadis. Peut-être l'aurait-il grondée et aurait accepté la situation avec résignation. Peut-être aussi qu'il aurait adoré ce petit-fils autant que Michael même s'il était noir. Si elle avait gardé son bébé, elle aurait certainement eu un autre destin que celui-là. Denovan et elle ne se seraient probablement pas mariés. Elle ne porterait pas le nom des Brown et il n'y aurait pas eu Michael. Qui sait comment aurait été sa vie. Certainement plus agréable en dépit du fait qu'il y manquerait son défunt mari et son fils actuel. Ce qu'elle avait aujourd'hui, c'était un esprit tourmenté par les remords, en proie à l'abattement dont elle ne savait si elle en guérirait un jour.

Il n'y avait aucun lieu de tenir son père pour responsable de son malheur. C'était d'elle-même qu'elle avait pris l'initiative de mener sa barque au mauvais port. Son père ne lui avait jamais demandé de mener cette vie de calvaire qu'elle s'était infligée. Tout compte fait, elle avait vraisemblablement mal interprété les ressentiments de son père à son égard et à la mort de sa mère Margaret. Elle s'était trompée sur toute la ligne et avait erré dans un chemin loin de la réalité.

Et les études d'administration qu'il lui avait imposées? Là encore, elle avait sa part de responsabilité. Elle ne lui avait jamais mentionné qu'elle désirait faire autre chose. Au contraire, elle avait tout fait pour lui faire croire qu'il avait vu juste et que c'était son champ d'intérêt. Comment aurait-il pu soupçonner qu'elle était malheureuse? Elle lui avait joué la comédie de tout son vivant. « Tu n'as jamais été vrai avec qui que ce soit » se réprimanda-t-elle en grimpant les marches du perron.

Il était trop tard pour revenir en arrière. Elle avait détruit son enfance et sa vie, et failli en faire autant avec Michael. Elle espérait maintenant qu'il ne soit pas trop tard pour que ce dernier trouve sa voie et s'envole de ses propres ailes. Elle comptait, une fois l'enquête terminée, lui enlever des épaules le dernier fardeau qu'elle lui avait imposé.

L'ouverture de la porte d'entrée à son insu alors qu'elle était sur la dernière marche du perron la fit sursauter.

— Oh, je ne voulais pas te faire peur, dit Jack visiblement heureux de la voir, je suis content que tu rentres enfin.

Il se tenait là à l'observer d'un regard admiratif qui mit Nancy presque mal à l'aise.

— C'est que j'étais perdue dans mes pensées.

— J'espère que tu ne t'inquiètes pas pour ce soir. Allez, entre vite, il fait un froid de canard.

Nancy entra et sourit malgré elle de se voir invitée à rentrer dans sa propre maison. Du pas de la porte, elle sentit une odeur de rôti grillé en provenance de la cuisine. « Sacré Jack », pensa-t-elle. Depuis qu'elle l'hébergeait, lorsqu'il était présent, elle n'avait pas une fois eu à faire appel au traiteur comme à l'accoutumée. Jack tenait mordicus à lui faire goûter à sa cuisine apprise de sa bonne vieille mère, comme il le disait souvent.

Après le souper, Jack et Nancy s'étaient installés dans le living-room pour attendre l'arrivée de l'enquêteur. Et ce dernier ne se fit pas attendre longtemps. Il arriva cinq minutes à l'avance. Lorsque Nancy le vit, elle l'observa de façon à voir si son expression ne pourrait pas lui révéler cette nouvelle dont il était venu l'informer. Mais rien. Il affichait un air neutre et s'empressa de leur serrer la main après que Jack lui eut pris son manteau. « Madame Brown, quel plaisir de vous revoir. »

— Il en est de même pour moi. J'ai l'impression que nous allons nous côtoyer assez souvent, appelez-moi Nancy.

— Alors appelez-moi Brian.

— Très bien, Brian, et si vous veniez vous asseoir ?

— Avec plaisir.

Le sourire avec lequel il lui avait répondu eut comme effet pour Nancy d'abaisser ses craintes d'un cran. On ne vient pas annoncer une mauvaise nouvelle avec un sourire aux lèvres.

« Qu'est-ce que je te sers, ami détective ? » dit Jack qui avança à grands pas vers le living-room. Jack et Brian étaient de vieux amis d'enfance. Ils avaient fréquenté les mêmes écoles primaire et secondaire jusqu'à ce que leurs chemins universitaires les séparent. Ils avaient tout de même gardé le contact au fil des ans ; la distance et leurs disciplines professionnelles différentes n'avaient pas eu raison de leur amitié. C'est depuis Denver que Brian avait pris connaissance de l'histoire de Nancy. Il était venu les rencontrer quelques jours après et avait accepté, malgré le déplacement au Massachusetts qui s'ensuivrait pour lui, de s'occuper de ce qu'il disait être une affaire très intéressante. Les voyages faisaient partie de son travail ; plus d'une fois, il avait quitté le continent nord-américain pour mener des investigations sous d'autres cieux.

— Jack, qu'est-ce que je suis content de te voir ! s'exclamat-il.

« Vraiment, pensa Nancy, je peux respirer, mon fils n'est pas mort. »

Jack et le détective causèrent encore entre eux lorsque Nancy les interrompit, n'en pouvant plus d'attendre de prendre connaissances de la fameuse nouvelle concernant son fils.

— Et si on en venait au but de votre visite, dit-elle sèchement.

Les deux messieurs se turent subitement.

— Pardon, s'excusa Nancy, je ne voulais pas être impolie, je...

— Non, Nancy, c'est à nous de nous excuser de jacasser comme deux commères.

— Je suis désolé, madame Brown, euh, Nancy. C'est que ce vieux Jack a de la jasette. Il m'a presque fait oublier le but de ma visite.

Une fois l'embarras passé, le détective afficha un air sérieux et regarda tour à tour Jack et Nancy.

— Je vous offre un verre, dit Nancy.

— Non, laisse, je m'en occupe, dit Jack, s'empressant de s'adonner à la tâche.

— Un martini, s'il te plaît.

— Tu ne changeras jamais, lui lança Jack par-dessus son épaule.

Brian attendit que Jack revienne avec les verres et qu'ils soient tous confortablement assis. Nancy, elle, l'était moins. Jack s'était installé à ses côtés et ne s'était pas gêné pour lui prendre la main. Ainsi disposés, ils avaient l'air d'un couple pendu aux lèvres d'un certain personnage notoire qui s'apprêtait à leur annoncer quelque chose de capital.

— D'abord, commença Brian, je tiens à vous dire que ce n'est rien de bien grave.

Nancy soupira de soulagement.

— Mais c'est assez important pour que je vienne vous rencontrer.

— S'il vous plaît, allez droit au but, je ne suis plus capable d'attendre.

— Épargne-nous ton blabla habituel. L'as-tu retrouvé ?

— Je le retrouverai quand madame Brown me dira tout sur cet enfant.

— Appelez-moi Nancy.

— D'accord. Alors, Nancy, je vais aller droit au but. Je veux bien travailler pour vous et retrouver votre enfant, mais seulement, il faut me donner le plus d'indices possible et ne pas m'en cacher une partie.

— Où voulez-vous en venir, détective ?

— Un de mes contacts travaille pour les affaires sociales gouvernementales. Je lui ai demandé de fouiller dans les fichiers de l'époque et de me sortir tout ce qui avait trait à cet enfant trouvé dans le boisé à Randolph. Il n'eut pas de mal à retrouver les traces du petit, mais à ma grande surprise...

Brian marqua une pause que Nancy et Jack trouvèrent interminable.

— ... à ma grande surprise, reprit-il, il m'a appris que l'enfant avait été récupéré par ses parents !

— Mais c'est impossible, dit Nancy, hébétée.

— C'est bien ce que je me suis dit, moi aussi. Je lui ai fait vérifier à plusieurs reprises et c'était toujours la même réponse qui revenait.

— Oh mon Dieu, s'exclama Nancy, terrifiée, ils ont donné mon bébé à de parfaits inconnus !

Elle se leva et arpenta la pièce dans tous les sens.

— Nancy, calme-toi, il y a forcément une explication, dit Jack pour tenter de la calmer.

— Non, non, non, ce n'est pas possible.

— Et si vous vous asseyiez, Nancy.

— Nancy, je t'en prie, calme-toi. Brian n'a pas fini de parler.

— En effet, Nancy, asseyez-vous, je n'ai pas fini. D'après les derniers renseignements que possèdent les services sociaux du Massachusetts, au 11 avril 1977, votre fils était toujours vivant.

— C'est incroyable, dit Jack, Nancy n'a jamais récupéré cet enfant et personne de son entourage n'était au courant de sa grossesse. Des imposteurs, sûrement des gens sans enfant, se sont pointés et en ont profité. Je n'arrive pas à croire que les services sociaux se soient laissés berner de la sorte !

— Non, Jack, dit le détective. Ils ne se sont pas laissés berner. Ils n'ont pas remis l'enfant aux parents sans preuve. Je sais que des tests d'ADN ont été effectués.

Nancy devint blanche comme un drap. Jack l'agrippa par le bras et la força à s'asseoir.

— Est-ce que tu as des noms ? Soit de l'enfant ou desdits parents, demanda Jack.

— Malheureusement non. L'affaire a été frappée d'une ordonnance de non-publication par le juge. Aussi on ne trouve aucune information dans les journaux concernant l'adoption de l'enfant. Les parents, l'un des parents en tout cas, était mineur. C'est la raison pour laquelle il n'y a eu aucune poursuite.

Assise sur le divan, Nancy était plongée dans un état embrouillé pendant que Jack et Brian cherchaient à s'expliquer l'inexplicable. Elle ne comprenait pas non plus, mais savait que Brian avait raison sur un point, elle n'avait pas tout dit.

— Nancy, je vais devoir vous poser certaines questions et pour le bien de votre cause, il faudra me donner tous les détails de cette affaire.

Nancy secoua affirmativement la tête.

— Quel était le nom du père de votre enfant? Je veux tout savoir sur lui, tout ce que vous serez en mesure de vous rappeler, car j'ai l'impression que c'est le fil conducteur qui me permettra de remonter jusqu'à ce que nous recherchons.

Chapitre vingt-huit

N'ayant pas trouvé de place sur l'accotement de l'étroite rue où habitait Ricky, Michael gara sa voiture dans le stationnement du Burger King en face de l'immeuble. Il traversa rapidement la rue et grimpa quatre par quatre les marches d'escalier pour arriver en un éclair devant la porte de son ami. Aucun bruit n'émanait de l'appartement. Pas de son de télé ni de radio. D'habitude, lorsqu'il y venait, les bruits provenant de l'appartement lui laissaient toujours deviner à quelle activité s'adonnait Ricky. S'il collait son oreille à la porte, il parvenait même à l'entendre prendre sa douche.

Ce silence pouvait signifier que Ricky faisait la sieste ou encore qu'il n'était tout simplement pas là. Mais où pouvait-il bien aller un lundi soir où il faisait un froid de canard dehors ? Son ami n'aimait pas le froid, il le savait pour l'avoir si souvent entendu jurer contre « ce sale coin de pays », comme il le caractérisait. Certes, il devait rêver d'être en Californie.

Après avoir frappé plusieurs coups à la porte, Michael prit pour acquis que Ricky devait être profondément endormi. Il fut tenté de rentrer chez lui pour en faire autant, mais y renonça, se rappelant la raison pour laquelle il était là. Ricky avait été d'humeur massacrante au boulot et il était persuadé qu'il avait des ennuis. Il voulait l'inciter à se confier.

Alors il frappa de nouveau. N'entendant toujours aucun son à l'intérieur, il frappa encore plus fort. Toujours rien. Il donna de gros coups de poing à la porte en espérant que ceux-ci parviendraient à le faire sortir de son sommeil d'ours en hibernation. Le voisin d'à côté lui cria de foutre le camp sans quoi il viendrait l'accueillir avec sa batte de base-ball. Il n'en fit aucun cas et continua de frapper jusqu'à s'en rougir le poignet. Exaspéré, il tourna la poignée de la porte et à sa grande surprise, elle était débarrée.

Ricky était son ami, pensa-t-il, il n'y avait pas de mal à ce qu'il entre sans sa permission. Il entra donc et referma derrière lui. Il avança de quelques pas et se retrouva au milieu du salon. Cet appartement était nettement supérieur à la pièce qu'occupait jadis Ricky, songea-t-il comme à chaque fois qu'il y venait. Tout était bien rangé, observa-t-il après avoir fait du regard un tour d'horizon. Mais quelque chose attira son attention dans la cuisine, il s'en approcha. Sur la petite table étaient éparpillées des photographies de gens dont Michael ne voyait pas le lien avec Ricky. Il y avait des photos d'enfants, d'adultes et de femmes surtout, dont une particulièrement ravissante et une autre un peu plus âgée. Michael les regarda attentivement, essayant de voir quels rapports ils pouvaient avoir avec son ami. Aucune corrélation.

Il les délaissa pour se diriger vers la chambre à coucher. De là, il entendit quelqu'un respirer bizarrement. Une respiration haletante et irrégulière. Il pressa le pas, Ricky était en détresse respiratoire dans son sommeil, vite, il devait le réveiller! Il poussa brusquement la porte et à sa grande surprise, son ami était assis sur son lit, les yeux dans le vide, s'efforçant de maîtriser sa respiration. « Mon Dieu Ricky, qu'est-ce qui t'arrive? » cria-t-il en s'élançant vers lui. Ce dernier ne broncha pas. Michael dut le secouer avec vigueur avant que Richy ne le repousse violemment contre le mur. « Fiche-moi la paix, je veux voir personne ! » lui cria Ricky les yeux rouges et en larmes.

— Va-t'en Michael, va-t'en, le supplia-t-il alors.

— Pas avant que tu ne m'aies dit ce qui t'arrive, répondit Michael qui se releva rapidement malgré la douleur due à son impact contre le mur.

— Michael, Michael… pleurnicha Ricky.

Michael le prit dans ses bras et l'encouragea à pleurer. Ricky ne se retint pas. Il sanglota et tremblota sans retenue comme un bébé dans les bras de celui qu'il considérait comme son seul ami. Lorsqu'il parut se calmer, Michael le repoussa doucement pour le regarder. Une certaine gêne se lut dans le regard de Ricky, une gêne de s'être laissé aller ainsi.

— Pardon, Michael, je ne voulais pas te pousser, articula-t-il.

— C'est déjà oublié.

— Je… je suis désolé… je…

— C'est correct, Ricky, lui dit Michael en lui tapotant le dos. Et si tu me disais ce qui ne va pas ?

Ricky se leva, respira profondément avant d'essuyer ses yeux du revers de la main. Michael était attristé de le voir dans un tel état. Il avait bien fait de passer. Maintenant qu'il allait lui dire ce qui n'allait pas, il serait plus en mesure de l'aider. Il ferait tout pour lui.

— Michael, tu ne peux rien pour moi, dit Ricardo dont les yeux étaient à nouveau baignés de larmes.

Il se dirigea vers la fenêtre pour faire semblant de regarder dehors, comme chaque fois qu'il voulait cacher ses émotions, mais là, il était trop tard. Il s'était laissé aller comme une femmelette, il était inutile de tenter de cacher ses émois. Il se retourna pour affronter le regard de Michael. Celui qui était posé sur lui était doux et sans jugement, mais désireux d'en savoir plus.

Il voulait tout lui dire, mais les mots ne voulaient pas sortir. Il avait peur, peur de perdre l'estime de Michael. Peur que si aimable que fût Michael à son égard, il ne le dégoûte après avoir su son secret. Secret ? Non, ce n'était pas un secret, seuls les gens qui ne le connaissaient pas ne savaient pas. Tout son entourage le savait, tous le tenaient pour responsable et tous lui en voulaient, du moins sa famille et Nini. Oh mon Dieu, Nini ! Il n'avait pas supporté le regard qu'elle avait posé sur lui ce jour-là. Il n'arrivait pas à oublier ce regard si dur. Nini, celle qui était tout pour lui. Il l'avait déçue. Il l'avait tellement déçue qu'elle avait crié contre lui comme un chien. Elle ne voulait plus le revoir. En Michael, il avait retrouvé un petit peu d'elle et maintenant, lui aussi il le mépriserait quand il saurait.

Il se souvint avoir dit à Michael qu'il détestait les femmes, mais il avait menti. Il ne détestait pas Nini. Il aurait tué pour elle. Il aurait donné sa vie pour elle. Depuis qu'il s'était fait installer sa ligne de téléphone, il n'avait cessé de lui téléphoner pour raccrocher à la seconde où il entendait le son de sa voix. Lorsqu'elle n'était pas là, c'était avec plaisir qu'il écoutait son message préenregistré pour dire qu'elle était dans l'impossibilité de répondre, il en avait pour une bonne minute à se délecter du son de sa voix.

— Ricky...

— Michael, tu ne peux pas m'aider, répéta-t-il à nouveau.

— Dis-moi au moins ce qu'il en est.

— Non, non, je ne peux pas, j'ai peur de te perdre toi aussi... Je...

— Me perdre, mais de quoi tu parles ?

Ricky avait peur de le perdre. Michael en était tout renversé. Est-ce que Ricky savait à quel point il tenait à lui ? Le moment était peut-être venu de lui dire ses véritables sentiments, lui dire qu'il ne pouvait pas vivre sans lui. Lui dire tout simplement qu'il l'aimait et que sans lui, sa vie n'avait plus de sens

Michael l'incita à s'asseoir sur le lit à côté de lui. Il lui prit gauchement les mains et lui dit :

— Écoute, Ricky, quoi que tu aies pu faire de ta vie dans le passé, cela n'atténuera en rien mon amour pour toi.

L'expression de Ricky changea brusquement. Michael pensa qu'il n'avait pas compris.

— Je t'aime, Ricky.

Ricky se leva d'un bond et en colère. Michael en fut désarçonné. Qu'est-ce qu'il avait dit de pas correct ? C'est Ricky qui avait commencé, il voulait juste l'aider à continuer en lui disant lui aussi ce qu'il ressentait pour lui.

— Espèce de salaud ! maugréa Ricky, les poings serrés. Alors c'est ce qui explique toute cette gentillesse à mon égard ! Tu es une tapette et tu espérais me taper, pédé !

— Holà Ricky, calme-toi, dit Michael en se levant à son tour, j'ai cru que... que tu...

— Tais-toi, conard ! Alors c'est pour ça que tu m'as pris sous ton aile, m'as donné un job et m'a promené dans toute la ville ? J'aurais dû deviner qu'il y avait quelque chose de louche derrière tout ça. Depuis quand un riche se préoccupe-t-il d'un pauvre gars comme moi ? Comment ai-je pu être aussi idiot pour te prendre pour un bon samaritain ?

— Ricky, tu dis n'importe quoi, c'est pas ce que tu penses, je n'ai jamais cherché à profiter de toi...

Ricky s'approchait de lui avec rage. Michael voyait qu'il n'était pas dans un état normal et que s'il restait devant lui, les choses allaient se gâter. Il marcha à reculons pour sortir de la chambre.

— Eh bien espèce de désaxé sexuel, tu déguerpis d'ici aussi vite que l'éclair ou je te refais le portrait !

Michael s'en alla en courant sans prendre la peine de refermer la porte derrière lui. Elle claqua avec fracas alors qu'il attaquait les escaliers. Ricky était en maudit contre lui, et lui, il était dans tous ses états. Ses émotions étaient en miettes, ses jambes tremblantes ne le supportaient plus et sa tête lui commandait de courir à toute allure. Il eut du mal à embarquer dans son auto, ses mains tremblaient trop et la clé ne voulait pas s'insérer dans la serrure. Il démarra en trombe et conduisit comme un fou. À travers ses larmes, il avait du mal à distinguer les voitures venant en sens inverse, les rayons de lumière des poteaux et des autres véhicules sur la route lui paraissaient flous. Mais cela ne le convint pas de ralentir, au contraire il accéléra dangereusement. Il rata un virage et fonça tout droit dans un arbre centenaire. Il eut à peine le temps de réaliser ce qui lui arrivait et tout devint noir.

Lorsqu'il revint à lui, il avait la tête lourde comme une massue et le corps raide comme une épaisse plaque de métal. Il entendait un bip-bip régulier qui accentuait son mal de tête et une respiration haletante. Il faisait noir, très noir. Mais que se passait-il? Où était-il? Sa respiration s'accéléra et les bips augmentèrent en fréquence. À présent, c'était comme si on le frappait de coups de marteau directement sur les tempes. Une douleur aiguë lui traversa le corps en entier et son corps, tantôt raide, se tordit sous l'effet de la souffrance. Il paniqua de plus belle. Sa respiration devint courte et rapide. Il entendit des bruits de pas. Quelqu'un lui empoigna une partie du corps et lui infligea des souffrances aussi aiguës les unes que les autres à l'aide d'un objet pointu. Et puis plus rien.

Michael sentit qu'on lui caressait la main. C'était sûrement une femme. Sa paume était douce, raffinée et chaude. Il tenta d'ouvrir les yeux, mais n'y parvint pas. C'était comme si ses paupières étaient collées. Il voulut ouvrir la bouche pour parler, mais sa langue était attachée à son palais. Il tenta alors de bouger. Une douce voix lui dit de se calmer. Il obtempéra. Il ne savait toujours pas où il était ni pourquoi il était là. « Michael, c'est maman. » Il se sentit rassuré.

— Mon chéri, tu as eu un accident de voiture et tu es présentement à l'hôpital.

Un accident de voiture ! Mais comment est-ce possible, se demanda-t-il. Est-ce que c'était grave ? Avait-il subi des dommages corporels importants ? Y avait-il eu des blessés ou pire encore, des morts ? Un carambolage impliquant plusieurs voitures ? Les questions affluaient de toute part dans sa tête. Il n'arrivait pas à se souvenir de ce qui était arrivé. Il se sentait bizarre comme s'il avait été drogué. Des médicaments sans doute.

— Ne t'inquiète pas. Ta vie n'est pas en danger. Tous tes morceaux sont intacts, tu es juste un peu sonné. Tu as eu beaucoup de chance. Je ne cesse d'en remercier Dieu. Le révérend Taylor et tous les membres de l'église ont prié pour toi.

Qui était le révérend Taylor ? Pourquoi sa mère parlait-elle d'église ? Il n'y comprenait rien. Mais depuis quand était-il ici ?

— Ça fait deux jours que tu es ici, moi aussi d'ailleurs. J'ai fait venir de Californie le Dr Bailey, le meilleur spécialiste du pays, qui m'a assuré que tu t'en remettras sous peu.

Californie ? Le mot lui rappela quelque chose. Mais oui ! La Californie, il connaissait quelqu'un qui venait de là. Ricky ! Ricky venait de Californie. En un instant, sa mémoire lui revint. Il se souvint de ce qui s'était passé. La scène avec Ricky, sa fuite et l'arbre qu'il avait heurté de plein fouet. Tout lui revint. Lui, faisant l'aveu à son ami de ses véritables sentiments, et la colère qu'il avait provoquée chez celui-ci. La honte et la douleur qui l'avaient alors submergé regagnèrent son esprit et à son insu, des larmes s'échappèrent de ses yeux.

Nancy ressentit un pincement au cœur en voyant ainsi pleurer son fils sans savoir pourquoi.

— Ne t'inquiète pas, mon chou, maman est là. Je vais te ramener à Milton pour m'occuper de toi, tenta-t-elle de le consoler.

Elle lui dit encore toutes sortes de paroles consolatrices que Michael entendit à peine, éprouvé qu'il était par l'idée qu'il venait de perdre un ami cher.

Chapitre vingt-neuf

Brian Russell avait méticuleusement noté les informations additionnelles que lui avait fournies Nancy sur le père de son enfant. Nancy lui avait dit que Derek était afro-américain. Il en doutait. Sa description physique laissait plutôt présager qu'il pouvait être métis, soit qu'un de ses parents n'était pas totalement noir. Un Black avec des cheveux blonds et des yeux verts, c'était plutôt rare, à moins qu'il ne soit un albinos. Mais encore là, il n'aurait pas les yeux verts. Peut-être était-il de Porto Rico, de Trinidad ou encore des Caraïbes. On trouvait de drôles de mélanges sur ces îles. S'il avait eu son nom de famille, il aurait pu trancher facilement. Malheureusement, Nancy ne le savait pas non plus. L'origine raciale du père le préoccupait. Non, il n'y avait rien de raciste là-dedans, il voulait avoir une idée de ce à quoi pouvait ressembler l'enfant qu'il recherchait. Un adulte plutôt, à vingt-huit ans, il n'était plus un gosse. L'aspect racial de cet enfant avait toute son importance, cela pouvait lui permettre d'éliminer au départ plusieurs fausses pistes.

Une photo de Derek lui aurait été bien utile, mais pas essentielle. Il avait décidé que pour cette enquête-ci, il s'y prendrait de la façon la plus discrète possible, Nancy ne tolérant aucune fuite d'information et cet enfant ne devant pas savoir, autant que possible, qu'il était recherché avant qu'elle ne le lui dise elle-même. C'étaient les consignes qu'il avait reçues de sa cliente. Mais il savait que ce serait difficile, une fois un membre de la famille contacté, d'éviter que le sujet en question ne sache qu'il était recherché.

D'après ses recherches, il y avait à l'époque plusieurs Derek à Randolph au temps qui l'intéressait, mais aucun ne correspondait à celui qu'il recherchait. Il les avait éliminés l'un après l'autre à cause de leur âge. Ils étaient soit trop jeunes, soit trop vieux d'après ce que Nancy lui avait confié sur l'âge du géniteur de son fils. Peut-être que Derek n'était pas son vrai nom. Un jeune homme qui veut coucher avec une fille était prêt à tout, même à mentir sur son nom.

Il avait alors décidé de laisser tomber cette piste. Sans nom de famille, elle s'annonçait trop douteuse. Avec l'emplacement exact de la pizzeria Joe's où travaillait Derek qu'il connaissait et le nom du propriétaire qu'il avait trouvé dans les registres de la ville, un certain Giovanni Pontrelli, il se dit qu'il avait là de quoi faire des recherches intéressantes. Le registre de la ville lui permit aussi de savoir que monsieur Pontrelli avait cédé son business à un autre Pontrelli, probablement son fils, et que celui-ci opérait toujours sous le même nom.

Mais après avoir rencontré lesdits Pontrelli, il nageait encore en plein mystère. Ils ne connaissaient pas et ne se souvenaient pas avoir eu affaire avec un certain Derek. Il ne fut pas découragé, son contact des affaires sociales étant toujours à sa disposition et prêt à lui fournir d'autres informations sur le bébé. Cependant, il lui avait dit ne pas être en mesure de lui fournir le nom du parent qui était venu chercher l'enfant, puisqu'il ne figurait pas dans le dossier parce qu'il était mineur. Brian Russell osait espérer qu'il pourrait au moins lui fournir le nom des parents, du tuteur ou des garants du jeune homme. Un seul nom de famille et le tour serait joué !

Chapitre trente

Lanişha White vivait à Atlanta depuis qu'elle était toute petite. Elle n'y était pas née, mais était attachée à l'endroit comme si c'était le cas, car c'est là que sa vie et celle des siens avaient eu droit à un second souffle. Elle venait de Randolph et là-bas, le quotidien n'était vraiment pas rose. Sa mère faisait le va-et-vient entre la prison, le trottoir et le piteux appartement de deux pièces où vivaient sa grand-mère, sa grande sœur Patricia et son grand frère Derek. Sa sœur et elle avaient le même père, un dénommé Jared White, qu'elles n'avaient jamais connu, tandis que leur frère Derek, plus âgé qu'eux d'une dizaine d'années, avait pour père un Blanc qui apparaissait quand bon lui semblait et disparaissait sans crier gare. Lorsqu'il venait à la maison, c'était pour se bagarrer avec leur mère en la traitant de tout ce qu'il y avait de mauvais. Il concluait toujours en disant que Derek n'était pas son fils et les envoyait tous promener. Lanisha le craignait beaucoup.

Anita, sa grand-mère, était une femme au caractère fort et à la stature imposante. Elle faisait du mieux qu'elle pouvait pour pallier aux manquements de sa fille Tanisha, leur mère, pour les élever du mieux qu'elle pouvait. Derek avait dû abandonner l'école avant d'avoir fini son secondaire pour aider à mettre du pain sur la table.

À son frère Derek, elle vouait une véritable et sincère admiration. Elle lui devait tout. C'est lui qui avait sacrifié sa vie pour la leur. C'est aussi grâce à lui si elle était aujourd'hui une excellente avocate respectée travaillant pour l'une des plus grandes firmes d'Atlanta. Il lui avait payé ses études et n'avait jamais cessé de l'encourager à aller loin dans la vie. Il avait tenté le même exercice avec sa sœur Patricia, mais elle s'était égarée en cours de route et avait préféré suivre les mêmes voies de désolation qu'avait empruntées leur mère.

Quelques années après leur arrivée en Georgie, Derek les avait quittés avec son fils, né dans des circonstances nébuleuses, pour un autre État. Il avait gardé le contact avec eux. Alors qu'elle entamait sa première année de droit, Patricia et sa mère étaient parties les rejoindre, tandis qu'Anita mourut de vieillesse.

Patricia avait été très éprouvée par le départ de Derek et son fils. Elle n'avait que neuf ans et son neveu à peine quatre. Elle était très attachée à cet enfant qui avait été l'élément déclencheur de leur déménagement en catastrophe du Massachusetts. Ils se vouaient un profond attachement viscéral et étaient inséparables. Un jour, il lui avait demandé dans un langage de bébé des plus mignons d'être sa mère, et elle lui avait juré qu'elle serait toujours là pour le protéger. Ce qui ne fut, bien entendu, pas le cas longtemps, en raison de son départ, mais dès qu'il avait commencé à lire et écrire, ils s'expédièrent des missives presque chaque semaine. Lettres, bonbons et petits cadeaux de toutes sortes étaient postés avec insouciance dans des enveloppes qui parfois étaient doublement tapées pour ne pas déborder. C'est ce qui avait nourri leur attachement jusqu'à ce jour terrible où cette affreuse nouvelle lui était parvenue.

Elle se rappela en détail le jour où son neveu entra dans sa vie. Derek tremblant de tous ses membres avait pénétré en trombe dans la cuisine où sa sœur et elle prenaient paisiblement leur petit-déjeuner. Grand-mère s'affairait à nettoyer la cuisinière lorsque la porte d'entrée à l'arrière s'ouvrit avec fracas. « Dieu du ciel, mais qu'est-ce qui se passe ici ? » avait crié Anita de sa voix rauque.

Derek répétait inlassablement « Mamie, Mamie... » en avançant vers elle, craintif et en pleurs.

— Pour l'amour de Dieu, mon garçon, qu'est-ce qui ne va pas ? lui avait demandé sa grand-mère devenue blême à son tour, prévoyant la gravité de ce qu'allait lui annoncer son petit-fils.

— Mamie, c'est pas ma faute, sanglotait Derek.

— Mais de quoi diable est-il question ?

— J'te jure mamie, j'ai pas voulu, j'ai pas fait exprès.

L'état pitoyable dans lequel était émotivement plongé Derek leur coupa l'appétit, et sa sœur et elle se mirent à pleurer, n'ayant jamais vu ainsi leur grand frère. Anita s'était dirigée vers Derek pour le serrer dans ses bras, espérant faire cesser les tressautements de son corps dont il semblait avoir perdu le contrôle. Anita pleura à son tour en enlaçant Derek. Patricia et elle se collèrent à eux.

Après plusieurs tentatives pour parler interrompues par des sanglots, Derek avait fini par expliquer son désarroi. Un bébé avait été trouvé dans le boisé non loin de chez eux et il était convaincu qu'il en était le père. Il entreprit le récit de sa rencontre avec la jeune fille blanche et de la façon dont il l'avait possiblement mise enceinte. Anita lui avait alors littéralement sauté dessus pour le rouer de coups.

Une fois épuisée et ayant retrouvé ses esprits, elle lui avait dit qu'il y avait de fortes chances que cette fille ne soit jamais tombée enceinte et que ce bébé abandonné n'ait rien à voir avec lui. Derek avait insisté, disant qu'il l'avait vue grosse et qu'elle était venue lui montrer son ventre un jour à la pizzeria Joe's où il travaillait. Il avait aussi dit que le fait que l'histoire n'ait jamais eu de suites, puisque la police n'était jamais venue l'arrêter pour viol, alors que la fille connaissait son nom et l'endroit où il travaillait, était pour lui une raison suffisante de croire qu'elle avait caché sa grossesse à son entourage dans le but de se débarrasser du bébé une fois qu'elle l'aurait mise au monde. C'était son bébé, il devait aller se dénoncer à la police.

Anita l'avait traité de fou et lui avait conseillé de laisser tomber pour éviter de se mettre dans le trouble, d'autant plus qu'il n'y avait rien de certain dans son histoire et que tout était le fruit de son imagination. « Et même si cet enfant était le bébé de la fille en question, avait-elle ajouté, qui nous dit que c'est le tien ? Certainement qu'elle couchait avec plusieurs garçons et qu'elle s'était fait mettre enceinte par un autre que Derek. Oublie cette fille à la jambe légère et laisse-la se débrouiller avec ses troubles, tu n'y es pour rien » avait-elle conclu. « Impossible, avait rétorqué Derek, elle était vierge. » Ensuite, il avait déclaré qu'il se rendrait seul aux autorités si sa grand-mère ne voulait pas l'accompagner et qu'il se chargerait de son fardeau.

Devant son entêtement, elle n'eut pas d'autre choix que de lui emboîter le pas. Au début, la police ne l'avait pas cru, car plusieurs personnes s'étaient manifestées pour réclamer le poupon. Il était un parmi tant d'autres désaxés qui voulaient se donner bonne conscience en réparant le tort de quelqu'un d'autre. Derek était tellement certain de ce qu'il avançait qu'il proposa à l'enquêteur de lui faire un test d'ADN. Il les menaça même de porter plainte en dépit du fait que c'était lui qui courait le danger de faire porter des accusations contre sa personne.

Finalement, on avait accédé à sa requête et il avait ainsi été prouvé qu'il était bel et bien le père du bébé. Mais jamais Derek n'avait voulu donner la moindre information sur la mère de l'enfant. Il répétait ne rien savoir sur son compte, l'avoir rencontrée dans la rue, avoir couché avec elle une seule fois et l'avoir rencontrée une deuxième fois à la fin de sa grossesse, et qu'elle lui avait dit qu'elle se débarrasserait du bébé. Non, il ne savait pas son nom ni d'où elle venait. On lui fit subir d'interminables interrogatoires, mais il ne dit rien de plus.

Lanisha se souvenait de l'éprouvante bataille judiciaire qui avait suivi avec les services sociaux au sujet de la garde du bébé. Derek était mineur, sans parents responsables, comment pourrait-il s'occuper adéquatement du bébé? Sa parente la plus proche, en l'occurrence grand-mère Anita, était sans le sou et trop vieille pour leur venir en aide. Ils vivaient sous le seuil de pauvreté. Il était hors de question qu'on lui remette l'enfant. Anita avait invoqué tous les saints pour leur venir en aide. En désespoir de cause, Derek avait fait appel à celui qui avait toujours nié être son père, mais celui-ci en profita pour disparaître définitivement. La situation était désespérée. Les services sociaux avaient même tenté de les séparer et voulu faire retourner de force Derek sur les bancs de l'école.

Derek ne voulait pas lâcher prise, car il s'était juré de ne jamais agir comme son père qui l'avait toujours renié. Il s'était battu comme un lion enragé, avec l'énergie du désespoir. Lanisha ne saurait dire si c'était par pitié, mais les services sociaux avaient fini par céder et lui remirent l'enfant, non sans conditions. Ils exigèrent un suivi rigoureux et menacèrent de le reprendre au moindre signe de non-conformité aux règles imposées. Ils octroyèrent une aide supplémentaire à la famille et exigèrent que Derek retourne terminer son secondaire. Il s'y conforma, mais continua à travailler le soir à la pizzeria.

Ses études secondaires terminées, la famille avait demandé la permission de déménager afin de protéger l'intégrité sociale de

« bébé X », comme l'appelaient les services sociaux, car l'affaire quoique traitée en toute discrétion avait fait beaucoup de bruit dans le voisinage et cela menaçait « l'identité » de l'enfant. Derek ne voulait pas que son fils soit un souffre-douleur et fasse l'objet de moqueries de ses camarades. Cet argument avait pesé lourd et les services sociaux prirent eux-mêmes les dispositions de leur départ pour la Géorgie, vers un monde nouveau pour eux tous.

Sa majorité bien entamée et largement dépassée, Derek, ayant fait ses preuves et n'ayant plus à se rapporter à l'État, était libre d'élever son enfant comme bon lui semblait et où il voulait. Un jour, il apprit à sa famille qu'une porte s'était ouverte pour lui sous d'autres cieux et qu'il devait malheureusement les quitter en promettant de continuer à veiller sur eux. « Je ferai beaucoup plus d'argent et je vous payerai des études » leur avait-il assuré, les yeux pleins d'espoir. Maintenant, Lanisha réalisait qu'il n'aurait jamais dû partir. Pourquoi ne l'avaient-ils pas empêché de le faire ?

CHAPITRE TRENTE ET UN

Michael était sorti de l'hôpital depuis une semaine. Il vivait à Milton avec sa mère et Jack. À part quelques raideurs et une minerve qu'il devait porter en permanence encore quelques jours, il ne restait plus beaucoup de traces de son accident. Ses ecchymoses avaient pâli et étaient presque invisibles. Le Dr Bailey lui avait prescrit un repos total de trois semaines durant lesquelles il devait s'abstenir de faire quoi que ce soit, hormis manger et dormir. Il aurait pensé que sa mère aurait engagé une infirmière pour s'occuper de lui, mais à sa grande surprise, c'est elle qui jouait ce rôle.

Sa mère n'avait cessé de l'étonner. Elle prenait soin de lui comme jamais elle ne l'avait fait auparavant. Elle avait changé. Il avait maintenant du mal à l'imaginer froide et autoritaire comme elle l'avait toujours été. Il s'en voulut de l'avoir détestée et tenue responsable de ses déboires sociaux, soit son manque de caractère et ses difficultés avec la gent féminine. Maman devait avoir souffert comme lui d'une autorité parentale, pensait-il souvent ces jours-ci. Mais pourtant, grand-père Charles avait toujours été correct avec lui, aussi loin que sa mémoire lui permit de se rappeler. Peut-être exerçait-il sur elle indirectement sa suprématie. Il lui avait peut-être fait du tort sans s'en rendre compte. C'était peut-être aussi le cas entre lui et sa mère. Il lui pardonnait tout et ne lui en voulait plus.

L'atmosphère à Milton était devenue chaleureuse et viable pour lui. Il y prenait goût, lui qui avait fui ce lieu aussitôt que les circonstances le lui avaient permis. La présence de Jack y était peut-être pour quelque chose. Il croyait formellement qu'il avait aidé à opérer ce changement en sa mère. Elle paraissait plus radieuse et plus détendue, en plus de sourire constamment en sa présence. Étaient-ils amants? Il ne saurait le dire. Si c'était le cas, ils le lui cachaient avec grand soin. Ils faisaient chambre à part et il ne les avait jamais surpris en train de faire quoi que ce soit de trop intime. Cependant, il avait plus d'une fois surpris le regard de Jack posé amoureusement sur sa mère. À son arrivée, sa mère lui avait expliqué que Jack était là pour l'aider à passer au travers d'une épreuve difficile. Épreuve qui était à l'origine de son année sabbatique. Cela lui avait suffi comme explication, se disant que la vie privée de sa mère ne le regardait pas. Mais il n'avait pu s'empêcher de penser qu'avoir Jack pour beau-père ne serait pas si mal. Jusqu'à maintenant, il avait trouvé sa compagnie fort agréable.

Sa convalescence se déroulerait normalement s'il n'avait pas constamment Ricky en tête. Christina était venue lui apporter des fleurs et plusieurs collègues de bureau étaient passés, mais cela n'avait pas suffi à lui remonter le moral. Même Jess avait appelé. Toute l'affection de sa mère et de Jack n'avaient pas suffi non plus à chasser son chagrin. Ricky lui manquait. Il donnerait tout pour avoir de ses nouvelles. Il était responsable de la divergence installée entre eux et donnerait tout pour revenir en arrière. Pourquoi avait-il fallu qu'il lui déclare ses sentiments à ce moment précis? Des sentiments qui, de toute évidence, n'étaient pas réciproques. Ricky s'était attaché à lui, mais pas comme il l'avait pensé. Il s'était trompé. Stupidement trompé, parce qu'à présent, il n'était plus sûr de ce qu'il lui avait déclaré. Non pas qu'il ne l'aimât pas, mais il ne l'aimait pas comme il le lui avait dit. Il l'aimait d'un amour viscéral dont il ne saurait expliquer l'origine. Depuis son accident, il avait amplement eu le temps d'y penser. De penser à la nature de son amour pour Ricky. Il en était venu à la conclusion que la présence seule de Ricky à ses côtés lui suffirait amplement. Nul besoin de rapports sexuels ou de câlins. Pourquoi n'avait-il pas attendu d'avoir démêlé ses sentiments avant de les lui déclarer ? Maintenant, il avait commis une gaffe qu'il doutait de pouvoir réparer. Ricky, vu la colère qui s'était emparée de lui, ne lui permettrait sûrement pas de se reprendre. Mais lui, il ne s'imaginait pas vivre sans cet ami. Ami qui l'avait rendu heureux, sans qu'ils ne soient amants au départ. Il ne l'avait pas vu depuis deux semaines et cela le rendait presque dingue. Il avait contacté Mike qui lui apprit que ce dernier ne s'était pas présenté au boulot depuis lors. Il avait tenté de le joindre par téléphone, mais il ne répondait pas. Dès qu'il pourrait se soustraire à l'œil attentif de sa mère, il irait faire un saut chez lui pour lui demander une seconde chance.

On frappa à la porte de sa chambre. Il ne voulait voir personne en ce moment. C'était sûrement sa mère. Il lui dit d'entrer. Elle entra et s'assit sur le coin du lit où était accoté Michael, une couverture lui recouvrant les jambes.

— Comment ça va, Michael ?

— Bien.

— Qu'est-ce que tu aimerais manger pour dîner ?

— N'importe quoi.

— Je vois que tu n'es pas d'humeur aujourd'hui, comme tous les autres jours d'ailleurs. Tu ne voudrais pas en parler avec ta mère ?

— C'est rien, maman.

— Depuis ton accident, tu as la mine basse, tu sembles toujours perdu dans tes pensées et tu me dis que ce n'est rien. J'espère que ce n'est pas la compagnie qui t'inquiète, il y a assez de personnes compétentes là-bas pour s'en occuper.

« Pauvre maman », pensa Michael. Elle était à dix mille lieues de son chagrin. Comment pourrait-elle savoir ce qui l'attristait ? Il n'avait jamais fait mention de Ricky à qui que soit, même si les gens au bureau les voyaient ensemble.

Et s'il lui disait ? Sa mère saurait-elle comment reconquérir un ami ? Il en doutait, mais peut-être pourrait-elle le comprendre, elle qui semblait aussi éprouvée. Si éprouvée qu'elle avait abandonné son bébé, la Brown's Co.

— Maman, dit Michael après un long soupir, je crois que je viens de me mettre à dos un ami qui comptait beaucoup pour moi.

Pour la première fois de sa vie, Michael se confia à sa mère. Il lui raconta tout. De sa fausse relation avec Jess à sa déclaration troublée à Ricky, en passant par sa brève aventure avec Edwardo quand il était adolescent et sa hantise des femmes. Nancy en était abasourdie. Elle réalisa qu'elle était pour beaucoup dans les déboires de son fils. Que c'était son comportement et ses agissements qui l'avaient entraîné dans tous ses bouleversements. Indirectement, elle était même responsable de son accident. Elle aurait pu le tuer. Seigneur, elle avait été une mère indigne ! À la fin des confidences de Michael, elle pleura si abondamment que c'est lui qui la consola. Il la prit dans ses bras et lui demanda pardon, pensant qu'il l'avait offensée par ses propos. À vrai dire, il ne savait pas pourquoi elle pleurait. Il lui demandait encore pardon pour la énième fois lorsqu'elle lui mit un doigt sur la bouche pour le faire taire. Elle lui dit à quel point elle était désolée pour tout le mal qu'elle lui avait fait et lui demanda la chance de lui permettre de se reprendre avec lui. Elle lui raconta à son tour ses déboires et lui parla du fils perdu qu'elle recherchait, ce qui expliquait son année sabbatique et la présence de Jack à ses côtés. Ainsi, il comprit que sa mère vivait un véritable calvaire et portait depuis son jeune âge un fardeau énorme. Non, il n'en voulait plus à sa mère de l'avoir opprimé et contraint au refoulement. Ce n'était pas de sa faute, ni de la sienne d'ailleurs. À son tour, il versa de chaudes larmes et tous deux pleurèrent silencieusement en s'étreignant très fort. La mère et le fils se tinrent là, longuement blottis l'un dans les bras de l'autre.

CHAPITRE TRENTE-DEUX

Michael avait quelque peu retrouvé sa bonne humeur. Il n'avait toujours pas de nouvelles de Ricky, mais s'était dit qu'il devait prendre son mal en patience. Aux dernières nouvelles, il ne s'était toujours pas présenté au boulot. Quelques jours après sa convalescence, il s'était rendu chez lui et le propriétaire avait dit ne pas savoir où il était lui non plus, qu'il avait deux mois de retard dans le paiement de sa rente et qu'il s'apprêtait à mettre une annonce dans le journal local pour louer l'appartement. Michael l'avait convaincu de ne pas le faire en lui réglant trois mois de loyer et lui laissa son numéro au cas où Ricky se pointerait.

Lui et sa mère se redécouvraient et vivaient à présent une relation mère et fils des plus normales. Il prévoyait de retourner vivre à Milton avec elle afin que tous les deux puissent rattraper le temps perdu. Maintenant, il unissait ses efforts à ceux de Jack pour aider sa mère à ne pas trop donner dans la déprime et contacter Brian à son insu pour savoir où en était son enquête. Il avait fait la connaissance du révérend Taylor et accompagnait souvent Nancy à l'église.

Aujourd'hui, il se rendait à son appartement pour la dernière fois pour récupérer ses dernières affaires qui y traînaient

212

encore. Ensuite, il remettrait les clés comme convenu au portier et s'en retournerait vivre chez sa mère pour les quelques années à venir, si rien de nouveau ne se présentait dans sa vie. Sa mère et lui devaient discuter, une fois l'enquête de Russell terminée, des dispositions à prendre pour la Brown's Co. Il lui avait confié ne pas se sentir très à l'aise avec le poste qu'il occupait par manque de compétence et d'expérience, que d'autres que lui pouvaient occuper ce poste en attendant qu'il y soit prêt. Il serait aussi question du retour de sa mère à la direction et du départ de John pour la retraite. Le vieil homme avait enfin compris qu'il était temps de se retirer pour aller terminer ses jours sous d'autres cieux.

Après avoir laissé sa voiture dans le stationnement intérieur de l'immeuble, il se dirigeait paisiblement vers les ascenseurs lorsqu'il entendit des pas derrière lui. Il s'arrêta de marcher un instant pour s'assurer que son imagination ne lui jouait pas de tour. Tiens, il n'entendait plus rien. Mais dès qu'il recommença à marcher, il entendit à nouveau les pas. Il s'arrêta net et se retourna.

Il en était stupéfait. « Ricky, comment es-tu rentré ? » C'est tout ce qu'il trouva à dire. Mal à l'aise, Ricky ne savait plus quoi faire de ses mains pendant qu'il cherchait ses mots.

— Je... Je... balbutia-t-il

— Viens, monte avec moi, je vais récupérer mes affaires.

— Tu... Tu déménages ?

— Oui, je retourne vivre chez ma mère, lui répondit-il, reprenant sa marche et invitant Ricky à en faire autant.

Ensemble, ils prirent l'ascenseur et restèrent silencieux pendant toute la montée. C'est une fois dans l'appartement que leurs langues se délièrent.

— Je... dirent-ils à l'unisson.

— Pardon, vas-y, dit Michael.

— Je voulais m'excuser pour la dernière fois.

— Non, c'est moi qui te dois des excuses.

Ils baissèrent tous les deux la tête et un autre moment de silence s'installa entre eux, mêlé d'une certaine gêne. Michael prit la parole :

— Où étais-tu passé ? demanda-t-il

— Je… j'étais retourné en Californie. J'avais besoin d'aller sur la tombe de mon père et de voir ma famille.

— Et puis ? Ça s'est bien passé ?

— Avec mon père, oui, mais pas avec les autres. Ils m'en veulent toujours.

— Et pourquoi ils t'en veulent ?

Ricky ne répondit pas.

— C'est comme tu veux, tu n'es pas obligé de me le dire. Tu m'aides à ramasser un peu ? dit-il pour changer de sujet.

— Oui, dit Ricky dans un murmure.

Après avoir empaqueté dans une grosse boîte le peu d'objets qui se trouvaient encore dans l'appartement, alors qu'ils s'apprêtaient à quitter les lieux, Ricky retint Michael par le bras.

— En réalité, commença-t-il, j'étais parti pour ne plus revenir.

— Pourquoi es-tu revenu alors ?

— Parce que j'ai compris que je n'avais plus rien à faire là-bas et que désormais ma vie était ici. » Il se tut un moment. « Je suis revenu aussi pour toi. Je me suis rendu compte que tu me manquais terriblement et que sans toi, je ne pourrais pas y arriver. »

Michael allait ouvrir la bouche, mais Ricky lui fit signe qu'il n'avait pas fini.

— Michael, je ne t'aime pas comme tu m'aimes, mais je t'aime de tout mon cœur. » Il réalisa que ce qu'il venait de dire pouvait être confus pour son ami. « Je t'aime comme on aime un ami, reprit-il. Je ne pensais pas ce que je t'ai dit l'autre fois. Ce n'est pas vrai que tu as été gentil avec moi dans le but de profiter de moi. »

— Tu sais, Ricky, dit Michael, après t'avoir quitté ce jour-là, j'ai eu un accident. Mais ce n'était rien de bien grave, s'empressa-t-il d'ajouter devant l'inquiétude qui se lisait dans le regard de Ricky. J'ai juste été un peu sonné et ma Jaguar bonne pour la ferraille. Durant ma convalescence, j'ai eu amplement le temps de penser à mes véritables sentiments à ton égard et je me suis rendu compte que ce que je t'ai dit ce jour-là n'était pas réellement ce que j'éprouvais pour toi. Je suis confus sur mon orientation sexuelle, je ne sais pas vraiment de quel côté je me tiens. Je crois que l'environnement dans lequel j'ai vécu y est pour beaucoup et il est fort possible que l'influence qu'a eue ma mère sur moi ait fait naître en moi une aversion pour la gent féminine, pensant qu'elles étaient toutes comme elle et qu'elles m'opprimeraient. Résultat, je refuse tout contact intime avec les femmes et crois à tort que seuls les hommes me conviendraient dans mes relations personnelles. Or, j'ai fait la paix avec ma mère et ensemble, on essaye de sortir nos fantômes du placard. Je commence à comprendre que les femmes ne sont pas si terribles que ça et que je devrais tenter de mieux les connaître avant de les rejeter définitivement. Alors je serai plus en mesure de voir de quel côté je suis réellement. Je crois t'aimer comme tu m'aimes.

— J'en suis ravi, on pourra alors continuer d'être amis.

— Sans aucun problème ni confusion.

Ils sortirent et quittèrent l'appartement. « Et si tu venais avec moi à Milton ? Je veux te présenter ma mère » proposa Michael. Ricky accepta.

— Au fait, tu ne m'as toujours pas dit comment tu étais rentré dans le garage, demanda Michael.

Ils éclatèrent de rire, retrouvant leur jovialité d'autrefois.

CHAPITRE TRENTE-TROIS

Plusieurs jours s'étaient écoulés depuis que Michael s'était confié à sa mère. Assise au beau milieu des bancs vides de l'église, Nancy remerciait le Seigneur de ce qu'Il lui donnait la chance de remédier à ses erreurs du passé. Elle ne s'était pas trompée ; elle avait fait beaucoup de tort à Michael, jusqu'à le perturber sur son orientation sexuelle. Jamais elle n'avait pensé l'atteindre sur ce plan. Il n'y avait aucun doute, toute la confusion de Michael à ce sujet avait un lien direct avec la façon dont elle l'avait élevé. « Mon Dieu, que j'ai été mauvaise mère » pensait-elle souvent. Elle ne méritait pas cette deuxième chance que lui accordait la vie. Mais elle réalisait que Dieu dans sa grâce la lui avait accordée depuis qu'elle avait entrepris cette démarche spirituelle. Aussi elle réalisa que le révérend Taylor avait raison, elle devait faire confiance à Dieu et cesser d'envisager le pire. En effet, la fameuse nouvelle que l'on ne pouvait évoquer au téléphone dont le détective Russell voulait l'entretenir n'était pas si mauvaise que ça. Il voulait juste avoir plus de détails.

Non seulement Dieu lui permettait de se reprendre avec Michael, mais il lui ouvrait aussi la porte bien grande pour rencontrer le fils qu'elle avait si lâchement abandonné. En effet, au dernier contact avec Brian, ce dernier l'avait informée avoir retracé une des sœurs de Derek et qu'il était sur le point de la rencontrer. Au terme de cette visite, elle saurait enfin où était passé son bébé qui était à présent un homme de vingt-neuf ans ! Aussi, Russell lui avait dit de ne pas s'inquiéter car d'après les informations qu'il avait à ce jour, il était plus que probable que son enfant soit toujours vivant et en parfaite santé. « Merci mon Dieu…, ne put s'empêcher de dire Nancy. De mauvaise et indigne mère que j'étais, Tu fais de moi une femme comblée et ravie. Je ne t'en remercierai jamais assez. »

En se relevant de sa posture de prière, Nancy sut qu'elle n'avait plus rien à craindre si ce n'est que le refus de son fils de la rencontrer, et que tout irait bien pour elle à présent. Alors qu'elle s'apprêtait à partir, elle entendit la voix du révérend :

— Alors, on ne passe même pas me dire un petit bonjour ?

— Révérend Taylor, dit-elle tout sourire, je suis désolée. J'étais venu me recueillir un peu avec le Seigneur.

— À voir votre mine, je pense que les choses vont mieux pour vous, dit-il en avançant péniblement vers elle.

— Vous, en revanche, semblez fatigué. Vous devriez prendre des vacances.

— Il ne faut pas vous fier à mon allure, dit-il avec un large sourire une fois arrivé au niveau de Nancy.

— Vous aviez raison, révérend Taylor, lui dit Nancy en prenant ses mains entre les siennes. J'ai fait confiance à Dieu et Il ne m'a pas laissée tomber.

— Et moi, en trente-cinq ans de ministère, il ne m'a jamais déçu.

Nancy et le révérend discutèrent longuement de tout et de rien, avant qu'elle ne prenne congé de lui. Elle fut ravie d'apprendre que ses propositions avaient été retenues par les membres du comité de l'église et que la campagne de financement visant à ramasser des fonds pour la construction était en branle. Elle promit un soutien financier et une aide particulière dans les contrats avec les différents intervenants pour la construction de bâtiment. Le révérend lui répéta qu'il en parlerait encore au comité avant d'accepter, car elle n'était pas membre officiel de la confession. Elle admirait la sagesse et l'humilité dont il faisait toujours preuve en soumettant toute décision ou proposition audit comité. Il ne dirigeait pas sa congrégation en tyran ou en maître absolu des lieux.

En arrivant à la maison, elle vit que la voiture de Michael y était garée. Un débordement de joie déferla dans son cœur. Elle se dépêcha d'entrer pour l'embrasser. Lorsqu'il la vit, Michael accourut comme un petit garçon et la serra très fort. Nancy, émue, fit un effort pour repousser ses larmes. C'étaient des années auparavant que cette scène aurait dû avoir lieu. « Viens, maman, je vais te présenter quelqu'un », dit Michael, les lèvres fendues jusqu'aux oreilles.

Nancy se retrouva devant un jeune homme beau comme un dieu, avec un petit air rebelle. Il devait avoir l'âge de Michael ou être peut-être un peu plus jeune. Il semblait un peu impressionné par elle, mais lui sourit en lui tendant une main ferme. Il semblait poli et réservé. Ses yeux laissaient entrevoir un je-ne-sais-quoi qui ajoutait à son charme, pensa Noncy.

— Alors, vous êtes Ricardo. Je suis heureuse de faire votre connaissance. Michael m'a beaucoup parlé de vous.

Ricky jeta un regard en coin à Michael qui se contenta de lui sourire.

— Tout le plaisir est pour moi. Je suis très content moi aussi de faire votre connaissance.

— Venez, allons nous asseoir, j'ai hâte d'en savoir plus sur vous.

Michael, prévoyant que cette proposition pouvait gêner Ricky, s'empressa de lui faire signe de ne pas s'en faire. Il ne laisserait pas sa mère lui faire subir un interrogatoire coriace, car il savait que Ricky n'était pas à l'aise avec certains aspects de sa vie. Il jouerait le modérateur.

Après une agréable soirée passée en compagnie de Michael et son ami, Nancy dut accepter qu'elle tirait à sa fin et qu'il fallait malheureusement prendre congé de ce garçon qu'elle trouvait plus que charmant.

— Ricky, revenez aussi souvent que le cœur vous en dit.

— Tant que Michael m'invitera, dit-il à travers un large sourire.

— S'il ne le fait pas, faites-le-moi savoir et je vous inviterai moi-même, répondit-elle en lui renvoyant son sourire.

— Merci beaucoup, madame Brown. Le souper était délicieux. Ce fut l'une des plus belles soirées de ma vie.

« Pauvre garçon », pensa Nancy. À travers les nombreux sourires qu'il avait faits durant la soirée, elle avait vu un voile de tristesse l'accaparer de temps en temps. Il l'avait chassé souvent sans en venir définitivement à bout. Elle avait envie de le prendre dans ses bras pour lui dire au revoir. Ce comportement n'était certainement pas approprié dans les circonstances. Elle espérait sincèrement le revoir.

— Appelez-moi Nancy. Maintenant, dépêchez-vous de rejoindre Michael, ça fait un bout de temps qu'il vous attend dans la voiture. Soyez prudents !

Michael devait reconduire Ricardo chez lui. Nancy, derrière la fenêtre, regarda partir la voiture en se disant qu'elle était heureuse que son fils ait trouvé un ami en Ricky.

CHAPITRE TRENTE-QUATRE

Lanisha ne savait plus sur quel pied se tenir et faisait les cent pas dans son bureau. Elle avait rendez-vous avec un certain Brian Russell, détective privé. Quel lien pouvait-il y avoir entre cet homme et elle ? Elle avait beaucoup de dossiers à traiter et n'avait pas de temps à perdre. Lorsqu'il l'avait appelée, elle avait failli l'envoyer paître, mais une petite voix intérieure l'en avait dissuadée. Qui sait ? Il était peut-être mandaté par l'un de ses clients ou l'une des parties adverses. Mais en général, elle était au courant à l'avance de ce genre de procédure. Cette situation la rendait nerveuse car elle ne savait pas à quoi s'attendre.

Elle sursauta lorsqu'elle entendit le bip que faisait habituellement son téléphone lorsque Lorraine, sa secrétaire, voulait lui annoncer un appel ou l'arrivée d'un client.

— Oui, Lorraine ?

— Un dénommé Brian Russell, maître White. Il dit que vous l'attendez.

— Bien, faites-le entrer.

Brian attendait ce rendez-vous avec impatience. Depuis qu'il avait mis le pied sur le sol géorgien le matin de la veille, un sentiment de satisfaction extrême avait envahi son cœur. Comme à chaque fois qu'il concluait une enquête réussie. Pour lui, Lanisha White était la clé qui allait lui permettre de mettre un point final à l'affaire Nancy B. Brown. Lui qui s'attendait à plus de peine dans cette investigation était presque déçu de la facilité avec laquelle elle serait résolue. Son contact des services sociaux lui ayant fourni le nom de celle qui s'était portée garante de Derek dans l'affaire du bébé X, sa grand-mère Anita Jackson, il n'avait eu qu'à faire le tour du voisinage moyennent quelques dollars dispensés çà et là pour avoir des détails sur la famille de Derek. Il suivit minutieusement les informations qu'on lui avait révélées, pour n'atterrir nulle part ailleurs que dans le bureau de Lanisha White, sœur de Derek et tante du principal recherché. Il en jubilait intérieurement.

Sa joie s'estompa lorsqu'il pénétra dans le bureau et vit de quel pied l'attendait son hôtesse. Visiblement agacée et méfiante, son regard n'annonçait aucune sympathie. La beauté de l'avocate le bouleversa un instant, lui faisant presque oublier pourquoi il était là. À vrai dire, dès qu'il avait découvert qu'un des membres de la famille immédiate de Derek était une avocate réputée de Géorgie, il en avait été confondu. Ses recherches dans le voisinage lui avait fait penser qu'il aurait affaire à des gens plutôt pauvres, vivant de la sécurité sociale.

Celle qu'il avait devant lui était soignée jusqu'aux ongles et dégageait classe certaine. Elle semblait avoir le plein contrôle de sa vie, quoiqu'elle dégageait de la tension, certainement due à sa visite.

— M. Russell, dit-elle d'un ton antipathique tout en lui désignant une chaise. Elle alla s'asseoir derrière son bureau, croisant jambes et bras.

— Je vois que ma visite ne semble pas vous ravir.

— Et si vous me disiez ce que vous voulez ?

— Je veux bien, mais de grâce, calmez-vous un peu.

— Voyez-vous ça, explosa Lanisha en se levant d'un bond, je vous fais le plaisir de vous recevoir sans que vous ne m'ayez expliqué vos motifs, ce qui ne fait pas partie de mes habitudes, dit-elle en levant le doigt, donc je fais une exception et ce, malgré le fait que je sois débordée de dossiers importants à finaliser – elle lui montra de la main la pile de paperasses qui menaçait de tomber à tout moment –, et vous vous permettez de me dire quelle attitude adopter en votre présence !

La colère inattendue de Lanisha la rendit encore plus belle aux yeux de Brian. Il fut tenté d'en rajouter pour la provoquer encore plus pour pouvoir la contempler davantage en rage, mais s'abstint, de peur de se voir mettre à la porte. Il n'allait pas tout gâcher si près du but pour un fantasme.

— Je suis désolé, je ne voulais pas vous mettre en colère. Je tiens à vous remercier de me recevoir et…

— Pourquoi êtes-vous là ? le coupa-t-elle.

« D'accord Miss Désagréable, j'aurais préféré mettre des gants blancs, mais puisque vous le voulez ainsi, pensa-t-il, j'irai droit au but. »

— Je suis mandaté pour retrouver votre neveu, le fils de Derek, par sa mère biologique.

Lanisha, estomaquée, faillit perdre l'équilibre, ses jambes sous elle n'avait plus la force de la maintenir en position debout. Elle changea brusquement de couleur. Elle s'aida de sa main pour retrouver son fauteuil sur lequel elle s'assit en s'y laissant glisser. Puis elle baissa les yeux sur ses mains qui révélaient son bouleversement. Elle était décontenancée. C'est la dernière chose à laquelle elle s'attendait. De toute son existence, ni elle ni les autres membres de la famille n'avaient évoqué la possibilité qu'un jour, la mère biologique de Junior puisse se manifester. Elle l'avait si lâchement abandonné que cette idée leur était inimaginable. Les circonstances dans lesquelles il était venu au monde étaient si méprisables que toute la famille avait fait en sorte qu'il ne découvre jamais la vérité. Vers l'âge de trois ans, ils lui avaient raconté une histoire des plus farfelues inventée de toutes pièces afin que jamais il ne leur posât de questions sur sa mère. Junior l'avait gobée et jamais plus il ne les avait questionnés sur elle.

— Ai-je bien compris ? finit-elle par dire au bout d'un long moment de stupéfaction. Vous voulez retrouver Junior ?

« Ainsi, il s'appelle Junior, il doit donc porter le nom de son père » pensa Brian.

— Oui, la mère biologique de Derek Junior veut le retrouver.

— Mais c'est impossible, dit Lanisha, incrédule. Dites, j'espère que vous n'êtes pas là pour jouer avec mes nerfs, dit-elle sur un autre ton. Vous travaillez sûrement pour ce vieux salaud de Nelligan. Il sait que le procès a lieu demain matin, il a fouillé mon passé pour me mettre K.-O., sachant qu'avec moi sur l'affaire, il n'avait aucune chance de s'en tirer indemne.

— Votre bouleversement vous fait délirer. Je vous assure que je ne connais nullement ce Nelligan et que je ne travaille pour personne d'autre que ma cliente Nan...

Il se retint de dévoiler tout de suite le nom de Nancy. Il lui montra plutôt sa carte de compétence

— Je pense que vous êtes cinglé, dit Lanisha, désorientée. Quittez immédiatement mon bureau ou j'appelle la sécurité.

Étant donné l'état dans lequel sa révélation l'avait plongée, Brian qui fut lui aussi troublé par la réaction de Lanisha ne se fit pas prier.

— C'est bon, je m'en vais, mais prenez ma carte, je vous prie, et appelez-moi quand vous vous sentirez prête pour en parler. Je suis à l'hôtel *Hilton* situé à un coin de rue de votre bureau.

Lanisha faisant comme si elle ne l'avait pas entendu, Brian déposa sa carte sur le bureau et s'en alla.

Seule dans son bureau, Lanisha était en maudit contre le monde entier. Ce type disait vrai, elle en était sûre. Il n'était pas un plaisantin envoyé par qui que ce soit pour jouer avec ses nerfs en vue de l'important procès du lendemain matin. De toute façon, c'en était fini de sa plaidoirie. Avec ce qu'elle venait d'entendre, elle n'avait plus la force de mener quoi que ce soit. Debout derrière son bureau, elle fixait le vide. Elle n'en revenait pas.

Comment était-ce possible? De quel droit cette femme se permettait-elle de s'immiscer dans la vie de sa famille après ce qu'elle avait fait? Elle voulait retrouver Junior. Mais c'était une blague. Et une fois qu'elle l'aurait retrouvé, qu'est-ce qu'elle allait lui dire? « Bonjour, je suis ta maman, je désire te ramener avec moi. » Absurde. Pouvait-elle entreprendre des démarches judiciaires pour l'en empêcher? Pas à sa connaissance. Junior était majeur, lui seul pouvait l'arrêter en refusant de la voir. « Pincez-moi, quelqu'un, je fais un mauvais rêve » pensa-t-elle. Mais qu'allait-elle dire aux autres membres de la famille? Et à Junior? Comment réagirait-il? Il leur en voudrait certainement de lui avoir caché la vérité, aussi dure soit-elle. Pauvre Derek, lui qui avait fait tant d'efforts pour que cela n'arrive pas un jour à son fils! Son plus grand tracas était que jamais Junior ne découvre dans quelles circonstances il était venu au monde, de peur qu'il ne se sente diminué comme individu. Il n'avait peut-être plus besoin d'être protégé de la vérité. « Mon Dieu, dites-moi que je rêve », pensa-t-elle encore. Ils auraient dû lui raconter toute la vérité à sa majorité, mais ils avaient préféré le garder dans le mensonge. Ils voulaient juste le préserver, il était et serait toujours leur bébé! Mais maintenant, il était un homme. Malgré le peu d'années qui la séparaient de son neveu, Lanisha l'avait toujours considéré comme étant beaucoup plus jeune et avait

tendance à le surprotéger, pourtant, ils étaient de la même géné-
ration. La réaction de Junior au fait qu'ils lui avaient tout caché
inquiétait Lanisha plus que le fait qu'il apprenne dans quelles
circonstances effroyables il était venu au monde.

Elle était abasourdie. Complètement renversée, bouleversée.
C'était comme si le ciel venait de lui tomber subitement sur la
tête. Elle n'avait pas besoin de cette nouvelle. Surtout pas en ce
moment. À ce point culminant de sa carrière ! Elle était sur le
point de mener la bataille judiciaire de sa vie et voilà qu'un drôle
de type sorti de nulle part se pointait dans son bureau et la désta-
bilisait au plus au point ! Elle ne tiendrait pas debout devant la
cour demain. Pas avec cette nouvelle à l'esprit.

Découragée, Lanisha ramassa mollement son cartable et
sortit d'un pas traînant de son bureau sans refermer derrière
elle. Préoccupée, elle n'entendit pas Lorraine lui demander ce qui
n'allait pas, ni Nick, son adjoint, l'interpeller. Elle descendit
comme un zombie au stationnement, repéra sa voiture et démarra
sans trop savoir ce qu'elle allait faire du reste de sa
journée. Allait-elle rappeler ce détective ou informer la famille
qu'on recherchait Junior ? Elle n'en savait rien.

Elle avait roulé un peu plus de deux heures sans destination
précise avant d'arrêter sa voiture sur l'accotement de la route
pour se demander ce qu'elle était en train de faire. Non, ce n'était
pas elle. D'habitude, elle ne fuyait pas les ennuis, elle les affrontait. Derek lui répétait souvent que sa grande force était qu'elle
n'avait pas peur des situations difficiles. Mais c'était *ses* situations à elle. Elle seule était impliquée et non toute la famille. Elle
se souvint du jour de son mariage qui n'avait jamais eu lieu, son
fiancé ayant pris la poudre d'escampette avec sa meilleure
amie. Ça, c'était un coup dur. Bravement, elle avait gardé la tête
haute et s'en était remise moyennant quelques dégâts inté-

rieurs. Elle avait perdu confiance dans la gent masculine et se consacra entièrement à sa profession, sans toutefois négliger sa famille, s'assurant ainsi de ne plus jamais souffrir à cause d'un homme.

Si elle avait survécu à ça, elle pouvait bien s'occuper de cette femme qui prétendait être la mère de Junior. Elle la rencontrerait et lui cracherait tant de bêtises au visage qu'elle ne pourra faire autrement que de reculer dans sa démarche. Oui, c'est ce qu'elle ferait. Mais avait-elle le droit d'agir ainsi sans mettre les autres au courant? Et Junior, est-ce qu'il l'approuverait?

CHAPITRE TRENTE-CINQ

Christina avait renoncé depuis quelque temps à vouloir absolument séduire Michael Brown par ses atouts physiques, mais elle n'en demeurait pas moins amoureuse. Le tout n'avait eu aucun effet sur le sujet en question et le stratagème ne lui ressemblait pas du tout. Myriam n'étant presque jamais à la maison, trop prise par ses études médicales, elle était le plus souvent seule à s'imaginer être mariée à son patron. C'en était ridicule, mais c'est à cela qu'elle était réduite.

Il lui arrivait ces jours-ci de se demander pourquoi elle se donnait tant de mal pour un homme qui ne voyait en elle qu'une simple secrétaire « efficace » comme il lui disait fréquemment pour se montrer gentil. Pourquoi était-il échu à elle, ce fléau d'aimer un homme qui n'avait aucun sentiment pour elle ? Ce que la vie pouvait nous conduire dans de drôles de chemins parfois, pensait-elle souvent. Plus jeune, elle s'imaginait vivre le grand amour avec un homme qui serait aussi passionné d'elle qu'elle de lui. C'était loin d'être le cas. Christina soupira profondément avant de répondre au téléphone qui en était rendu à sa cinquième sonnerie. « Brown Corporation, bonjour... Oui, Michael sera de retour aujourd'hui… Oui, je lui dirai que vous avez appelé… Au revoir et bonne journée. »

Eh oui, Michael reprenait le travail aujourd'hui. Sa première journée depuis son accident. Elle en était si excitée qu'elle n'avait pas dormi la veille. Pourquoi l'aimait-elle autant ? Peut-être parce qu'il représentait tout simplement son idéal masculin. Et s'il n'était qu'un fantasme ? Il était possible qu'elle ne soit pas réellement amoureuse et qu'il représentât l'utopie. Mais comment savoir ? En tout cas, ce garçon occupait en permanence ses pensées et elle le désirait follement. Pour être fixée, elle devrait au moins le fréquenter comme petite amie. Alors là, s'il n'était pas ce qu'elle voyait en lui, elle pourrait tourner la page, passer à autre chose et grandir un peu. Elle était consciente de rater plusieurs belles occasions à cause de son amour entêté et immature pour Michael. Maintes fois, elle avait eu l'occasion de vivre une histoire d'amour avec des soupirants, mais elle les avait tous refusés pour ne pas gâcher ses chances d'être avec Michael un jour. Si Michael apprenait qu'elle vivait une relation, il serait moins enclin à lui faire des avances.

Elle déprimait de se voir dans un tel état. À vingt-cinq ans, elle était toujours vierge et n'avait jamais embrassé de garçon. Ce n'était pas les occasions qui avaient manqué. Elle aurait pu baiser autant de fois qu'elle aurait voulu mais se sentait incapable de se donner à n'importe qui. Elle préférait se préserver pour l'homme de sa vie, en l'occurrence Michael Brown, qui n'avait aucune visée sur elle. Elle mourrait vieille fille !

Elle commençait à douter de son comportement. Pourquoi ne s'éclatait-elle pas autant que les autres ? Elle se prenait peut-être trop au sérieux ou se croyait peut-être meilleure que les autres filles qui s'envoyaient en l'air autant qu'elles le pouvaient. Elle avait déjà entendu dire que les hommes préféraient les filles bien dégourdies et ouvertes. Elle eut un haut-le-cœur. Dans ce cas, pensa-t-elle, je les décevrai tous. Elle était renfermée et coincée sur ce point. Au secondaire, les filles les plus hot s'étaient moquées d'elle. Elles lui reprochaient de gaspiller sa beauté et de ne pas se servir de ses atouts. À l'époque, elle ne comprenait pas où elles voulaient en venir, mais maintenant elle savait. Mais s'il fallait avoir la jambe légère, accumuler les expériences inutiles et sans lendemain pour se sentir en valeur et se déclarer femme, elle préférait encore décevoir son futur amant et avoir la jambe lourde. Et si elle se trompait? Et si les autres avaient raison?

Un peu confuse, Christina se promit de faire un effort pour se laisser aller un peu, sans toutefois lâcher la ficelle. Histoire de voir ce qu'il en était. Elle était trop coincée.

Tiens, Michael arrivait. Son cœur se mit à battre la chamade. Ce jeune homme avait sur elle un effet dévastateur. Je vais en mourir un jour, pensa-t-elle.

— Bonjour Christina, comment vas-tu?

— Bonjour, Michael, bon retour.

— Vous m'avez beaucoup manqué…

Christina pensait qu'il parlait d'elle mais se trompait.

— …Je me suis ennuyé de toute l'équipe, même des réunions. Christina, apportez-moi les dossiers les plus urgents, je crains d'avoir accumulé beaucoup de retard.

Sur ce, il continua à marcher jusqu'à son bureau où il entra et referma la porte derrière lui. Christina pensa qu'elle risquait de voir s'écouler devant elle toute sa jeunesse si elle espérait être un jour remarquée comme femme par son patron. Il était temps pour elle de se libérer de ce fardeau d'amour illusoire qu'elle s'était infligé et de penser à regarder ailleurs.

Voilà maintenant le livreur de courrier qui se pointait. Lui aussi avait disparu. Elle qui croyait et souhaitait qu'il ait été renvoyé pour manque de civisme! À sa grande surprise, il n'avait aucun chariot et semblait se diriger directement vers le bureau de

Michael. Christina se promit de découvrir ce qu'ils manigançaient ensemble, car pour elle, les deux individus en question n'avaient aucun rapport.

Fait curieux, il lui avait souri avant de frapper trois petits coups à la porte de Michael et d'entrer sans attendre. Il n'était plus nécessaire de s'adresser à la secrétaire avant d'entrer maintenant. Très curieux !

CHAPITRE TRENTE-SIX

— Ricky !

— Wow, quel accueil ! T'es si content de me voir ?

— Mais oui, pourquoi pas. D'ailleurs, je ne sais pas ce que j'ai aujourd'hui. J'ai comme une espèce de joie qui déborde de mon cœur. En fait, je crois que je suis tout simplement heureux de revenir au boulot.

— Pour quelqu'un qui n'aime pas son job, ce sont là des déclarations étonnantes.

— C'est vrai, à mes débuts ici, c'était l'enfer. Je ne sais pas comment expliquer ce revirement.

— C'est peut-être parce que tu te connais mieux aujourd'hui. Tu as réglé plein de conflits intérieurs, de plus tu as fait la paix avec ta mère qui, d'après moi, était la source de tous tes problèmes.

— Tu joues au psy, maintenant.

— Pas du tout, au contraire, j'aurais bien besoin d'en consulter un.

Michael constata que Ricardo avait dit cela d'un ton sérieux.

— Pourquoi tu voudrais voir un psy ?

— Pour régler moi aussi mes comptes avec mes démons intérieurs.

Ricky soupira.

— Tu sais, Michael, reprit-il, j'espère un jour avoir la force de te confier mes tourments. Je sais que tu t'en fais pour moi et que tu voudrais m'aider, seulement je n'ai pas encore la force de m'ouvrir. J'y arriverai un jour. Je te promets de tout te raconter.

— Prends ton temps. Je serai toujours là pour toi.

— Jamais je n'aurais pensé trouver un ami comme toi. J'suis peut-être pas né sous une si mauvaise étoile que ça.

— C'est moi qui suis chanceux de t'avoir rencontré.

Ricky s'approcha de lui et lui fit une brève accolade.

— Dis, Michael, t'as jamais remarqué que ta secrétaire en pinçait pour toi ? demanda Ricky, sautant du coq à l'âne comme à son habitude.

— Christina ? Je pense que tout le monde ici s'en est rendu compte.

— Et ?

— Et quoi ?

— Mais qu'est-ce que tu attends ?

— Qu'est-ce que j'attends ?

— Mais pour la sauter, voyons… Moi, si une fille comme ça me faisait de l'œil, je ne perdrais pas de temps.

— Les filles comme Christina sont des âmes sensibles. Elles ne sont pas à niaiser. Je ne lui fais pas d'avance parce que je ne veux pas lui donner d'espoir. Je l'apprécie beaucoup et je n'ai pas envie de gâcher son existence. Je crois qu'elle mérite d'être aimée par un homme bien.

— Mais écoute-toi parler, tu ne sembles pas avoir de mauvaises intentions envers elle. Tu es un homme bien.

— Merci du compliment.

— Je crois que tu ne l'as jamais regardée comme un homme regarde une femme parce que tu te croyais gay, dit Ricky sans aucune gêne.

Michael, mal à l'aise, ne sut quoi répondre.

— Écoute, mon vieux, tu devrais t'essayer avec elle. Ainsi tu sauras une fois pour toutes de quel côté tu es.

— J'ai déjà essayé avec une fille, dit-il pensant à Jess, et ça ne m'a pas plus emballé.

— Oui mais c'était une arriviste. Elle n'est pas comparable à Christina, d'après ce que tu m'en as dit.

Ricardo semblait décidé à le pousser vers Christina.

— On dirait qu'elle t'est tombée dans l'œil.

— Elle m'est tombée dans l'œil pour toi. Elle n'est pas mon genre.

Il revint en mémoire à Michael la photo de la ravissante jeune femme qu'il avait vue sur la table chez Ricky.

— Ton genre serait plus bronzée et pas blonde du tout.

— De quoi tu parles?

— Ne fais pas l'innocent, l'accusa Michael. Tu te souviens du jour de notre dispute?

— Quand tu m'as fait des avances?

— Oui. Ce jour-là, il y avait plein de photos sur la table de la cuisine et j'ai particulièrement remarqué celle d'une très jolie jeune femme noire aux longs cheveux lisses et épais.

L'expression de Ricardo s'assombrit. Michael se demanda ce qu'il avait bien pu dire de mal. Ricky semblait avoir perdu soudainement tout son entrain à la conversation. Son regard se perdit dans le vide et il se figea.

— Ricky, est-ce que ça va?

— Oui, dit-il comme s'il revenait de loin. Excuse-moi. Elle s'appelle... euh, je l'appelle Nini. J'ai pas envie d'en parler, Michael.

— D'accord, mais dis-moi une chose: est-ce à cause d'elle que tu détestes les femmes?

— Oh mon Dieu, non. Nini est une femme en or!

— Alors tu ne les détestes pas toutes, n'est-ce pas ? Pourquoi m'avoir dit le contraire ?

— Une autre fois, Michael, on en reparlera une autre fois.

Elle devait faire partie de sa désolation, pensa Michael. Jusqu'à ce jour, il pensait que c'était la mort de son père qui l'affligeait. À bien y penser, il savait très peu de choses sur Ricky. Sa vie était beaucoup plus complexe qu'il ne l'imaginait. Le téméraire vagabond traînait derrière lui un très lourd fardeau. Mais il lui avait promis de tout lui raconter un jour. Il attendrait.

Chapitre trente-sept

Jack était en route pour Milton. Il venait tout juste de parler avec Brian. Il lui avait expliqué que retrouver le fils de Nancy n'était qu'une question de jours. Il se trouvait présentement à Atlanta et avait retracé une de ses tantes. Il ne lui restait plus qu'à la faire parler et l'enquête serait alors bouclée. Jack ne savait pas s'il devait se réjouir ou se morfondre. Il était content pour Nancy. Elle pourrait retrouver son ardeur d'autrefois et sortir de la brume. Mais qu'adviendrait-il de lui ? Il n'aurait plus de raison de demeurer à Milton avec elle. Il ne se voyait pas quitter cette demeure. Il voulait à tout prix y vivre avec elle. N'ayant plus de fils à retrouver, il n'aurait plus d'excuse pour rester auprès d'elle. Qu'allait-il devenir ?

Avant, il supportait d'être secrètement amoureux de Nancy, mais maintenant, avec les jours qu'il avait passés auprès d'elle, il ne pouvait pas imaginer son décor sans elle. Il la désirait plus que tout au monde. Il la voulait pour lui seul. Il ressentait même une espèce de jalousie envers ce fils à venir. Il se sentait idiot, mais n'y pouvait rien. Il pensa que lorsqu'il apparaîtrait, Nancy n'aurait d'yeux que pour lui seul. Michael et lui prendraient le bord. Non, pas Michael, mais lui si. Nancy serait trop éblouie par

235

son bonheur. Elle ne se rappellerait même plus le rôle qu'il y avait joué. Peut-être lui ferait-elle des remerciements sincères pour, par la suite, l'inviter à s'en aller en lui demandant de ne plus s'en faire pour elle. Mais lui, il voulait continuer à être là pour elle.

Jack voyait venir à pas de géant le jour où sa présence ne serait plus nécessaire auprès de sa bien-aimée. Il savait que c'était absurde de souhaiter que Brian échoue dans son enquête ou d'essayer de manigancer quoi que ce soit et pourtant, l'idée avait effleuré son esprit. « Non, il n'est pas question de s'adonner à de telles machinations » pensa-t-il, tentant de retrouver son bon sens. Il était un homme aimant une femme, rien de plus normal. Pourquoi ne pas lui déclarer son amour tout simplement ? S'il l'aimait, il devait désirer son bonheur. Et ce fils faisait partie de son bonheur. Donc, il devait être heureux pour elle, même si cela jouait contre lui. Il lui vouerait un amour sain sans trace de machinations malsaines ou de jalousie mal placée.

Il gara sa voiture devant la maison. Tout en se dirigeant vers la porte d'entrée, il ne put s'empêcher de penser que d'ici peu, il ne ferait peut-être plus ce trajet. Lorsqu'il entra, il trouva Nancy avec un large sourire aux lèvres qui semblait attendre son retour avec impatience. Comme elle était belle dans son tailleur dernier cri… Il soupira discrètement avant d'afficher lui aussi un visage radieux, mais forcé. « Jack ! » cria Nancy en jetant ses bras autour de son cou.

— Qu'est-ce qui me vaut cet accueil ? questionna Jack qui se doutait déjà de la réponse.

— Oh Jack, je viens de parler avec Brian et il m'a annoncé d'excellentes nouvelles. Il est sur le point de retrouver mon fils. Il m'a dit qu'il s'appelait probablement Derek Junior et qu'il était toujours en vie. En ce moment, Brian est à Atlanta où il tente de s'entretenir avec l'une de ses tantes. Je crois que c'était l'une des petites sœurs dont Derek m'avait parlé. Je suis tellement heureuse, Jack !

Il en était sûr. Les yeux de Nancy pétillaient de joie comme ceux d'une gamine. Malheureusement, il n'arrivait pas à en manifester autant quoiqu'il l'aurait voulu.

— Jack, qu'est-ce qu'il y a ? s'inquiéta Nancy lorsqu'elle vit qu'il ne partageait pas son emballement. Tu n'as pas l'air content pour moi.

— Bien au contraire. J'en suis ravi.

— Tu ne le montres pas beaucoup, dit Nancy dont la joie venait d'être assombrie. Qu'est-ce qui ne va pas ?

Est-ce qu'il devrait lui dire ? Comprendrait-elle ? Le trouverait-elle idiot ? Jack n'avait aucune idée de ce qu'en penserait Nancy ou de ce qu'elle éprouvait pour lui. Cette femme lui était mystérieuse comme une boîte de Pandore. Elle le fascinait, mais jamais il n'arrivait vraiment à saisir ses pensées. Pendant son séjour à Milton, elle avait été très aimable avec lui, mais il ne saurait dire si ses sentiments penchaient d'un bord ou de l'autre. Elle semblait en même temps intéressée par lui et indifférente. Était-ce parce qu'il l'aidait à traverser une épreuve qu'elle s'était montrée attachée à lui ? Et pour les fois qu'elle s'était montrée indifférente, était-ce pour ne pas lui donner d'espoir ? Pour l'empêcher de penser qu'il puisse un jour exister quelque chose entre eux ? Nancy avait été une femme calculatrice et manipulatrice par le passé, était-elle toujours ainsi ? Mais il l'avait aimée comme ça. Ces derniers temps, il l'avait trouvée changée et améliorée, il l'aimait davantage. Tant pis si elle se moquait de lui, il allait lui avouer ses sentiments. Tant pis aussi s'il avait mal calculé le moment.

— Jack, répéta Nancy, qu'est-ce qui ne va pas ?

— Nancy... commença-t-il, je... Je...

— Oui, Jack.

Tout d'un coup, elle l'impressionnait comme auparavant. Il vit en elle la patronne autoritaire et exigeante qu'il avait eue. Celle face à qui il ne se sentait pas à la hauteur comme amant. Il devait ignorer ses pensées et se jeter à l'eau. Tout de suite.

— Nancy...

Cela s'annonçait difficile.

— Écoute, Jack, tu as été pour moi plus qu'un ami ces derniers temps...

Dieu du ciel, Nancy lui facilitait la tâche. Il se sentait tout d'un coup plus léger et ce qu'il s'apprêtait à confesser lui parut moins pénible.

— ...Ne t'imagine pas que je vais redevenir une patronne intransigeante lorsque tout cela sera terminé. Je veux que l'on reste amis et non plus collègues de travail. Je veux que tu saches à quel point ta présence m'a été bénéfique et...

Jack n'avait pas besoin d'en entendre plus, il avait cessé de l'écouter pour voguer sur un nuage. Connaissant Nancy, ces mots qu'elle lui disait valaient leur pesant d'or. Ce n'était pas une déclaration d'amour, mais une grande porte ouvert sur l'espoir d'être aimé d'elle un jour.

Il prit son courage à deux mains et lui avoua tout ce qu'il ressentait pour elle depuis le premier jour. Il lui dit aussi qu'il ne voulait pas la brusquer et qu'elle ne devait pas se sentir obligée de lui fournir une réponse. Il voulait continuer d'être toujours là pour elle, et il attendrait le temps qu'il faudrait.

À la fin de son discours, Nancy lui avait souri et l'avait remerciée de ne pas l'obliger à lui donner une réponse dans l'immédiat. Puis ils avaient dîné sans Michael qui devait probablement se trouver chez son ami Ricardo. Jack, pensif en rentrant, était maintenant soulagé du poids d'aimer en silence. À l'horizon, l'espoir se levait pour lui. Sa quête pour trouver l'amour allait peut-être prendre fin bientôt par un heureux dénouement.

Chapitre trente-huit

Brian était assis à une table dans un restaurant cossu d'Atlanta. Il avait rendez-vous avec nulle autre que Lanisha White. C'était elle qui l'avait contacté et il en était que plus ravi, car depuis trois jours qu'il était dans la ville, il n'avait pas perdu de temps et avait remué ciel et terre pour tenter de pallier à l'éventualité que la belle reste muette comme une carpe à propos de son neveu. N'ayant rien trouvé de concret, comme si les marques du petit s'étaient soudainement effacées sur la case de sa tante, il allait se décourager lorsque son portable avait sonné la veille.

« Détective Russell » avait-il répondu, souhaitant que ce ne soit pas Nancy Brown qui quêterait de nouvelles informations après l'excellente nouvelle qu'il lui avait annoncée.

« Ici maître White, je veux vous rencontrer ce soir à dix-neuf heures au restaurant de l'hôtel situé non loin de mon bureau » lui avait-elle ordonné. Puis elle raccrocha aussitôt sans lui laisser le temps de dire si cela lui convenait ou pas, et encore moins pour lui demander de lui donner plus de précisions sur l'endroit où ils devaient se rencontrer. Elle devait être habituée à donner des ordres et à se faire obéir sur-le-champ, avait-il pensé avant de raccrocher à son tour. Le ton et la manière de son interlocutrice ne lui avaient pas plu, mais il accepterait de s'y conformer sans rechigner.

C'était l'appel qu'il désirait plus que tout au monde et ce n'était pas la déplaisance de l'avocate ni l'imprécision du lieu qui allaient l'arrêter. Il trouverait le moyen d'être au bon endroit au bon moment. Il lui était indispensable de se rendre à ce rendez-vous non seulement parce qu'il lui donnerait l'opportunité de clôturer son enquête, mais aussi parce qu'il lui offrait l'occasion de revoir Lanisha. Elle avait beau être détestable, son cœur en pinçait pour elle. Le don Juan endurci qu'il était s'était fait prendre. Il n'avait pas cessé de penser à elle depuis qu'il l'avait rencontrée dans son cabinet. Il rêvait d'elle sans cesse jusqu'à en oublier parfois son enquête.

Lorsqu'elle lui avait dit vouloir le rencontrer, plutôt que s'entretenir avec lui au téléphone, son cœur avait fait un bond dans sa poitrine. C'était la première fois qu'une femme lui faisait un effet aussi intense. « Lanisha White, pensa-t-il, une fois l'enquête terminée, je ferai tout pour vous revoir. » Et ça, il en était certain. Tant et aussi longtemps qu'il n'aurait pas approché Lanisha en ce sens, son image ne cesserait de le hanter.

Elle était arrivée avec plus d'une demi-heure de retard, mais il l'aurait attendue plus longtemps s'il avait fallu. Elle était encore plus ravissante que la dernière fois qu'il l'avait vue. C'était la première fois qu'il perdait la tête pour une femme de couleur. Tout en elle lui plaisait, jusqu'à son caractère hostile. Mais il devait s'enlever ces pensées de la tête afin de se concentrer sur son but premier, soit la faire parler pour retrouver Derek Junior ; le reste, il s'en chargerait plus tard.

— Je veux d'abord vous remercier d'avoir... commença-t-il.

— Épargnez-moi vos salades, la coupa-t-elle bêtement.

Elle était aussi plus déplaisante que l'autre fois.

— Est-ce que vous faites exprès d'être désagréable ou c'est dans votre nature ?

— Les deux, lui répondit-elle sèchement.

— Bon, hé bien allons droit au but. Je recherche votre neveu comme vous le savez déjà et j'osais espérer que vous pourriez me dire où il se trouve.

— C'est hors de question, répondit-elle hargneusement.

— Alors pourquoi m'avoir convoqué à ce foutu rendez-vous ? osa-t-il répondre sur le même ton.

— Pour vous jeter à la figure tout le dégoût que j'éprouve pour cette femme indigne et pour vous envoyer au diable.

— Dans ce cas, dit-il en se levant, c'est moi qui vous envoie au diable, mademoiselle White. Avec votre aide ou pas, je retrouverai votre neveu. C'est mon travail.

À peine eut-il fait deux pas qu'il sentit une main le retenir. Il sourit dans son cœur, son stratagème avait marché. La belle n'aimait pas être affrontée sur son propre terrain.

— Je vous en prie, rasseyez-vous. Je crois que nous avons besoin de discuter.

« Tiens tiens, pensa-t-il en s'exécutant, elle devient même polie. Intéressant... »

— Maître White, je sais qu'il n'est pas facile pour vous d'accepter qu'une inconnue vienne remuer le passé de votre famille, mais vous n'y pouvez rien. Elle a le droit de désirer rencontrer son fils. Lui seul pourrait l'en empêcher.

— Et c'est ce qui arrivera, dit-elle, retrouvant partiellement sa brusquerie.

— Comment pouvez-vous en être sûre ?

Ils furent interrompus par le serveur venu prendre note de leur commande.

— Comment pouvez-vous être sûre qu'il ne voudra pas rencontrer sa mère ? reprit-il

242

— Parce qu'il n'a pas de mère, lâcha-t-elle avec une pointe de colère.

— Ça, c'est ce que vous avez dû lui faire gober.

— Pensez-vous qu'on avait d'autres choix ? Comment expliqueriez-vous à un enfant que sa mère l'a abandonné quelques secondes après sa naissance en pleine forêt par une glaciale nuit d'hiver ?

— Aujourd'hui, ce n'est plus un enfant. Il a le droit de savoir.

Lanisha semblait perdre ses moyens. Sa réaction soudaine déstabilisa Brian. Le terrain était glissant, il devait jouer de prudence. Elle était visiblement très affectée par ce qui était arrivé à son neveu, et à cause de Nancy, c'est lui qui avait jeté de l'alcool sur sa plaie vive. Mais ça aussi faisait partie de son travail, et Lanisha n'était pas la première à laquelle il faisait resurgir de douloureuses émotions du passé. En général, il était insensible aux tourments que pouvaient susciter ses investigations, mais dans ce cas-ci, ce n'était pas pareil. Il avait des sentiments pour le sujet.

— Croyez-moi, cria-t-elle, je ferai tout mon possible pour que Junior ne sache jamais ce qui lui est arrivé.

— Eh bien, cela vous sera difficile, pour ne pas dire impossible, dit-il en élevant la voix lui aussi.

Tous les regards s'étaient tournés vers eux. Le propriétaire du resto, une vieille connaissance de la jeune femme, vint lui demander si tout allait bien. Il regarda Brian d'un mauvais œil avant de s'éloigner après que Lanisha, s'efforçant de retrouver son calme, lui eût dit que ce n'était rien.

— Je vous en prie, maître White, ne vous emportez pas. Tâchons de voir la meilleure façon d'annoncer la nouvelle à Junior.

— Vous vous foutez pas mal de la manière dont il l'apprendra. Une fois que vous aurez touché votre cachet, vous ne vous rappellerez même pas de mon existence, dit-elle en essayant de contrôler sa colère.

— C'est faux, Lanisha.

« Je ne vous oublierai pas de sitôt, ajouta-t-il pour lui-même. »

— En plus vous êtes mal élevé. Qui vous a permis de m'appeler par mon prénom ?

— Pardonnez-moi. Vous êtes si jeune que je...

— C'est pas parce que je suis plus jeune que vous que vous pouvez me manquer de respect.

Lanisha parlait la tête baissée et jouait avec sa serviette de table. Elle la faisait tournoyer sans fin autour de ses doigts. Sa colère semblait se dissiper. Peut-être pourrait-il en profiter pour la faire parler d'elle.

— En tout cas, je vous trouve bien jeune pour avoir un neveu de vingt-neuf ans.

— Et alors ? répondit-elle sans cesser de jouer avec la serviette de table.

— J'imagine que vous étiez une enfant lorsqu'il est né.

— On ne peut rien vous cacher.

— Sans vouloir me montrer indiscret, quel âge avez-vous ? osa-t-il lui demander.

— Vous êtes indiscret.

— Bon, d'accord.

Un moment de silence passa pendant lequel Brian fut sous le charme de la jeune femme. Elle avait levé ses immenses yeux noirs vers lui, ce qui lui révéla tout son dérangement. Dans son regard, il pouvait voir qu'elle lui en voulait de remuer autant sa tranquillité d'esprit concernant l'origine de ce neveu qui lui était si cher. Il s'en voulait, mais n'y pouvait rien. C'était son travail. En revanche, ce qu'il trouvait dur, c'était de faire autant de peine à un être qu'il désirait. Il se trouvait dans une drôle de situation. Comment attirer sa sympathie alors qu'il était indirectement le principal responsable de son malheur ?

— Lanisha…

— Maître White, la rappela-t-elle à l'ordre.

— Je vous trouve ravissante.

— Faux, vous me trouvez détestable.

— Ça ne vous empêche pas d'être belle.

La conversation avait dérivé çà et là, s'éloignant complètement du véritable sujet. À la fin du repas, c'est elle qui lui rappela qu'il était là pour parler de Junior. Il en rougit jusqu'aux oreilles.

— Pourquoi veut-elle retrouver Junior ?

— Je ne sais pas. Je n'ai pas l'habitude de demander à mes clients les motifs qui les poussent à me charger d'une enquête.

— Je n'en doute pas, tant que l'on vous paye.

— Je crois que vous aussi vous faites votre travail pour de l'argent.

Elle ne répondit pas. À quoi bon. Tôt ou tard, Junior saurait qu'il était recherché et elle ne pourrait rien y faire. Maintenant, ce qu'elle craignait, c'était qu'il leur en veuille de lui avoir caché la vérité pendant toutes ces années. Quand il était enfant, c'était justifiable, mais maintenant qu'il était adulte, ils avaient eu tort de ne rien lui dire. Il était en mesure de comprendre leurs craintes et il leur aurait pardonné. Mais là, elle en doutait. Il leur en voudrait, c'était sûr. Elle appellerait le reste de la famille pour les mettre au courant. Après quoi, elle s'occuperait d'annoncer la nouvelle à Junior.

— Comment elle est ?

— Qui ? La mère de Junior ?

— Qui d'autre ?

— C'est une femme aisée.

— C'est tout ?

Brian n'avait pas l'intention de lui révéler l'identité de Nancy et préférait que la famille de Junior le découvre par elle-même. Nancy étant une femme connue sur la place publique, il ne voulait être responsable d'aucune fuite d'information, ce que craignait Nancy comme la peste. Mais il serait difficile que Junior ne sache pas qu'il était recherché avant que sa mère biologique ne le lui annonce.

— Elle est aisée et ose abandonner un enfant aussi lâchement... dit Lanisha en soupirant de dégoût.

— Elle était jeune.

— Vous semblez la connaître personnellement.

— Pas vraiment. Elle est amie avec l'un de mes meilleurs amis. Sans vouloir prendre sa défense, je crois que ce qui est arrivé a complètement bousillé son existence. Croyez-moi, Lanisha, si elle ne retrouve pas son fils, elle ne s'en remettra jamais.

— Maître White, rectifia-t-elle encore. Je ne lui pardonnerai jamais ce qu'elle a fait à Junior.

— Est-ce que je peux compter sur vous pour rencontrer Junior ?

— Si vous me donnez votre parole que vous ne tenterez rien avant que je ne vous fasse signe, je veux bien vous aider. Laissez-moi d'abord parler à la famille. Je sais que, qu'on le veuille ou non, vous aller continuer vos recherches, alors à quoi bon vous en empêcher ? Seulement, laissez-moi leur annoncer la nouvelle avant, histoire de limiter les dégâts émotionnels. Je vous téléphonerai dans les plus brefs délais.

La soirée tirait à sa fin au grand dam de Brian. Il ne voulait pas se séparer d'elle de sitôt. Lanisha allait se lever quand instinctivement, il lui effleura la main.

— Qu'est-ce que vous faites ?

— Pardon, je...

— Y a-t-il autre chose dont vous voulez m'entretenir ?

— Non, mentit-il.

Elle lui serra cordialement la main avant de s'en aller d'un pas rapide. Brian la suivit du regard. « On se reverra certainement, maître White » pensa-t-il en la regardant s'éloigner. Elle salua au passage un homme en veston-cravate avant de disparaître complètement de sa vue.

CHAPITRE TRENTE-NEUF

Voilà maintenant plus d'un an que son père était décédé, mais les cauchemars de Ricky n'avaient pas cessé de le hanter. Comment pourrait-il oublier ce jour terrible? Il se retourna maintes fois dans son lit mais en vain. Cette image qu'il voulait effacer restait incrustée dans sa tête. « Non, non, gémit-il… Non papa, nonnnnnnnn. » Son père avait expiré dans ses bras.

Ce jour-là, assis sur le perron, pendant une chaleur torride, il aiguisait à la main le vieux couteau de chasse qu'il portait en permanence sur lui pour se défendre. Il se balançait paisiblement sur une vieille chaise de bois qu'il maintenait en équilibre sur ses deux pattes arrière quand il entendit au loin des crissements de pneus qui approchaient de plus en plus de leur maison. À quelques mètres de lui, son père, bon mécanicien qu'il était, avait la tête penchée dans le capot de la voiture d'un de ses vieux amis, alors que tante Patsy, la grand-mère et les mômes étaient au frais à l'intérieur à écouter la télévision.

Tous deux levèrent instinctivement la tête pour voir ce qui s'amenait si rapidement. Deux voitures avançaient vers eux à toute allure entraînant un nuage de poussière. Tout de suite, son père avait flairé un danger, car ce dernier se mit à courir à perdre haleine dans sa direction. Saisi par l'attitude de son père, il bascula en arrière et tomba en se cognant la tête sur la porte d'entrée de la maison. Délaissant leur émission, Patsy et les petits avaient accouru pour voir ce qui avait provoqué un tel vacarme. Encore sonné par sa chute, et se relevant péniblement, il reçut un coup sur la tête qui le renvoya au sol. L'instant d'une seconde, il perdit conscience et ne sut pas ce qui se passait ni où il était jusqu'à ce qu'il entende ses petits cousins pleurer à vive voix et son père crier à plein gosier à sa sœur de rentrer à l'intérieur avec les enfants.

Avant qu'il ne pût comprendre quoi que ce soit, il vit El Loco, le chef de la bande de Latinos avec qui il avait de gros problèmes, pointer sur lui une arme de calibre 22 et son père se jeter sur lui sans ménagement. Puis une détonation à lui faire éclater les tympans avait retenti dans le ciel sans nuages sous lequel se jouait un drame. Tante Patsy et les flots hurlaient de terreur avant même qu'il ne réalise enfin ce qui venait de se passer. La bande d'El Loco prit la fuite, soulevant un nuage de poussière encore plus grand.

— Vite ma tante, vite, une ambulance, cria-t-il en se soustrayant tant bien que mal du poids de son père qui l'étouffait presque.

À son tour, il hurla et cria de toutes ses forces. « Non ! Non ! Non papa, ne me quitte pas… Ne meurs pas papa, non… »

Au loin, le bruit des sirènes se fit entendre, et autour de lui s'étaient rassemblés les siens pour pleurer de plus belle cet homme qui de toute évidence vivait ses derniers moments.

Seul Ricky avait été autorisé à monter à bord de l'ambulance pour accompagner son père à l'hôpital. L'expression des ambulanciers avait tout pour le contrarier. L'impuissance et le désespoir se lisaient sur leur visage. Son père ne s'en sortirait pas. Il cessa de crier, d'abondantes larmes coulèrent en silence sur ses joues. Il tenait fermement la main de son paternel dans les siennes et rapprocha son visage du sien. Il le vit remuer les lèvres et tenter de parler.

— Papa, tout va s'arranger, ne t'en fais pas, essaya-t-il de le réconforter tout en redoutant l'inévitable.

— Ric... Ric... ky, marmonnait difficilement son père, pro... promets... moi de ch... changer... de vie.

Il allait dire à son père de se taire pour ménager ses forces au cas où tout ne serait pas terminé, mais les ambulanciers lui firent signe de le laisser finir. Ce serait ses derniers mots, comprit-il à leur expression. Son père allait réellement le quitter, son flot de larmes se raviva.

— Ricky... pardonne-moi..., par... donne-moi.

« Papa délire, avait-il pensé, c'est à moi de lui demander pardon en ce moment. C'est à cause de moi qu'il se trouve dans cet état. »

Son père, dont l'agonie était pénible, mit beaucoup de temps avant de pouvoir lui révéler enfin ce qu'il était loin, vraiment très loin de soupçonner. Stupéfait, il préféra se montrer incrédule face à ces révélations pour ne laisser aucune pensée négative interférer entre lui et les derniers moments de sa vie. Puis son père avait rendu l'âme dans ses bras. À nouveau, les cris de Ricky s'élevèrent dans l'ambulance. Touchés par la scène, les ambulanciers, essuyant leurs larmes, ne tentèrent rien pour le calmer, le laissant ainsi vivre sa douleur sans contraintes. Troublés par la mort de cet homme en apparence si fort, ils réalisèrent, une fois de plus au cours de leur carrière, combien la vie humaine ne tenait qu'à un fil.

À l'hôpital, le décès de son père fut confirmé par les médecins et sans attendre, les policiers l'avaient amené au poste pour qu'il leur donne des explications sur la présence d'El Loco à leur domicile. Il ne leur avait rien caché. Il leur avoua qu'entre El

Loco et lui, les choses s'étaient dégradées à cause d'une histoire de trafic de drogue qui avait mal tourné. El Loco, le tenant pour responsable, l'avait menacé de mort s'il ne lui remboursait pas le montant de sa marchandise et lui, il l'avait envoyé paître. Les policiers l'avaient gardé en détention plusieurs jours pour tenter de faire la lumière sur l'affaire, avant de le relâcher, faute de preuves pour le mettre en accusation.

El Loco avait été arrêté deux semaines plus tard. L'arme du crime se trouvait toujours en sa possession. Il fut accusé de meurtre au second degré et condamné à purger une peine d'emprisonnement à vie sans possibilité de libération conditionnelle avant vingt-cinq ans. Sa peine avait été sévère car il n'en était pas à son premier crime de ce genre.

Cette condamnation n'atténua en rien la peine de Ricky, car il se considérait encore plus criminel qu'El Loco. À cause de la mauvaise vie qu'il menait, son père avait payé innocemment de la sienne. C'était lui l'unique responsable de sa mort. Sa famille l'ayant compris comme lui, elle lui tourna le dos. Tante Patsy et ses petits cousins l'avaient traité de tous les noms, l'accusant de les jeter dans la misère car c'était son père qui les faisait vivre tous. Ne pouvant plus supporter leurs reproches et n'ayant plus rien à faire en Californie parce qu'il avait promis à son père de changer de vie, il n'avait eu d'autre choix que de s'exiler le plus loin possible.

Le jour de l'enterrement de son père, il avait regardé les siens une dernière fois avant de s'en aller. Aucun d'eux ne tenta de le retenir, pas même Nini. Il y a quelques mois, il était retourné vers eux, mais leur douleur étant encore vive, il dut se contenter d'aller pleurer sur la tombe de son père jusqu'à ce qu'il ne lui restât plus de larmes, au lieu de tenter de se réconcilier avec eux. Il revint dans le Massachusetts bredouille.

CHAPITRE QUARANTE

Brian Russell avait mené bon nombre d'enquêtes sur des cas semblables à celui de Nancy au cours de sa carrière, mais jamais, au grand jamais, il n'avait été aussi renversé. Il était parvenu à un fait insolite qui dépassait toute imagination! Même après avoir tout vérifié plus d'une fois, il se demandait encore s'il n'y avait pas une erreur quelque part dans son investigation. S'était-il trompé? Il avait beau chercher une faille, il n'en trouvait pas. À chaque fois qu'il y pensait, il n'en revenait pas. Il s'était même demandé si on ne lui avait pas confié cette enquête dans le but de se moquer de lui.

Pendant ses derniers jours à Atlanta, Lanisha White s'était montrée plus qu'aimable à son égard. Elle lui avait tout dit du passé de son neveu Junior, lui avait révélé son véritable nom, et raconté comment et pourquoi la famille avait émigré au sud. Elle lui parla en détail de son frère Derek et de tout ce qu'il avait fait pour elle. Elle lui avait aussi parlé de la vie houleuse qu'avait mené son neveu avant de fuir loin de sa famille. Elle savait par sa sœur Patricia que Junior était allé vivre non loin de la ville qu'ils avaient fuie plusieurs années auparavant pour le protéger des commérages du voisinage. Elle s'était inquiétée du fait qu'il retourne vivre en ce lieu qu'on avait mis tant d'efforts à l'en éloigner mais avait été rassurée par sa sœur qui, elle, était certaine que ce n'était qu'un pur hasard.

Elle lui raconta encore comment son neveu et elle étaient proches l'un de l'autre jusqu'à ce qu'un incident sans précédent les eût contraints à l'éloignement. Elle souffrait beaucoup des liens interrompus entre eux et espérait un jour les raccorder, mais pour le moment, elle ne se sentait pas prête. Elle était persuadée que Junior était l'auteur des appels anonymes qu'elle recevait depuis plusieurs mois.

Cette femme qu'il trouvait austère de prime abord s'était transformée sous ses yeux en une personne vulnérable et sensible. Elle devait cacher encore d'autres secrets de sa vie, avait-il pensé. Il aurait aimé les découvrir, mais malheureusement, Lanisha ne le lui permit pas. Elle avait refusé toutes ses avances et lui avait fait clairement comprendre qu'il était inutile d'espérer une histoire quelconque entre eux. Il lui avait quand même demandé de lui faire signe si jamais un jour elle devait changer d'idée en lui laissant son numéro de portable.

Avant qu'ils ne se quittent définitivement, elle lui avait promis que sa famille et elle avaient décidé de ne rien dire à Junior au sujet de cette investigation avant que Nancy ne l'ait contacté elle-même. Il en avait été ravi, car c'était là un des points auquel tenait sa cliente qu'il lui aurait été difficile de respecter sans l'aide de Lanisha. Puis ils s'étaient cordialement serré la main avant de se quitter.

Dans l'instant suivant, il avait pris le premier vol pour Los Angeles pour y rencontrer Patricia White, sœur de Lanisha et autre tante de Junior. C'est elle qui avait le plus de détails sur l'endroit exact où vivait son neveu.

À son arrivée, Patricia le reçut avec beaucoup plus d'amabilité que l'avait fait Lanisha. Elle était aussi belle que sa sœur cadette, mais beaucoup plus marquée par la vie. Elle le présenta aux autres membres de la famille, notamment à sa mère et à ses enfants, et lui raconta tout ce qu'elle savait sur la vie que menait son neveu. Il était venu leur rendre visite, voilà plusieurs semaines, et leur avait laissé son adresse. Elle lui montra bon nombre de photographies de Derek et de son fils. C'était un très bel homme costaud dont le charme transcendait celui de son fils. Ils se ressemblaient, mais avaient une différence de teinte fort prononcée. En fait, il était bien différent du reste de la famille. Brian avait l'impression qu'il était un Blanc au sein d'une famille noire. Patricia lui avait expliqué que c'était parce que son frère était né d'un père européen, que sa mère était un mélange d'Afro-Américain et d'Irlandais, et que la mère de son neveu était blanche. Lanisha et elle avaient un père différent de Derek, leur père était afro-américain. Ils n'avaient pas le même nom de famille. Il avait eu raison de douter dès le départ de l'appartenance raciale de Derek.

Elle lui raconta qu'elle était présentement enceinte et attendait un garçon qu'elle nommerait Derek à la mémoire de son frère décédé subitement. La perte de ce dernier était une catastrophe pour elle parce que c'était lui qui les faisait vivre. Sa mère avait besoin de soins spécialisés qu'elle n'était pas en mesure de lui assurer, mais Lanisha avait promis de s'en charger bientôt. Quant à ses enfants, qui fréquentaient du vivant de son frère l'école privée, ils étaient à présent inscrits au public. Leur qualité de vie avait diminué et la mort de Derek leur faisait encore très mal. Les enfants en faisaient encore des cauchemars.

À la fin de la rencontre, Brian la remercia chaleureusement. Il prit le même jour un vol de retour pour Boston afin de continuer ses recherches. Mais il savait déjà que son enquête était terminée. Il ne lui restait qu'à repérer l'adresse dudit sujet.

Très facilement, il le retraça à Somerville. Un jour qu'il faisait le guet devant chez lui, il décida de le suivre. C'est ce jour-là qu'il fut estomaqué comme jamais auparavant. Il vit ce dernier rentrer dans l'imposant building de la Brown's Co pour en ressortir huit heures plus tard. Soupçonnant qu'il y travaillait, il décida de le vérifier. Incroyable, mais vrai ! Le fils que recherchait Nancy travaillait pour sa compagnie ! Il prit en hâte, à l'aide de son appareil photo qu'il portait toujours sur lui, quelques photographies du jeune homme qu'il avait l'intention de montrer à Nancy pour lui demander si elle ne l'avait pas déjà aperçu.

CHAPITRE QUARANTE ET UN

En route vers Milton, Brian était tout fébrile. Il avait téléphoné à Nancy pour lui annoncer que son enquête était terminée et qu'il l'informerait des résultats aujourd'hui même. Elle avait insisté pour en savoir davantage, mais il avait jugé qu'un tel revirement ne devait se dire qu'en personne. « Est-ce que Jack sera là ? », lui avait-il demandé pour s'assurer qu'elle aurait une épaule sur laquelle s'appuyer lorsqu'elle découvrirait l'insolite vérité.

— Oui, Brian, Jack sera là. Pour l'amour du ciel, dites-moi ce qu'il en est ? le supplia-t-elle à nouveau.

— Madame Brown, croyez-moi, il vaut mieux que je vous parle en personne.

— Ce n'est rien de grave, n'est-ce pas ? s'était-elle inquiétée.

— Ne vous en faites pas. Je vous donnerai tous les détails à mon arrivée.

— Dans ce cas; faites vite. J'ai l'impression que mon cœur va sortir de ma poitrine.

— À tout de suite.

— Je vous attends.

Avant de sonner à la porte, il douta encore de ce qu'il avait découvert. C'est Jack qui lui ouvrit. Il affichait un air grave. Il lui

256

expliqua que Nancy était toute retournée de savoir qu'elle allait apprendre enfin ce qu'il était advenu de son fils, et qu'il avait beaucoup de mal à la calmer. Ses dires furent confirmés lorsqu'il vit apparaître Nancy, la nervosité à fleur de peau.

— Entrez, détective Russell, dit-elle tentant de se maîtriser.

Elle le conduisit vers le salon où du thé et des biscuits les attendaient.

— Nancy, commença-t-il, j'ai de très bonnes nouvelles pour vous, dit Brian.

— Je vous écoute, répondit-elle. Elle était si nerveuse qu'elle avait l'impression que ses jambes ne la soutiendraient pas long-temps.

— Et si on s'asseyait tous avant de commencer, proposa Jack, voyant l'état agité de Nancy.

Une fois assis, Jack versa du thé pour chacun et insista pour qu'ils puissent boire au moins une gorgée.

— Je crois que nous sommes tous un peu trop excités, tâchons de nous calmer un peu.

— Avez-vous retrouvé mon fils? demanda Nancy.

— J'ai retrouvé votre fils, madame Brown.

— Oh mon Dieu! s'écria Nancy en éclatant en sanglot.

Jack s'empressa de la prendre dans ses bras. Il était très content pour elle. N'eut été la présence de Brian, il aurait, lui aussi, laissé coulé librement ses larmes. Nancy sanglotait sans fin et ne cessait de remercier Dieu entre deux pleurs.

Après qu'elle eut retrouvé ses esprits, Brian entreprit de leur raconter sa démarche en détail. Il leur parla de ses recherches à Randolph qui l'avait conduit à Atlanta où il rencontra Lanisha White, avocate réputée et tante de l'enfant recherché, qui l'envoya en Californie rencontrer les autres membres de la famille. Il leur raconta le destin tragique de Derek sans mentionner que le fils de Nancy y était pour quelque chose.

Jack et Nancy étaient suspendus à ses lèvres et l'écoutaient religieusement. Nancy était désolée de la mort de Derek, mais sans plus. C'est son fils qui l'intéressait.

— J'ai retracé votre fils sans trop de difficultés. J'avais son adresse et...

Brian marqua une pause qui inquiéta Nancy. Le récit du détective faisait battre son cœur de plus en plus fort. Plus il approchait de la fin, plus le rythme de son cœur accélérait. Elle allait enfin pouvoir se libérer de son lourd fardeau. Mais voilà qu'il se taisait.

— Et quoi? le brusqua Nancy.

— Et...

— Brian, je t'en prie, ne nous fais pas languir plus qu'il ne le faut, intervint Jack.

— J'ai encore peine à le croire, dit le détective après un soupir profond. Nancy, avez-vous jamais pensé que votre fils pourrait être plus proche que vous ne le pensez?

— Où voulez-vous en venir?

— En Californie, j'ai appris par sa famille que votre fils était revenu vivre au Massachusetts. Plus encore, à Boston.

— Mon Dieu! s'exclama Nancy.

— Attendez de savoir la suite...

— Mon Dieu, répéta Nancy, affolée.

— Nancy, votre fils... Votre fils travaille pour la Brown's Co.

Stupéfaits, Jack et Nancy en restèrent bouche bée. Ce n'était pas possible. Il devait y avoir une explication. Des soubresauts s'emparèrent du corps de Nancy tout entier. Apprendre que ce fils qu'elle recherchait travaillait pour sa compagnie n'était pas plausible. Jack s'empressa de l'entourer de ses bras.

— Non, dit Nancy... Comment est-ce possible. Est-ce que... Est-ce que sa famille vous a dit qu'il était au courant de son histoire?

— Non, il n'était pas au courant. Ils lui ont toujours caché la vérité.

— Dans ce cas, pourquoi est-il revenu au Massachusetts? Et s'il avait tout découvert? Et s'il me recherchait pour se venger? Et s'il...

— Je ne crois pas, l'interrompit Brian pour tenter de la calmer. D'après ce que m'a dit sa tante Patricia, c'est un pur hasard s'il est revenu vivre dans la région. Eux-mêmes avaient été fort surpris d'apprendre qu'il était revenu vivre ici, mais après l'avoir interrogé sur les motifs qui l'avait poussé à se rendre aussi loin, il leur avait répondu que c'était pour prendre un nouveau départ dans la vie. Son père Derek avait toujours veillé personnellement à ce qu'il ne sache jamais dans quelles circonstances il était né. Ils m'ont juré qu'il ne savait rien. Et ils m'ont même promis de ne rien lui dire avant que vous ne le contactiez.

— Incroyable! dit Jack, toujours sous l'effet de surprise de la nouvelle.

— Depuis quand travaille-t-il à la Brown's Co? demanda Nancy dont des larmes coulaient silencieusement sur les joues.

— Depuis environ un an.

— Donc, il ne sait pas, présuma Jack. Dans le cas contraire, il aurait tenté quelque chose avec toi, Nancy.

Nancy soupira, puis se leva pour aller à la fenêtre. Au-dehors, une fine pluie tombait. On était au début du printemps et quelques plants de fleurs perçaient déjà.

— Comment s'appelle-t-il, détective Russell? demanda Nancy en se retournant vers lui et Jack.

— Il s'appelle Derek Ricardo Giannini Junior.

Le nom ne disait rien à Nancy. Elle ne se rappela pas avoir eu affaire à un employé prénommé ainsi. Mais il l'intriguait. Une telle dénomination supposait une nationalité italienne. Or le père de son fils était un Afro-Américain. Et si le détective s'était trompé?

— Vous êtes sûr ?

— J'ai eu la même réaction que vous, dit Brian en sortant la grosse enveloppe jaune qui contenait les quelques photographies qu'il avait prises.

Il lui expliqua avant de lui montrer les photos que son fils n'avait pas l'allure qu'elle lui prêtait. Car, pensa-t-il, s'il ne lui donne pas de détails, elle pourrait bien penser qu'il s'était complètement égaré dans son enquête.

— Votre fils est aussi blanc que vous, madame Brown...

Voyant que Nancy allait l'interrompre, il lui fit signe de le laisser terminer. Il lui expliqua en détail les origines raciales de Derek que Nancy tenait pour un Black, lui parla de sa moitié de sang italien et du quart de sang irlandais qui coulait dans ses veines.

— ... Et Derek Junior étant né d'une femme blanche, ses traits afro-américains sont difficiles à cerner, voire inexistants. Votre fils est donc blanc en apparence, conclut Brian tendant les photographies à Jack.

Jack sortit rapidement les clichés de l'enveloppe.

— Mon Dieu ! s'exclama-t-il. Oh mon Dieu !

— Qu'est-ce qu'il y a, dit Nancy, que la réaction de Jack avait inquiétée.

— Nancy, je...

Nancy s'approcha et lui ôta les clichés des mains d'un mouvement brusque et rapide pour les regarder à son tour. À peine eut-elle posé son regard sur les photos qu'elle perdit connaissance.

CHAPITRE QUARANTE-DEUX

En pénétrant dans la maison, Michael entendit des voix d'hommes qui semblaient provenir de la salle de séjour. Il s'y dirigea et vit sa mère étendue sur le canapé, tandis que Jack et le détective étaient agenouillés à ses côtés.

Il accourut auprès d'elle et s'agenouilla à son tour.

— Qu'est-ce qui se passe ? demanda-t-il, fort inquiet, aux deux hommes qui le dévisageaient singulièrement.

— Vite, Jack, appelez le docteur.

— Maman, maman, réponds-moi, dit-il, anxieux, en la secouant légèrement par les épaules.

Nancy semblait inerte. Il sentit une bouffée de chaleur le gagner. Jack était parti téléphoner au médecin et le détective, au lieu de se rendre utile, restait figé comme un automate à côté de lui et ne cessait de le dévisager pendant que lui se torturait l'esprit, se demandant ce qu'il pourrait bien faire. Il caressait les joues et les cheveux de sa mère sans cesser de l'appeler par son nom, en espérant que cela puisse aider à quelque chose. Sentant des larmes couler sur son visage, il interrogea le détective Russell des yeux. Bon sang, qu'est-ce qui prenait à ce type de continuer à le regarder ainsi alors que sa mère était immobile et en détresse ?

— Allez-vous enfin me dire ce qui se passe ? lui demanda-t-il sur un ton sévère.

— Michael, calmez-vous. Votre mère s'est juste évanouie.

— Qu'est-ce que vous lui avez raconté ? cria-t-il.

— Je vous en prie, Michael, ressaisissez-vous ! Tenez, regardez, elle remue les lèvres », lui répondit le détective pour tenter de le calmer. « Et si on la transportait dans son lit en attendant le médecin ? »

Michael lui lança un regard noir avant de se plier à ses recommandations. Sans aucun doute, pour lui, c'était le détective qui avait plongé sa mère dans un tel état.

Ensemble, ils montèrent Nancy dans sa chambre et la couchèrent. Doucement, Michael la recouvrit et s'assit à son chevet, au coin de son lit. Il était au bord de la panique, malade de ne pouvoir rien faire.

— Détective Russell, allez-vous enfin vous décider à me dire ce qui ne va pas avec maman ? Que lui avez-vous donc fait ?

Brian n'avait rien compris de l'évanouissement de Nancy, si ce n'était qu'un débordement de joie trop grande lui avait fait perdre connaissance. Ce n'est que quand Jack lui avait expliqué que l'individu qui figurait sur les clichés était le meilleur ami de Michael qu'il réalisa le choc émotionnel qu'avait dû subir Nancy. En trente ans de carrière, jamais une telle chose, aussi extraordinaire, ne lui était arrivé.

Il constata que Michael le tenait pour responsable de l'état de sa mère. L'inquiétude dans le regard de celui-ci était si apparente qu'il avait l'impression qu'il pouvait la palper, mais comment lui faire le récit de ses découvertes sans le troubler davantage ? Les pas de Jack se firent entendre dans l'escalier. Brian soupira de soulagement. Jack, se dit-il, était mieux placé que lui pour lui annoncer la nouvelle.

— Michael, dit Jack sur le pas de la porte, le médecin dit qu'il ne croit pas que ce soit grave. Il nous conseille de l'étendre et de la laisser se reposer. Il va arriver bientôt.

Michael tenait fermement la main de sa mère dans la sienne et ne semblait pas convaincu.

— Regarde, Michael, ta mère respire sans difficulté. Descendons au rez-de-chaussée. Brian et moi te raconterons en détail ce qui a mis ta mère dans un tel état.

Il obtempéra et les suivit. Une fois en bas, Jack le pria de s'asseoir et demanda à Brian de lui tendre l'enveloppe.

— Michael, débuta-t-il, je crois que tu étais parfaitement au courant que ta mère recherchait un enfant, un fils, donc ton frère, qu'elle avait abandonné il y a de cela presque trente ans.

Michael acquiesça.

— Je crois aussi, continua Jack, qu'en voyant Brian ici tu as compris qu'il était venu apporter les résultats de son enquête à ta mère.

Il marqua une pause pour s'assurer que Michael le suivait dans son discours.

– Eh bien, reprit-il, sache que Brian a retrouvé ton frère et qu'il est toujours vivant. Tu comprendras la réaction de ta mère lorsque tu verras ce qu'il y a dans cette enveloppe.

Jack tendit l'enveloppe à Michael qui se leva pour la lui prendre des mains. Sans hésiter, il l'ouvrit et retomba aussitôt sur le divan. Pas un son ne sortit de sa bouche. Il regarda tour à tour Jack et Brian. Sa respiration devint haletante et l'incompréhension totale se lisait dans ses yeux. De ses deux mains, il soutint sa tête pour ensuite se frotter les yeux avant de regarder à nouveau les photos. Il avait bien vu, mais comment était-ce possible? se demandait-il.

Jack, craignant qu'il ne s'effondre à son tour, comme Nancy, tenta de le réconforter. Il lui frotta le dos de la main, mais en

263

vain. Michael se leva d'un bond, grimpa quatre à quatre les marches de l'escalier pour s'enfuir dans sa chambre. Jack et Brian se regardèrent. Michael ne savait rien. Il ignorait qui était en réalité Derek Ricardo Giannini.

Une fois dans sa chambre, Michael pleura tout son soûl. Il était à la fois stupéfait, incrédule et troublé. Il ne savait que penser. C'était comme si un court-circuit avait lieu dans son cerveau. Comment était-ce possible ? Ricky et lui étaient ficelés par les liens du sang ! « Mon Dieu, pensa-t-il, pendant tout ce temps, je me trouvais en compagnie de mon frère sans le savoir ! »

Cela le rendit malade quand il songea qu'il avait été attiré physiquement par Ricky. Il courut à sa salle de bain pour vomir. Dire qu'il croyait en être amoureux ! Dès le début, il avait manifesté une attirance profonde pour lui, confus dans son orientation sexuelle, il avait pensé l'aimer comme amant. Maintenant, il réalisait que son attraction n'était autre que viscérale, rien à voir avec le sexe. Maintenant, il comprenait son désir ardent de l'avoir près de lui. Sans le savoir, son instinct avait été attaché dès le départ à ce garçon mystérieux qui était son frère depuis toujours. Il ne voyait pas d'autre explication possible à l'attirance qu'il ressentait pour Ricky. Seulement, il se sentait stupide et gêné de l'avoir désiré. Ce qu'on pouvait être porté à donner dans l'absurdité quand on ne réfléchissait pas en profondeur à ce qui nous pousse à avoir telle réaction plutôt qu'une autre...

S'il avait mieux réfléchi sur ses sentiments à l'égard de Ricky, il ne lui aurait pas aussi bêtement fait de déclaration mal placée. Certes, il n'aurait pas pu deviner que le type en face de lui était son frère, mais il aurait évité une situation aussi embarrassante. Il avait honte de lui, honte de l'ambiguïté qui était sienne dans différents aspects de sa vie. Il avait honte en pensant à Ricky quand il saurait la vérité lui aussi. Comment allait-il pouvoir se regarder dans un miroir ?

Comment aurait-il pu savoir ? De plus, sa mère ne l'avait jamais informé auparavant qu'elle avait un autre fils quelque part dans la nature. Michael avait beau invoquer son ignorance, il n'arrivait pas à se pardonner une telle bévue. À cela se mélangeait toute la confusion qui régnait en lui du fait que Ricky était son frère et qu'ils l'ignoraient tous. Pauvre maman, pensa Michael, affalé sur le plancher de sa chambre. Il comprenait sa réaction. Son autre fils amenait chez elle son autre enfant pour qui elle ne cessait de se ronger l'âme depuis des années. « Pauvre maman », répétait-il à voix haute. Au moins pourrait-elle se consoler en sachant que ses deux fils, séparés depuis des années, étaient devenus les meilleurs amis du monde.

Chapitre quarante-trois

Aujourd'hui, avec le recul et les révélations que son père lui avait faites avant de mourir, Ricky s'expliquait bien des aspects de son tempérament. Notamment la raison pour laquelle il avait toujours été un fauteur de troubles, allant jusqu'à briser l'harmonie autour de lui. Il savait maintenant pourquoi il était habité en permanence par la frustration. Rien à voir avec l'amour et l'éducation que lui avaient prodigués son père et le reste de la famille.

D'aussi loin qu'il se souvienne, il avait toujours été différent des autres membres de sa famille. Et ce sur tous les points. Eux acceptaient sa différence, mais lui, difficilement. Pour les siens, il était tel qu'il était, point final. Mais lui, en revanche, avait toujours eu du mal à l'accepter. Lorsqu'il parvenait à l'oublier, ses camarades de classe le lui rappelaient avec grand bruit. Déjà dans sa petite enfance, il devait se servir de ses poings pour faire taire leurs moqueries, ce qui lui occasionnait beaucoup de problèmes. À l'école, il était considéré comme turbulent et incorrigible par les professeurs parce qu'il se battait souvent. Ils ne s'expliquaient pas, disaient-ils à son père, son comportement violent. Il était souvent renvoyé à la maison ou suspendu pour de longues périodes. Bizarrement, son père ne le réprimandait presque jamais. Il se contentait de lui dire de ne pas trop s'en faire et qu'un jour, tout rentrerait dans l'ordre. Il ne l'avait jamais compris lorsqu'il parlait en ces termes. Ce qui aurait dû l'alarmer sur le fait qu'il lui cachait quelque chose. Mais la cloche ne se fit pas entendre. Aujourd'hui il comprenait. Certainement, son père avait dû vivre quelque chose de semblable quand il était jeune.

Il n'acceptait pas sa différence. Pourquoi avait-il une allure distincte des siens? Pourquoi n'était-il pas au moins comme son père ou comme sa grand-mère? Déjà tout petit, ces questions le rongeaient. Un jour, il avait tenté d'en parler avec son père, mais ce dernier l'avait repris en lui disant que cela n'avait pas d'importance. Cette différence faisait qu'il ne savait pas où se positionner ni à quoi s'identifier. Il portait un nom qui n'avait rien à voir avec ses origines, et en plus, il était affublé d'une apparence qui ne reflétait pas son appartenance culturelle. Partout où il allait, accompagné des siens ou seul, il se faisait remarquer et étiqueter comme étant celui qui se trouvait dans le mauvais décor.

Au secondaire, il avait un mal fou à se faire des amis. Il ne se sentait à l'aise avec personne. Avec les Blancs, les Asiatiques et les Latinos, il n'était pas à sa place. Avec les Noirs, la blancheur de sa peau ne cadrait pas.

Son comportement ne s'améliorant guère avec le temps, très vite il se mit à fréquenter des personnes peu recommandables, sombrant dans la petite délinquance à l'adolescence pour finir dans la criminalité à l'âge adulte, et causer ce tort irréparable aux siens : le décès de son père.

Dès sa conception, sa mère s'était montrée insouciante vis-à-vis lui, s'adonnant à tout ce qui était interdit aux femmes enceintes : alcool, drogue et prostitution, allant même jusqu'à se faire battre à cause de son insouciance pour une dette de stupéfiants non payée. Mais on avait pris le soin de rosir l'histoire. On lui raconta qu'elle ne savait pas qu'elle était enceinte et que lors-qu'elle le sut, il était déjà trop tard pour tenter quoi que ce soit. Elle était déjà une prostituée à l'époque et avait déjà de gros problèmes de consommation, rien à voir avec lui. On lui dit aussi que lorsqu'elle le mit au monde, elle tenta de s'en sortir avec acharnement jusqu'à ce que son ancienne vie la rattrape et que ce type fou l'abatte froidement en pleine rue. C'était une ancienne copine d'enfance de son père et celui-ci la fréquentait dans le but d'essayer de l'aider à s'en sortir. « Junior, tu es un miracle de la vie, lui disait souvent tante Patsy, ce qui fait de toi un être spécial. » Il avait toujours cru à cette version jusqu'à ce que parvenu à l'âge de raison, il trouve étrange le fait de n'avoir aucune photo d'elle. Il lui en voulait secrètement. Il avait gardé cette haine pour lui seul, se gardant de la partager avec Nini, sa confidente depuis toujours. Il se sentait vil et maudit plutôt que béni et miraculé comme le disait tante Patsy.

Il avait déjà pensé que son père et tante Patsy avaient une mauvaise dent contre sa mère, et avait tout inventé pour la discré-diter à ses yeux. Qu'ils disaient cela pour se venger d'elle. Et qu'au lieu de le rejeter, elle avait voulu de lui, mais qu'elle n'avait pas eu la possibilité de le garder. Qu'elle avait cherché à le revoir. Il avait chassé ses doutes car jamais elle ne donna signe de vie. Quel genre de femme était-elle donc ? Il était arrivé à la conclusion que son père n'aurait pas pu inventer une histoire aussi sordide et qu'il était trop bon pour s'adonner à de telles machinations. S'il y avait une faille, c'était bien d'elle qu'elle devait provenir.

Lorsqu'il avait entendu de la bouche de son père, alors à l'agonie, la pure vérité, il en fut tellement secoué qu'il se demanda s'il ne préférait pas l'autre version. Celle qui avait été dorée pour l'empêcher de souffrir. Il avait des doutes, certes, mais tout cela restait du domaine de son imagination. Maintenant que ses doutes s'étaient concrétisés, il en souffrait atrocement. Et son moral en prenait un coup. Pas un jour ne passait sans qu'il y pense. C'est pour ça qu'il avait souvent l'air perdu et qu'une ombre de tristesse planait en permanence sur son visage. Michael voulait savoir pourquoi il était comme ça. Mais comment lui expliquer une telle horreur ? Comment lui expliquer qu'il avait tué son père et qu'il n'avait pas été désiré ?

Toutes ces pensées le conduisirent dans un interminable couloir de noirceur. Ricky pleura abondamment sur son lit, recouvrant sa tête de son oreiller pour étouffer ses cris. Pendant un moment, il pensa appeler Michael, mais il se dit que ce dernier ne pourrait rien pour lui.

À l'aube, il quitta son lit, se sentant prêt à affronter ce qu'il avait toujours redouté. Il avait repoussé ce moment au maximum. Il se rappela que son père avait prononcé difficilement le nom d'une ville dont il ignorait l'existence et qu'il vivait aujourd'hui à moins de quinze minutes. Lorsqu'il s'était mis à parler d'une forêt, il crut vraiment que les souffrances des blessures par balles de son père le rendaient dingue et lui faisaient dire n'importe quoi. Le tout devint plus cohérent lorsque dans un effort ultime, il parvint à mentionner le mot « naissance » juste avant de rendre l'âme. Un des ambulanciers, ayant déjà habité une ville du nom qu'avait prononcé son père, lui indiqua dans quel État elle se trouvait d'après lui, avant de repartir tenter de sauver d'autres vies.

Non, ce n'était pas un hasard s'il avait débarqué dans ce foutu trou polaire ! Pas plus tard qu'avant-hier, Marissa lui avait dit qu'il se trouvait bel et bien dans la région un endroit tel que celui mentionné et qu'il lui arrivait de s'y promener. Elle lui avait demandé la raison de sa question et il l'avait ignorée, feignant de rentrer dans son mutisme habituel. Son père n'avait pas déliré. Il allait s'y rendre, et à l'instant même. Il avait toujours cru qu'il était Californien de naissance, mais en réalité, il était né un peu plus au nord, à l'autre extrémité du pays. Tout ce qu'il avait cru savoir de lui n'était que mensonge et illusion. Il n'en voulait pas aux siens de l'avoir enjôlé, ils voulaient juste le protéger des souffrances dont il était aujourd'hui la proie. Il n'avait fait état à personne des déclarations de son père avant sa mort. Il avait tout gardé pour lui. Il lui restait maintenant à fouiller son passé, lointain et quasi inexistant pour lui, pour connaître à fond son histoire.

CHAPITRE QUARANTE-QUATRE

Ricky s'apprêtait à partir pour le boulot lorsque le téléphone sonna. Ce n'était pas le moment pour lui de parler au téléphone. Il était presque en retard et n'avait pas envie de subir les réprimandes de Mike qui ne le lâchait pas d'une semelle depuis qu'il était parti en Californie sans l'en aviser. Qui cela pouvait bien être, pensa-t-il. Sûrement pas Michael, car ils se verraient dans les minutes à venir. Qui pouvait donc tenir à lui parler à cette heure du matin ? Parce qu'une petite voix en lui insista pour qu'il décroche, il alla répondre non sans pester contre cette personne.

— Allô, dit-il sur un ton pressé.

— Junior, c'est Nini.

Ricky se laissa tomber sur le divan, près du combiné, ses jambes ayant ramolli en entendant sa voix. « C'est Nini » répéta-t-il pour lui-même comme s'il fût impossible que ce soit vraiment elle.

— Nini, c'est bien toi, répondit-il, sachant très bien que c'était vraiment elle.

Il entendit un sanglot à l'autre bout du fil, ce qui provoqua instantanément un engorgement de larmes à ses yeux. Il pleura lui aussi. Nini, sa chère confidente, sa meilleure amie et sa tante aimée lui adressait finalement la parole après presque une année de silence.

— Je suis très content de t'entendre, dit-il au bout d'un moment de sanglots.

— Je n'ai jamais cessé de penser à toi, lui dit sa tante d'une voix étouffée.

— Et moi alors. Je n'en dormais presque pas.

— C'est toi qui m'appelais sans parler pour raccrocher dès que je répondais? demanda-t-elle sachant bien que c'était lui.

— Oui. Je voulais entendre ta voix.

— C'est Patsy qui m'a donné ton numéro. Elle m'a dit que tu vivais au Massachusetts.

— Oui. J'ai déménagé parce qu'il m'était trop difficile de vivre en Californie. J'ai promis à papa de changer juste avant qu'il ne meure. C'est pour ça que je suis parti aussi loin. Est-ce que tu m'en veux toujours pour sa mort?

— Arrête avec ça, tu veux? Je n'avais pas à t'en vouloir, tu sais. Je te fais mes excuses d'avoir réagi aussi bêtement. Patsy m'a tout raconté. Elle m'a dit que c'est Derek qui a voulu mourir pour toi. Elle m'a raconté comment elle l'avait vu courir se jeter sur toi pour te protéger. Tu n'as jamais été responsable de son décès.

— Mais c'est tout de même de ma faute. Si je n'avais pas été un si mauvais fils…

— Stop, stop, Junior, Derek était très fier de toi.

— Comment peux-tu le savoir?

— Il me le disait souvent. Il ne t'en a jamais voulu d'être ce que tu étais. Pour lui, tu étais son fils, un point c'est tout.

Il y eut un moment de silence pendant lequel Ricky se souvint n'avoir jamais entendu son père le traiter de quelque nom négatif que ce soit. N'empêche qu'il aurait aimé être un meilleur fils. Si cela avait été le cas, il serait toujours vivant.

— Tu sais, Junior, dit Lanisha, brisant le silence, je me sens tellement soulagée de te parler enfin. C'est fou ce que tu m'as manqué. Parle-moi de toi, comment c'est, là où tu vis ?

Ricky lui raconta en détail le genre de vie qu'il menait à Boston. Il raconta à sa tante comment sa vie avait changé et lui parla si longuement d'un certain Michael que Lanisha se demanda s'il n'y avait pas plus que ce qu'il disait entre eux.

— Michael est fantastique, Nini, c'est grâce à lui si j'ai pu faire autant de progrès en si peu de temps.

— Je vois que tu m'as déjà remplacée. Je suis jalouse.

— Rien à craindre, Tatie, tu occuperas toujours une place privilégiée dans mon cœur.

— M'appelle pas Tatie.

— Tu sais bien que j'aime te taquiner de temps en temps.

— Tu me faisais toujours honte quand tu m'appelais ainsi en public.

— Et comment, les gens qui nous prenaient pour un couple en faisaient un bond quand il m'entendait t'appeler Tatie.

— Tu le faisais exprès.

Comme au bon vieux temps, Lanisha et son neveu discutaient de tout et de rien.

— Oh ! dit soudainement Lanisha, j'ai un plaidoyer à mener dans un quart d'heure.

— Et moi, je suis un homme mort. J'ai une heure de retard, Mike va m'étrangler.

— C'est de ma faute. Je suis désolée, je ne pouvais plus attendre, j'avais tellement envie de te parler.

Du coup, elle se rappela l'autre raison de son appel. Elle se sentait un peu maladroite et ne savait pas comment aborder le sujet.

— Junior, juste avant de te quitter, j'ai quelque chose de très important à te dire. Que Derek me pardonne car je lui avais promis de ne jamais rien dire.

Ricky sut tout de suite de quoi il s'agissait, étant donné le ton grave qu'avait subitement pris sa tante.

— Nini, je suis déjà au courant.

— Et comment ? dit Lanisha, tu ne sais même pas de quoi il s'agit.

— Si, je sais, lui répondit Ricky. Avant de mourir, papa m'a tout raconté. C'est bien de ça que tu voulais me parler ?

— Oui, admit Lanisha, surprise.

Ainsi Derek avait révélé à son fils le secret pour lequel il s'était tant battu. Il n'avait pas voulu emmener ça dans sa tombe. Autant elle comprenait son frère, autant elle était surprise.

— Je suis désolée, Junior.

Silence à l'autre bout du fil.

— Est-ce que le fait que tu habites Boston est en rapport avec ça ? osa lui demander sa tante.

Ricky ne répondit pas. Lanisha savait que son silence était affirmatif.

— J'aurais aimé être mis au courant bien avant, dit enfin Ricky. Mais je ne vous en veux pas. Je n'en veux à personne, parce que je sais que vous avez fait cela dans le but de me protéger. Seulement, il me semble qu'à mon âge, je n'ai plus besoin d'être protégé de quoi que ce soit.

— Est-ce que tu as entrepris des recherches ?

— J'ai voulu le faire, mais c'est trop dur. J'ai encore du mal à accepter la mort de papa, alors je ne me sens pas prêt pour de telles démarches, lui dit-il, se sentant incapable de lui révéler que l'autre jour, il s'était rendu à l'aube sur les lieux de sa naissance.

— Est-ce que tu connais toute la vérité ?

— Non, papa était très souffrant lorsqu'il m'a fait ces révélations. Tout ce que je sais, c'est que je suis né à Randolph dans un boisé.

— Mon Dieu, dit Lanisha sachant ce que cette nouvelle avait dû faire subir à son neveu. Nous n'étions pas au courant, je veux dire, nous ne savions pas que Derek t'avait mis au courant. Il nous obligeait à garder le secret.

— Tu n'étais pas en retard pour ton plaidoyer ? dit Ricky sur un autre ton.

Lanisha comprit que parler de ça troublait son neveu. Aussi, elle se garderait de lui dire que sa mère biologique le recherchait. Elle avait donné sa parole au détective, mais ce n'était pas pour ça qu'elle tiendrait sa langue. Elle craignait que Junior ne soit pas prêt à entendre un tel aveu. Maintenant que la communication était rétablie entre eux, elle jugerait du moment opportun pour le mettre au courant, à moins que sa mère ne le fasse dans un court délai.

— Oui, c'est vrai. Mais avant de te quitter, je veux que tu saches que tu dois t'attendre encore à autre chose, mais ne t'en fais pas, ce n'est rien de grave.

— Je suis content que tu m'aies appelé.

— Je suis content que tu aies accepté de me parler.

— Alors on gardera contact.

— Absolument.

— Je t'aime, Nini.

— Moi aussi.

Ricky resta encore un moment avec le combiné à son oreille après que sa tante Lanisha eut raccroché. Il était heureux de retrouver son amie de toujours. Quand il se décida à raccrocher à son tour, il réalisa que la vie était clémente envers lui en lui rendant Nini et en plus en lui permettant de compter sur un ami comme Michael. Dans son cœur, il remercia son père, convaincu qu'il y était pour quelque chose.

Il partit pour le boulot. Mike pourrait l'engueuler toute la journée qu'il n'y porterait pas attention, tant il avait de joie dans le cœur.

Chapitre quarante-cinq

Aujourd'hui, Michael n'était pas lui-même au travail. Seul son corps y était. Son esprit était ailleurs. Dans quelques instants, Ricky viendrait le voir comme à l'accoutumée et il se demandait quelle attitude adopter avec lui maintenant qu'il était son frère. Il ne pourrait pas être tout aussi désinvolte et en même temps, il ne voulait pas qu'un climat lourd s'installât entre eux.

Avec le recul, il avait réalisé que le fait que Ricky fût son frère était plus qu'une bonne nouvelle. Il rougissait moins de lui avoir fait des avances et se demandait maintenant comment lui annoncer la nouvelle sans qu'il ne tombe des nues. Sa mère était sous l'effet de calmants depuis qu'elle avait appris la nouvelle, et Jack restait en permanence auprès d'elle. Ensemble, ils avaient décidé d'affronter Ricky pour lui révéler le lien qui les unissait lors d'un souper à la maison.

La situation était pénible, sans être désagréable, pour eux tous. Mais c'était lui qui en subissait le plus les contrecoups, car il devait faire comme si de rien n'était en attendant le grand jour.

Il sursauta lorsque le bip du téléphone se fit entendre. Il avait demandé à Christina de l'aviser quand elle verrait Ricky sur l'étage. « Oui ? »

— Ricardo est là, Michael. Il vient vous voir.

Avant même qu'il ne coupe la communication, trois petits coups furent cognés à sa porte.

— Entre, Ricky, dit-il s'efforçant de prendre un ton normal.

Ricky entra. Il affichait un sourire comme Michael ne lui en avait jamais vu. Il semblait transformé. Il en frémit.

— Michael, tu peux pas savoir à quel point je suis heureux.

— Euh… Ah oui, qu'est-ce qui t'arrive? demanda Michael, s'efforçant toujours de paraître normal.

Il avait chaud. Si chaud qu'il se leva maladroitement pour s'approcher de la fenêtre. Son geste était inutile et il le savait. Son bureau était parfaitement bien aéré. C'est qu'il ne savait plus comment se tenir en présence de son frère.

— Tu te souviens de Nini, lui dit-il, ignorant l'état dans lequel se trouvait Michael.

— Oui, Nini la belle fille noire dont tu devais me parler un de ces jours.

Ricky s'assit sur son fauteuil et fit une rotation. Il jubilait. Michael s'en voulait de ne pouvoir partager son exaltation.

— Eh bien, elle m'a téléphoné ce matin.

Michael, perdu dans ses pensées, n'avait pas entendu ce qu'il venait de dire.

— Michael, est-ce que tu m'écoutes?

Mon Dieu que c'était dur. Michael se demanda s'il n'aurait pas préféré ne pas savoir tout de suite que Ricardo était son frère. Il aurait pu attendre le souper pour l'apprendre lui aussi. Non, mais qu'est-ce qui lui prenait d'avoir de telles pensées? « Sois un homme », se dit-il en se retournant vers son frère.

— Pardon Ricky, tu disais?

— Michael, Nini m'a téléphoné ce matin. Elle a tenu à faire la paix avec moi.

— Bon, bien, maintenant que tu as une copine, on se verra moins souvent.

— Non, Michael, Nini est ma tante.

— Ta tante ? Mais elle est aussi jeune que nous et noire en plus.

— Et alors ?

— Ricky, dit Michael. Il s'approcha et s'assit sur le coin de son bureau. Et si tu me parlais un peu plus en détail de toi. J'ai parfois l'impression de ne pas te connaître.

— D'accord, dit Ricky.

Ricardo commença par lui parler de son père en détail et de la manière dont il était décédé. Il lui raconta sa part de responsabilité dans cette tragédie et comment sa famille lui avait tourné le dos, sans oublier son passé de délinquance, ses mauvaises fréquentations. Il n'était pas un enfant de chœur. Par la suite, il entreprit de lui raconter la relation étroite qu'il avait avec sa tante Lanisha avant qu'elle ne se brouille avec lui. « Papa était ce que Nini avait de plus cher, dit-il, et me tenant pour responsable de son malheur, ma tante coupa court avec moi. C'est ce qui m'a fait le plus de mal après sa mort. Lanisha était tout pour moi, après lui. C'était ma confidente, mon amie, ma sœur, ma tante et plus encore. Je donnerais ma vie pour elle. C'est sur elle que je me suis appuyé tout au long de ma vie avant de te connaître. Lorsqu'elle a coupé les ponts, j'ai cru que tout était fini. Je n'avais plus personne pour me soutenir... Jusqu'à ce que je te rencontre. Toute ma vie, j'ai eu besoin de son soutien. Enfant, je croyais que j'étais maudit parce que ma mère n'avait pas tenu à être là pour moi, allant même jusqu'à se droguer pendant sa grossesse et à se faire tuer bêtement après m'avoir mis au monde. »

Michael aurait voulu l'interrompre pour lui dire qu'il se trompait, mais fut incapable de le faire. Il le laissa donc continuer non sans un pincement au cœur.

– Papa avait beau m'aimer, ce n'était pas suffisant. C'est l'attention que me portait Nini qui arrivait à me faire oublier cette horreur. Elle me comprenait plus que tous et était toujours disponible pour moi. Malgré la distance qui nous séparait, je pouvais la sentir toute proche. Malheureusement, quand j'ai sombré à l'adolescence, elle n'a rien pu faire pour empêcher ma descente en enfer. Mais elle n'a jamais cessé de m'estimer. Tout comme papa. Michael, toute ma vie j'ai été habité par une frustration dont je ne connaissais même pas l'origine…

Ricky marqua une pause pendant laquelle son regard se fit lointain.

– Jusqu'à ce que mon père me fasse une déclaration avant de mourir…

Il marqua une autre pause. Il parut triste. Terriblement triste. Et sa tristesse envahit le cœur de Michael qui se douta d'où il voulait en venir.

– Michael, dit Ricky, les yeux à présent remplis de larmes, ma mère ne s'est jamais droguée ni n'a été tuée pour des dettes de drogue. Elle a accouché de moi en pleine forêt par une nuit glaciale d'hiver. C'est encore pire que ce qu'on m'avait raconté.

Ricky pleura abondamment. Michael en fit autant. Il le prit dans ses bras pour tenter de le consoler.

« Je suis désolé » lui dit-il, tout en émoi. Que penserait-il quand il saurait que la femme qui l'avait ainsi abandonné était sa mère ?

– C'est à ce moment que j'ai compris pourquoi j'étais si frustré dans ma vie, reprit Ricky, les yeux rougis. Il se leva et alla se poster devant la fenêtre. « C'est là que j'ai compris pourquoi je haïssais tant les femmes… »

Où voulait-il en venir, se demanda Michael qui croyait que Ricky allait lui parler de son manque d'affection maternelle.

– Je détestais les filles, hormis celles de ma famille, parce que me dégoûtait l'image de la mère en elles. Je me disais qu'elles pourraient toutes être aussi mauvaises que ma mère. Je haïssais ma mère en elle. Je détestais ma mère à travers elle. Mais parce qu'elles n'étaient pas ma mère, je ne me soulageais jamais de cette haine et donc j'étais habité par la frustration. Je la déteste ! cria-t-il, animé d'une colère soudaine. Je la hais d'une parfaite haine. C'est elle qui a gâché ma vie, c'est à cause d'elle que j'ai fait souffrir mon père et toute ma famille.

Michael en avait le souffle coupé. Des flots de larmes coulèrent silencieusement, sans interruption, sur ses joues. Il ne savait que penser et ne savait que dire. Ricky lui jetait au visage toute sa haine contre sa propre mère qu'il avait lui-même tenue pour responsable de son manque de caractère.

Ensemble, ils pleurèrent et pleurèrent chacun dans un coin du bureau, pour la même raison sans le savoir. Tous les deux en voulaient à leur mère, mais leur ressentiment n'allait pas dans la même direction. Michael pleurait son étouffement maternel tandis que Ricky pleurait l'amour maternel que sa marâtre lui avait refusé. Cette mère qu'il détestait tant était ce qu'il avait désiré de toute son âme.

— Tu sais, Michael, reprit Ricky dont la voix était devenue claire et calme après les flots de larmes, ce n'est pas tout. Comme tu as pu le constater, ma tante est noire. Toute ma famille l'est. Sauf moi. Du moins, en apparence. À ma frustration s'ajoutait la confusion.

Michael s'était retourné vers Ricky qui lui était toujours de dos.

– Je ne comprenais pas pourquoi j'étais si différent d'eux. J'aurais tant aimé leur ressembler. Je ne savais pas où me mettre. À l'école, je ne savais pas avec qui me tenir ni à quel groupe j'appartenais. Je n'étais ni noir ni blanc ni jaune. Je n'appartenais à aucun groupe racial. Les Blancs me repoussaient car ils savaient ma famille noire. Avec les Noirs j'étais trop blanc, avec les Latinos je n'avais aucun trait, oublions les Asiatiques. Quant aux Italiens, n'y pense même pas, je ne me suis jamais senti italien. Je n'ai que le nom, rien de plus. Papa refusait catégoriquement de m'en expliquer l'origine. Il ne voulait pas me dire pourquoi lui et moi avions des noms différents du reste de la famille. Les autres non plus ne voulaient pas en parler, dit-il en haussant le ton.

Michael, sentant que la colère allait encore s'emparer de lui, s'approcha.

— Je t'en prie, Ricky, calme-toi, lui dit-il en le serrant dans ses bras.

Ricky le repoussa doucement.

— C'est pour ça que j'ai abouti dans ce trou glacial, Michael. J'ai abouti ici pour tenter de trouver mon identité. Je veux savoir qui je suis et m'expliquer ce que je fais avec un nom italien, conclut-il.

Michael soupira.

« Et quand tu sauras que tu es mon frère, tout se compliquera encore plus », pensa-t-il.

— Ricky, maman veut t'inviter à dîner vendredi prochain, dit Michael de but en blanc.

— En quel honneur ?

« Que devrais-je te répondre ? pensa Michael. Pour t'éclaircir un peu sur tes origines ?... Non, surtout pas ça. »

— Tu sais bien qu'elle t'apprécie. Elle te l'a déjà dit.

— Ta mère est vraiment chouette. Tu es chanceux de l'avoir à tes côtés, quoi qu'elle ait pu te faire subir dans le passé.

Michael ne dit rien.

— Moi, la mienne, si elle est encore de ce monde, n'a jamais donné signe de vie. Je la déteste, ajouta-t-il. Mais pourtant, je serais capable de lui pardonner. Juste pour savoir ce que c'est que d'avoir une mère. Oui, Michael, reprit-il, tu es vraiment chanceux d'en avoir une.

— La tienne pense peut-être à toi sans que tu le saches, lui dit Michael.

— Arrête, tu veux, je pense que si c'était le cas, elle se serait déjà manifestée.

Une fois de plus, Michael ne sut que dire.

— Bon! déclara Ricky, j'ai du courrier à livrer. Merci de m'avoir écouté.

— Qu'est-ce que tu fais ce soir? lui demanda Michael qui cherchait à le retenir. Il avait l'intention de ne pas laisser Ricky s'en aller ainsi. Pas après qu'il lui avait tout raconté de sa vie.

— Ce soir, dit-il en faisant mine d'analyser sa journée, rien de spécial à part penser à ma réconciliation avec Nini.

La tentative de Michael échoua car Ricky se leva et s'apprêta à partir. Avant d'ouvrir la porte du bureau, il se retourna vers Michael. « Dis à ta mère que c'est O.K. pour vendredi. » Puis il ajouta : « Au fait, où en es-tu avec ta secrétaire? »

— Où veux-tu en venir?

— Fais pas l'innocent, lui dit Ricky en se retournant.

— Je crois que je préférerais que tu me présentes ta tante, dit Michael un peu à la blague et pour ne pas répondre à sa question. Elle est d'une beauté!

— Bas les pattes!

Ricky s'en alla et laissa Michael songeur. Ce dernier n'avait pas le goût de travailler ni de rester enfermé dans son bureau. Depuis qu'il avait appris pour Ricardo, il n'arrivait pas à penser à autre chose. Il se sentait tout bizarre et ne savait plus comment se comporter avec personne. Ni sa mère, ni Jack, ni Christina, personne. Intérieurement, il était confus mais lucide. Ricardo était son frère, c'était clair, mais la façon dont le destin les avait séparés puis raccordés était on ne peut plus abracadabrante. C'est ça qui le perturbait. En l'espace de quelques mois, il s'était déniché un ami dont il croyait être amoureux, avait tenu le rôle inconcevable de président de la compagnie, appris que sa mère avait un autre fils que lui et s'était découvert frère dudit ami pour qui il avait dès le départ ressenti de drôles de sentiments. « Burlesque, pensa-t-il, complètement saugrenu. » À présent, il anticipait la réaction qu'aurait Ricky quand il apprendrait la vérité vendredi soir. « Comment va-t-il réagir, se demanda Michael. Comment se tiendra maman devant ce nouveau fils? » Ricky se découvrirait non seulement une mère, mais il saurait aussi tout sur ses origines. Nancy avait mandaté Brian pour retrouver la trace des Giannini de la région et établir les liens possibles avec Ricardo.

Le cerveau de Michael serait en stand-by jusqu'à la fin de la semaine. Inutile pour lui de rester enfermé dans ce bureau. Il attrapa son veston et quitta la place. Il avertit Christina qu'il était hors circuit pour la semaine et lui demanda de ne pas le déranger à la maison pour quoi que ce soit concernant le boulot. Christina l'avait regardé d'un air étonné, mais n'avait pas posé de questions. Elle lui dit simplement qu'elle refilerait ses appels aux cadres qui venaient après lui dans la hiérarchie de la Brown's Co. Il avait approuvé puis quitté les lieux.

Il erra sans but précis dans la ville. Songeur et préoccupé. Heureux et soucieux. Content que Ricky soit son frère et inquiet de ce qu'il en penserait. Il ne lui avait pas caché son aversion pour sa mère biologique, aussi craignait-il sa réaction à l'égard de sa mère à lui, devenue si frêle et fragile depuis quelque temps. Comment recevrait-elle la rancune de Ricky? Qu'adviendrait-il après? Qu'arriverait-il à leur amitié? Quitterait-il la ville pour retourner en Californie après que ses questions auraient trouvé réponse? Et avec sa famille italienne, nouerait-il des liens plus étroits qu'avec lui et sa mère ? Continuerait-il de les fréquenter ? Et s'il lui en voulait ? Et s'il croyait qu'il était au courant depuis le début ? Cette dernière question, Michael préféra ne pas trop y penser. Connaissant Ricky et son caractère prompt à s'emporter fougueusement, il n'envisageait rien de bon. Tant pis, advienne que pourra ! Non, advienne le meilleur qui soit pour lui et sa mère dans cette situation des plus abracadabrantes !

Chapitre quarante-six

Vendredi soir. Un climat lourd régnait dans la maison. Nancy était tendue comme une corde et Michael des plus nerveux. Seul Jack paraissait normal, mais tous savaient qu'il était aussi anxieux. Tout avait été mis en œuvre pour que l'atmosphère soit des plus légères, mais c'était comme si la pression atmosphérique était à son plus pesant. Ils eurent beau tout faire pour se décontracter, rien n'y fit. Nancy avait pensé mettre de la musique douce, mais s'était ravisée, de peur que Ricardo ne trouve la chose bizarre. Elle allait se retrouver pour la première fois devant son fils, si on ne comptait pas les fois où ils s'étaient rencontrés sans savoir, et lui avouer son erreur. Cela faisait longtemps qu'elle attendait ce moment, mais voilà qu'elle en avait une peur bleue. Peur d'être rejetée et méprisée par lui. Peur de se faire traiter de sans cœur et d'infâme. Peur de tout. Quoi qu'il advienne, se dit-elle, peu importait sa réaction, elle comprendrait. Elle accepterait et encaisserait.

Toute réplique serait comprise et tolérée. Elle panserait ses plaies après la rencontre et examinerait sa conscience plus tard. Histoire de voir si elle était soulagée.

Peu importe ce qui s'ensuivrait, elle était convaincue que son âme cesserait d'être tourmentée et que son esprit serait plus tranquille. Elle préférerait même se faire jeter des obscénités au visage pour avoir l'impression d'être punie pour son geste du passé. Elle ne s'attendait pas à recevoir des accolades et des compliments. Dans une telle situation, mieux valait s'attendre au pire. N'était-ce pas ce qu'elle méritait?

Mon Dieu, la sonnette retentit. Tous eurent un sursaut. Michael crut être en proie à une crise cardiaque, tandis que Nancy redouta les désagréments qu'elle allait recevoir comme châtiment du destin. Encore une fois, seul Jack semblait en possession de tous ses moyens, mais tous savaient qu'il n'en était rien. Néanmoins, ce fut quand même lui qui trouva la force d'aller ouvrir.

Tous furent soulagés de voir que c'était Brian. Ils avaient oublié que lui aussi était invité. Son rôle consistait à informer Ricardo sur sa parenté italienne s'il était disposé à en entendre plus.

Brian entra et fut lui aussi saisi par la tension qui régnait dans la maison. Étant le moins concerné dans cette histoire, il tenta de les calmer un peu, sans y parvenir.

La sonnette retentit à nouveau. Nul doute, c'était Ricardo. Michael tenait à lui ouvrir. Ce qu'il s'empressa de faire.

— Ricky! dit-il d'un ton faussement enthousiaste.

— Michael, pourquoi es-tu costumé de la sorte? lui demanda son aîné.

Qu'est-ce qu'il avait été stupide de s'habiller ainsi, pensa Michael, pourquoi avait-il opté pour un complet-cravate?

— Allez, entre, lui dit-il. Tout le monde t'attend.

Il réalisa qu'il venait de commettre une autre gaffe. Pourquoi lui faire sentir qu'il était attendu?

— T'aurais pu me dire de m'habiller pour une réception d'honneur, dit-il lorsqu'il vit l'état particulièrement soigné de la maison. Il y avait des fleurs partout et il crut apercevoir des objets de décoration nouveaux qui n'y étaient pas la dernière fois qu'il était venu.

Il fut encore plus surpris quand il vit à l'entrée de la salle à manger Jack et un autre homme qu'il ne connaissait pas, en veston-cravate, et Nancy, elle aussi habillée comme pour un gala. Et pourquoi tous ces yeux étaient-ils rivés sur lui comme s'il était une apparition ? Même Michael semblait bizarre.

— Madame Brown, dit-il en faisant son entrée. Je ne m'attendais pas à un dîner aussi somptueux, pardonnez mon habillement. Michael ne m'a pas dit...

— Ne te préoccupe pas de ça, l'interrompit Nancy, il arrive souvent qu'on s'habille ainsi juste pour dîner sans raison particulière.

« Évidemment, pensa-t-il, eux, ce sont des bourgeois. » Il comprenait. Mais pour Michael, en revanche, il ne comprenait pas, parce qu'il le tenait pour un anti-bourgeois. C'était sûrement pour faire plaisir à sa mère. Mais il aurait pu l'avertir quand même. Lui aussi, il aurait aimé lui faire plaisir.

— Ricky, je te présente Brian, c'est un ami de Jack que tu connais déjà.

Il resta planté sans savoir quoi dire. Ah oui ! Il devait lui dire qu'il était enchanté en allant lui serrer la main. Ce qu'il s'empressa de faire. Puis il serra la main de Jack et embrassa Nancy sur la joue. Ce soir, il allait jouer au noble. Il sourit intérieurement en pensant qu'il ne manquerait pas de blaguer sur le sujet avec Michael une fois la soirée terminée. Il s'imagina alors être un riche investisseur invité par une quelconque aristocratie à une somptueuse réception donnée en son honneur.

Cette attitude le détendit, car à son arrivée, il était franchement impressionné par le ton sérieux qu'affichaient ses hôtes. Même Michael jouait le jeu, pensa-t-il, loin de se douter que la scène était des plus sérieuses.

Le dîner se déroula bien. Ceux qui étaient tendus se détendirent et la pression baissa graduellement pour ceux sur qui elle pesait lourd. Ricky fut étonné de se sentir à l'aise parmi ces gens, Michael mis à part, avec lesquelles il n'avait pas l'habitude de flirter.

Après le dessert, il remarqua que tous avaient repris leur air sérieux. Nancy les invita à passer au salon pour le thé.

Une fois tous assis, Nancy se leva pour faire face à eux. Tiens pensa Ricky, il y avait aussi un discours solennel.

— Ricardo, commença-t-elle, c'est pour nous tous un réel plaisir de t'avoir à dîner ici aujourd'hui. Moi, je suis doublement contente de ce que Michael ait trouvé un ami en toi.

Ricardo se sentait un peu gêné. Il n'avait pas l'impression d'avoir mérité des compliments pour ça. C'était à lui de faire un discours pour les remercier.

— Madame Brown, je…

— Non, je t'en prie, lui dit Nancy. Laisse-moi finir.

Pourquoi tout le monde semblait tout à coup tendu, se demanda Ricky. Comme Michael était bizarre ce soir ! Il avait déjà eu l'occasion de l'observer dans sa famille et jamais il n'avait semblé aussi constipé qu'aujourd'hui.

— Ricardo, reprit Nancy, cette soirée est pour moi une grande occasion…

Elle sentit sa gorge se nouer subitement. Je vais y arriver pensa-t-elle, je dois y arriver.

— En effet, dit-elle après avoir avalé sa salive, c'est pour moi l'opportunité de… de…

Elle manquait de souffle.

— Maman, est-ce que ça va ? demanda Michael, doutant que sa mère puisse parvenir à dire à Ricky le réel but de ce souper.

— Madame Brown, intervint Ricky, ça a été pour moi un honneur de manger à votre table. Ne vous tracassez donc pas à me faire des compliments, c'est moi qui vous en dois.

Tous restèrent silencieux. Mais qu'avaient-ils donc? pensa à nouveau Ricky qui commençait à trouver leur comportement étrange.

— Écoute, Ricky, lui dit Michael, ma mère essaye de te dire quelque chose qui n'est pas facile et…

— Non, Michael, l'interrompit Nancy, c'est… C'est à moi de lui dire.

— Me dire quoi? interrogea Ricky, qui comprit enfin que ce dîner n'était qu'un prétexte.

— Ri… Ricardo, bredouilla Jack qui avait lu le soupçon dans ses yeux, ce…

— Et si… commença Brian.

— Ça suffit! cria Nancy, prenant de l'audace. Taisez-vous tous. Pardonne-moi, Ricardo, je ne voulais pas crier. Écoute, comme tu viens de t'en rendre compte, ce dîner était un prétexte pour te voir. En effet, j'ai quelque chose de capital à te dire.

Ricky se renfrogna. Que pouvait donc avoir à lui dire une femme comme Nancy Brown? Il n'y comprenait rien.

— Je savais que cela n'allait pas être facile, mais c'est encore plus dur que je ne me l'étais imaginé. Elle porta sa main à sa bouche avant de ravaler sa salive pour pouvoir continuer. Je… je… euh… Quand j'étais jeune, j'ai commis une affreuse bêtise.

— Madame Brown, coupa Ricky qui se sentait de plus en plus mal à l'aise, vous n'avez pas à me confesser quoi que ce soit, je…

— Je t'en prie, Ricardo, laisse-moi continuer. À l'époque, j'étais très jeune et insouciante. Je ne mesurais pas la gravité de mes gestes et…

«Tu en es capable», se dit Nancy pour s'encourager. Elle jeta tour à tour un regard à Michael, Jack et Brian. Ceux-ci semblaient l'appuyer.

— Tout ce qui comptait pour moi, c'était de bien paraître devant mon père, quitte à le berner. J'ai rencontré un jour un jeune homme qui me raccompagna chez moi parce que je m'étais foulé une cheville. Une fois à la maison, je l'ai invité à entrer et…

Nancy ne voulait pas lui dire que son père, Derek, l'avait violée. Ce dernier étant mort, elle ne devait pas salir sa mémoire, d'autant plus qu'elle avait sa part de responsabilité dans ce qui s'était passé.

— …Et l'inévitable se produisit. Quelques jours après, je me suis rendu compte que j'étais enceinte.

Pourquoi elle lui racontait tout ça, se demandait Ricky qui excitait ses neurones dans tous les sens pour s'expliquer ce qui se passait. À regarder tout le monde, tous semblaient être au courant de ce dont il retournait de la soudaine confession de madame Brown, sauf lui. Bordel, allait-il enfin comprendre ?

— J'ai caché ma grossesse à mon père, puis le jour fatidique, je… je…

Nancy manqua à nouveau de souffle. Michael se leva et alla lui passer le bras autour des épaules.

— Ricardo, je… je…

Désorienté parmi ces gens, Ricky regarda Michael pour tenter de savoir ce qui se passait. Il l'interrogea désespérément du regard. Michael le fixa un instant puis baissa les yeux. Il était embarrassé. Ricky était encore plus perdu : si Michael fuyait son regard, c'est que quelque chose de grave était en cours.

— Ricardo, reprit Nancy, le souffle haletant, j'ai accouché de mon bébé dans les bois et l'ai abandonné dans la forêt en pleine nuit d'hiver, compléta-t-elle dans un ultime effort avant d'éclater en sanglots. Ricardo, je suis ta mère ! cria-t-elle, en pleurs.

Ricardo perdit contact avec le monde autour de lui. C'était comme s'il se retrouvait avec le néant pour seul décor. Tout en lui fut paralysé. Ses jambes, ses bras, sa voix, tout son corps. Il se sentit comme un noyé. Que venait-il d'entendre ? Avait-il entendu quelque chose ? Mais où était-il en ce moment ? Chez Michael ?

Non, pas possible. Maudit songe, il allait se réveiller et constater que son esprit lui avait joué un tour. Il avait trop pensé ces derniers jours. Il s'était confié à Michael, et c'est pour ça qu'il était là dans son rêve, si bien vêtu. Mais pourquoi sa mère y était-elle aussi ? Et ces deux autres messieurs ?

Il s'égara dans ses pensées, ne dissociant plus la réalité de la fiction. Il se sentit défaillir, ne contrôlait plus ses mouvements. Il s'entendit crier, hurler sans être tout à fait convaincu que c'étaient ses propres réactions. C'était comme s'il était à l'extérieur de ce qui se passait en lui. Il sentit des mains le toucher et lui caresser le visage, puis les cheveux. Il entendit des voix lui parler sans toutefois saisir ce qu'elles disaient. Il se sentit soulevé puis déposé sur un duvet doux. Là, il se sentit si bien qu'il s'abandonna dans les bras de Morphée.

Chapitre quarante-sept

À son réveil, il se trouvait dans un lit douillet. Il se rappela avoir été dans le salon des Brown comme dans un conte de fée où tout le monde était vêtu avec classe sauf lui. Madame Brown lui disait qu'il était son fils et puis plus rien. Ce n'était qu'un rêve. Il se leva du lit et constata qu'il n'était pas dans sa chambre. Mais où était-il donc ? Ah oui, la mémoire lui revint. Il était invité à dîner chez Michael. On l'avait sûrement invité à rester pour la nuit. Mais pourquoi s'était-il endormi tout habillé ?

Il ouvrit la porte de la chambre et descendit les escaliers. Les lumières étaient allumées et il entendait des voix. Il reconnut celle de Michael et se dirigea vers elle. Lorsqu'il pénétra dans le living-room, tous les yeux se rivèrent sur lui et le dévisagèrent.

Michael, Nancy, Jack et Brian étaient habillés comme dans son rêve. Étrange. Il les rejoignit et s'excusa de s'être endormi.

Ils constatèrent à son désarroi qu'il n'avait pas assimilé ce qui s'était dit quelques instant auparavant.

— Ricky, est-ce que ça va ? lui demanda Michael.

— Pourquoi ça n'irait pas ?

Il trouva la question de Michael un peu étrange, mais bien placée. Il s'était endormi alors qu'il était invité à souper.

Nancy allait s'approcher de lui, mais Jack la retint par le bras. Pourquoi avaient-ils tous cet air bizarre ? Toujours confus, il s'assit sur le canapé, un peu hébété. Michael vint s'asseoir près de lui pendant que les autres le fixaient toujours drôlement.

— J'ai fait un drôle de rêve, dit-il à Michael. J'ai rêvé que je faisais partie de ta famille et que ta mère me racontait l'histoire de ma naissance.

Michael était convaincu qu'il ne devait pas le laisser croire qu'il avait rêvé et qu'il fallait qu'il sache en toute lucidité.

— Non, Ricky, lui dit-il assez fort pour être entendu de tous. Tu n'as pas rêvé. Tu es mon frère et tout ce que t'a dit maman est vrai.

Ricky se leva d'un bond et les regarda tous un à un.

— Tu te moques de moi, Michael, demanda-t-il, incrédule.

Leurs regards lui confirmèrent ce que venait de dire Michael.

— Alors, si je comprends bien, reprit-il, agité, je suis ton frère et ta mère serait ma mère.

Une drôle de lueur apparut dans ses yeux. Michael eut un mauvais présage. Quand Ricky était comme ça, c'est qu'il allait réagir brusquement ou avec violence. Il l'avait déjà affronté avec cette étincelle dans les yeux, ça n'annonçait rien de bon.

— Depuis quand es-tu au courant, Michael ? dit-il avec colère. Depuis le début, tu te moquais de moi, hein ? Depuis tout ce temps, tu savais et tu ne m'as rien dit. Tout ce que j'ai vécu avec toi était programmé pour cette ultime soirée.

Ricky était troublé. Des larmes coulèrent abondamment sur ses joues et personne ne sut comment réagir. Nancy qui voulait le prendre dans ses bras n'osait pas, de peur qu'il ne la repousse. Jack et Brian restèrent plantés comme des statues. Et quand Michael tenta de le calmer, il le repoussa avec force.

— Non, Ricky, je ne savais pas. Tout le monde ici ignorait tout jusqu'à ce que…

— Foutaises ! cria Ricky dont la colère se raviva de plus belle. Vous vous êtes tous moqués de moi depuis le début et voulez que j'avale vos salades ! Vous êtes des salopards, rien de moins ! Comment avez-vous osé ? Je vous emmerde tous, cria-t-il, les ayant foudroyés tour à tour du regard. Allez au diable !

Il fonça vers la porte et la claqua si fort que quelques éclats de verre allèrent s'écraser au sol. Michael allait se lancer à sa poursuite, mais Brian le retint.

— Laisse-le aller, Michael. Il est désorienté. Ne le contrarie pas plus en le poursuivant. Sa réaction est normale. Avec le temps, il se calmera et reviendra peut-être vers vous.

Michael éclata en sanglot et se jeta dans les bras de sa mère. Nancy lui caressait doucement les cheveux en pleurant tout autant. Jack les enlaça tous les deux pour tenter de les consoler. Et Brian resta là à les contempler, ne sachant pas quoi faire. La scène était attendrissante et dramatique, mais il ne pouvait rien pour chasser leur chagrin. C'était un mal nécessaire, pensa-t-il, ils devaient passer par là pour accéder au bonheur.

Une fois que tous eurent retrouvé leurs esprits, Brian s'excusa et leur dit qu'il devait partir. Ils le remercièrent pour son travail et sa présence, et l'invitèrent à garder le contact avec eux. Sa mission n'était pas finie, il devait encore les entretenir de ses investigations sur la parenté italienne de Ricky.

« On en reparlera lors d'un prochain rendez-vous, avait suggéré Jack, nous avons vécu trop d'émotions aujourd'hui. »

Une fois dehors, il fut soulagé de se soustraire à toute la tension qui régnait chez les Brown. Il respira plusieurs bouffées d'air frais avant d'embarquer dans sa voiture. Après avoir démarré, il se dépêcha de repérer un coin tranquille dans le voisinage où il gara sa voiture. Il sortit son portable et composa le numéro de Lanisha. Il était tard, mais il était persuadé qu'elle ne lui en voudrait pas de l'appeler à une heure aussi avancée de la nuit pour lui raconter comment s'était déroulée la rencontre de Junior avec sa mère. Il ne donnerait pas dans les détails, mais lui dirait l'essentiel.

— Allô! répondit Lanisha, visiblement dérangée dans son sommeil.

— Maître White, c'est Brian, le détective.

— Qu'est-il arrivé à Junior? demanda-t-elle, inquiète.

— Rassurez-vous. Il ne lui est rien arrivé de mal. Ce soir, il a affronté sa mère et sait maintenant toute la vérité.

— Mon Dieu! Comment a-t-il réagi?

— Disons normalement, étant donné les circonstances. Mais il n'a pas très bien supporté la révélation.

Brian lui raconta comment Junior était parti en trombe et en furie. Comment il avait, sur le coup, perdu le nord lorsqu'il avait appris que son cher ami Michael était son frère et qu'il travaillait pour la compagnie de sa mère en toute ignorance.

— Incroyable, répéta Lanisha. Brian, tu dis qu'il est parti en colère, j'ai peur qu'il ne lui arrive quelque chose, comme un accident par exemple.

— Ne t'en fais pas, ce garçon est plus malin que tu ne le penses.

— Il ne s'agit pas de sa malignité, mais du fait qu'il est désorienté. Oh mon Dieu, je ne supporterai pas qu'il lui arrive un malheur. Brian, pourriez-vous le suivre et m'informer de ses moindres mouvements?

— Pensez-vous que c'est nécessaire?

— Je me fous de savoir si c'est nécessaire ou pas, je veux juste que vous l'ayez à l'œil pour l'empêcher de commettre une bêtise. Je vais vous payer vos heures de travail.

— Ne me parlez pas sur ce ton, Lanisha.

— Pardon, je ne voulais pas... Je suis tellement inquiète que... En plus avec tout ce qu'il vient d'apprendre, j'ai de la misère à ne pas me faire du souci.

— Je vous en prie, Brian, acceptez de le suivre pour moi, le supplia-t-elle.

— Très bien, je le ferai. Je juge que ce n'est pas vraiment nécessaire, mais si vous insistez, pourquoi pas. Ça fera plus d'argent dans mes poches.

— Oh merci, merci beaucoup. Pouvez-vous commencer dès maintenant?

— Pourquoi pas.

— Tenez-moi au courant, Brian. Et s'il se passe quoi que ce soit de grave, n'hésitez pas à m'appeler, peu importe l'heure.

— Bien.

— Merci encore. Merci de m'avoir appelée.

Brian raccrocha pour se lancer immédiatement sur les traces de Ricky. Il se rappelait qu'à l'arrivée de ce dernier chez les Brown, il l'avait vu descendre d'un taxi. Ce qui voulait dire qu'il n'était pas en auto. Ne l'ayant pas vu appeler de taxi avant de quitter la maison en trombe, il en déduisit qu'il était reparti à pied et donc, qu'il ne devait pas être trop loin.

Il parcourut les alentours et repéra une silhouette qui courait à vive allure dans la nuit. Il décida de la suivre. En se rapprochant, il vit que c'était le jeune étalon qu'il recherchait. Il le talonna discrètement avec sa voiture. Ricky fonçait droit devant en une course effrénée sans remarquer sa présence.

Mais quand donc allait-il s'arrêter? se demanda Brian. Il était infatigable et gardait le rythme de sa course folle. Voilà maintenant qu'il prenait un détour pour se diriger vers Randolph. Qu'allait-il faire là? se questionna le détective.

Au bout de quelques dizaines de minutes de course dans Randolph, il vit Ricky s'enfoncer dans un boisé où il faisait si noir qu'il se demanda s'il n'avait pas l'intention de porter atteinte à sa vie. Il gara sa voiture le long de la route, prit une lampe de poche dans le coffre. Il laissa s'écouler une trentaine de secondes avant de se lancer à sa poursuite dans la forêt.

En y pénétrant, il vit qu'elle était plus dense et plus ténébreuse encore qu'il ne s'y attendait. Comment Ricky faisait-il pour s'y diriger sans lumière? Brian tendit l'oreille pour tenter d'entendre dans quelle direction se dirigeait l'étalon. Soudain, il entendit des cris. Rien de terrifiant: quelqu'un pleurait sans retenue. Nul doute, c'était Junior. Il s'immobilisa pour ne pas faire sentir sa présence et attendit que le jeune homme se calme pour s'en approcher.

Une branche craqua sous ses pas. Vif comme un aigle, Ricky se retourna et l'aperçut. Il leva les mains pour lui signifier qu'il n'avait rien à craindre. Ricky se détourna.

— Qu'est-ce que vous me voulez? lui demanda-t-il sur un ton étonnamment calme pour quelqu'un qui venait de pleurer à grands cris.

— Lanisha m'a demandé de vous suivre.

— Quoi! Vous connaissez Nini? Ne me dites pas qu'elle aussi faisait partie du complot?

— Non, non, Ricky. Croyez-moi, elle est aussi bouleversée que vous en ce moment.

— Mais qui êtes-vous? Que faisiez-vous chez Michael?

Brian s'approcha de lui et s'assit à ses côtés à même le sol. Ricky le laissa faire sans broncher. Le pauvre garçon était vraiment désarçonné, remarqua le détective.

— Je me nomme Brian Russell, détective.

— Ah bon.

— Écoutez, Ricardo, je peux comprendre votre désarroi, mais sachez que personne ne s'est moqué de vous dans cette histoire.

Voyant que Ricardo ne disait rien, Brian décida de continuer.

— Il y a quelque temps, madame Brown m'a chargé d'une enquête. Je devais retrouver un fils qu'elle avait mis au monde seule dans les bois et qu'elle avait abandonné. À l'époque, elle n'avait que quinze ans et craignait beaucoup son père. Les circonstances dans lesquelles elle était tombée enceinte étaient si farfelues qu'il lui aurait été fort difficile d'expliquer sa grossesse. Croyez-moi, Ricky, si elle l'avait fait, votre père se serait retrouvé en prison pour viol.

Ricky réagit vivement à cette phrase.

— Que voulez-vous insinuer, que papa aurait violé cette femme? lui dit-il avec rage. Non, jamais mon père n'aurait commis une telle bêtise. Elle ment.

Mentionner son père était délicat et Brian savait que s'il voulait avoir la chance de tout lui expliquer, mieux valait ne rien dire de négatif sur Derek.

— C'est pour ça que Nancy n'a jamais rien dit à personne. Elle ne tenait pas votre père pour un violeur, mais si elle avait parlé à l'époque, on l'aurait interprété ainsi.

— Je pense que tout ce qui l'intéressait, c'était de se protéger elle-même.

— Vous avez peut-être raison. Lorsqu'elle vous a abandonné ici, elle était certainement insouciante, mais sachez que ce geste qu'elle a posé l'a hantée toute sa vie. Elle en a fait des cauchemars sans arrêt pendant plus de vingt-cinq ans, jusqu'au jour où n'en pouvant plus, elle lâcha tout pour entreprendre de vous retrouver. Elle voulait à tout prix vous confesser son geste immonde et vous demandez pardon.

— Et elle espère que je vais lui sauter dans les bras parce que paumé comme je suis, d'apprendre du jour au lendemain que je suis le fils d'une richarde va me faire oublier tout le mal qu'elle m'a fait? Qu'elle aille au diable si elle pense pouvoir s'acheter mon pardon avec son argent.

— Ricky, je vous en prie. Laissez un peu votre colère et votre haine de côté, et essayez de me suivre un peu. Pour avoir vu

Nancy Brown dans l'état lamentable où elle était lorsque je l'ai rencontrée, je me permets de vous dire que vous vous trompez sur toute la ligne. Elle est très consciente aujourd'hui du mal qu'elle a commis à l'époque. Et croyez-moi, elle s'en veut à mourir. Elle donnerait tout pour revenir en arrière et agir autrement.

— Pfuuu... souffla Ricky entre ses lèvres, signifiant à Brian qu'il ne le croyait pas.

— Si vous connaissiez comme moi et bien des citoyens de la région celle qu'était Nancy Brown, présidente de la Brown's Co, l'une des femmes les plus influentes de notre société au plan de l'économie, et que vous la compariez avec celle que j'ai rencontrée lorsque j'ai pris en charge cette enquête, vous n'hésiteriez pas une seconde à me croire.

Ricardo fixa la nuit devant lui. Il semblait disposé à entendre la suite.

— Ricardo, reprit Brian, j'ai mené bon nombre d'enquêtes dans ma vie. Et jamais, au grand jamais je n'ai été aussi bouleversé que par celle-ci. La façon insolite dont elle s'est bouclée m'a encore plus chaviré. Une cliente qui me charge de retrouver un enfant égaré dans la nature depuis plus de vingt-cinq ans alors que le sujet se trouve être le meilleur ami de son fils, et qu'en plus ce dernier travaille pour sa compagnie... C'est incroyable Ricky !

— Disons plutôt que c'était bien manigancé.

— Si vous le voyez ainsi. Laissez-moi vous expliquer en détail mon investigation, ensuite, vous pourrez penser ce que vous voudrez.

Ricky n'ayant pas manifesté d'objection, le détective lui détailla en entier son enquête. De ses démarches auprès de son contact des services sociaux, à sa rencontre avec ses tantes Lanisha et Patricia, sans négliger sa rencontre avec les Pontrelli chez qui avait travaillé son père lorsqu'il était adolescent. Il lui dit comment il l'avait retrouvé à Somerville et avait pris des clichés de lui. Il lui raconta ensuite comment Michael, Nancy et Jack avaient réagi en voyant les photos.

D'incrédule qu'il était, Ricky devint songeur. Se pouvait-il que Michael n'en sût rien ? Toute trace de doute dans son esprit disparut lorsqu'il se rappela comment Michael lui avait fait une déclaration d'amour en bonne et due forme. Il avait vraiment l'air sincère. Si sincère qu'il avait pris peur et l'avait repoussé violemment. Michael l'avait désiré comme on désire une femme. Il était certain qu'il ne bluffait pas ce jour-là. Connaissant Michael, il se dit qu'il ne lui aurait jamais fait une telle déclaration s'il avait su qu'il était son frangin.

« Pauvre petit frère, pensa Ricky, je suis sûr que la honte le ronge aujourd'hui. »

Maintenant, il croyait le détective. Mais il ne saurait dire s'il était prêt à pardonner à Nancy Brown. Il avait du mal à comprendre qu'une mère, même gamine, puisse abandonner un bébé en pleine nuit, dans une forêt et par une nuit glaciale. Il lui en voulait. Pourquoi l'avait-elle ainsi rejeté ? Pourquoi lui ? Qu'avait-il fait de mal ? Il se sentit misérable dans son âme. Pourquoi la vie l'avait-elle si mal accueilli ? Pourquoi fallait-il qu'il naisse dans de telles circonstances ? Pourquoi avait-il été maudit dès sa conception ? Avait-il été si mauvais que ça dans une vie antérieure pour naître de la sorte ? Il pensa qu'avec tous les mauvais coups qu'il avait faits dans celle-ci, la prochaine ne pourrait qu'être pire.

— Pouvez-vous me parler de papa ? demanda-t-il au détective.

— Votre père est né d'un père italien qui n'a jamais reconnu sa paternité.

— C'est donc pour ça qu'il ne voulait jamais que je le questionne à propos de notre nom à consonance italienne, dit Ricky pour lui-même.

— Nancy ne sait pas comment il a découvert qu'elle était tombée enceinte. Je pense qu'il ne voulait en rien ressembler à son propre père. C'est pour ça qu'il avait mené tout un combat contre les services sociaux pour avoir votre garde quoiqu'il fût mineur. Selon votre tante Lanisha, il a toujours été un combattant. C'est lui qui à quinze ans a abandonné ses cours du secondaire pour nourrir la famille tout entière.

Brian raconta à Ricky tout ce qu'il savait de son père, lui expliqua pourquoi sa famille avait déménagé en Georgie, comment Derek s'était débrouillé pour dénicher un emploi de rêve en Californie, avait payé des études à Lanisha, pris soin de sa grand-mère, de Patricia et de ses mômes. Il avait tout porté sur ses épaules. C'est aussi lui qui ne voulait pas que son fils sache la vérité et avait interdit formellement à toute la famille de lui révéler quoi que ce soit, de peur qu'il ne se sente rabaissé en tant qu'être humain.

Dans son cœur, Ricky débordait d'admiration pour son père. Il lui parut être un véritable héros.

— Une dernière chose, Ricardo, lui dit Brian. Tu es différent du reste de ta famille parce que contrairement à eux tous, tu as beaucoup plus de sang blanc que noir.

Voyant Ricky froncer les sourcils, Brian entreprit de s'expliquer.

— Ta grand-mère, la mère de ton père, était moitié blanche moitié noire. Son père était irlandais. Elle conçut ton père Derek avec un Italien, donc un Blanc. On peut dire que ton père était à soixante-quinze pour cent blanc. Toi, tu es né d'une mère blanche, comment pourrais-tu être de la même couleur que tes deux tantes qui elles avaient un père Afro-Américain? Déjà, entre Derek et elles, il y avait une différence marquée.

Ricky soupira. En une nuit, tout ce qui avait été jusque-là mystère pour lui s'était résolu en l'espace d'un instant.

— Ton grand-père paternel, Tony Giannini, qui ne t'a jamais connu, avait pour sœur une dénommée Valentina Giannini. C'est elle qui trouva un job de livreur à Derek à la pizzeria de son mari, Guioseppe Pontrelli. Elle aimait vraiment ton père et déplorait l'attitude de son frère envers lui. Malheureusement, quand ta famille quitta pour la Géorgie, elle n'eut plus de nouvelles de lui. Nancy m'avait aussi chargé, après qu'elle avait eu connaissance des origines italiennes de ton père – car jusqu'à ce que je te retrouve, elle le tenait pour un Black pure laine –, de retracer les siens au cas où tu aimerais savoir. Je suis donc allé voir Valentina, qui vit toujours à Randolph, et lui ai parlé de son neveu Derek. Seulement, Valentina connaissait ton père sous le nom de Derek, son mari l'avait toujours appelé Ricardo. C'est pourquoi il n'a pas su de qui je lui parlais la première fois que j'ai été le voir.

Brian inspira une bouffée d'air avant de continuer, pour reprendre du souffle. Il savait que c'était beaucoup pour Ricky d'apprendre tout ça en une nuit.

— Lorsque je lui ai appris qu'il était décédé, Valentina fut très peinée. Puis je lui ai parlé de toi. Elle m'a dit qu'elle savait pour ta naissance, car lors de sa lutte contre les services sociaux, Derek avait sollicité l'aide de son frère pour l'aider à avoir ta garde, mais ce dernier agit en lâche et retourna vivre en Italie. Mais avant de partir, il l'avait informé du pétrin dans lequel s'était mis Derek. Elle espère faire ta connaissance avant de mourir et te présenter à son fils Antony Pontrelli, qui gère aujourd'hui le restaurant de son mari.

Ricardo était tout ébahi de se découvrir deux autres familles.

— Je ne veux pas te faire peur, mais je crois qu'elle te prépare une réception à l'italienne pour célébrer ces retrouvailles. Évidemment, tu n'es pas obligé de t'y rendre. Je lui ai conseillé d'attendre de tes nouvelles avant de tout mettre en branle, mais elle n'a rien voulu entendre. Attends de connaître les mamas italiennes ! Je n'ai pas pu sortir de chez elle avant d'avoir mangé deux portions de pâtes à la sauce tomate.

Brian respira profondément avant de conclure :

— Voilà tout en ce qui te concerne, mon garçon.

Ricardo resta silencieux et pensif. C'était un gros paquet que venait de lui livrer le détective. Et même s'il ne savait toujours pas quoi penser de sa mère et quels sentiments lui vouer, il la remercia en son for intérieur, car c'était grâce à elle si ses mystères s'étaient éclaircis. C'est elle qui avait engagé le détective et demandé de fouiller son passé et ses origines. Le détective aussi méritait ses remerciements pour son travail extraordinaire.

— Merci, détective Russell, dit-il au bout d'un long moment.

— Il n'y a pas de quoi.

Brian se leva. Il s'attendait à ce que Ricardo en fasse autant, mais ce dernier semblait toujours perdu dans ses pensées.

— Hé, Ricardo, tu n'as tout de même pas l'intention de passer la nuit ici. Allez viens, je te raccompagne.

Ricky se leva et suivit Brian à travers la noirceur du boisé, leur chemin éclairé par la lampe de poche du détective.

CHAPITRE QUARANTE-HUIT

En une année, la vie de Nancy avait complètement changé. Elle avait troqué son caractère austère pour un autre plus doux et s'était découvert une tout autre personnalité. Celle qu'elle aurait dû avoir depuis le début. Lorsqu'elle rentrait travailler à la Brown' Co, elle saluait au passage tous ceux qu'elle croisait avant de pénétrer dans son bureau. Ses employés avaient encore du mal à la reconnaître, mais elle se disait qu'avec le temps, ils verraient bien qu'elle avait changé pour de bon. Certains la craignaient encore. C'était compréhensible. Elle avait été un véritable monstre par le passé.

Elle goûtait à la vie comme s'il s'agissait de la première fois. Tout était nouveau et amélioré. Au bureau, elle ne jouait plus au bourreau et donc avait moins de tension. Le travail était équitablement réparti entre elle, Jack et les cadres. Elle ne réprimandait plus personne et allait même jusqu'à offrir des récompenses et des primes aux employés pour leur loyauté envers la Brown's Co.

Jack travaillait désormais à la filiale de Boston en plus de toujours demeurer à Milton avec elle. Elle pouvait donc compter sur lui en tout temps. Dernièrement, il lui avait demandé de l'épouser. Elle lui devait une réponse ce soir. Certainement, elle accepterait.

Michael était présentement en vacances. Elle l'avait déchargé de ses fonctions à la compagnie, mais il continuait tout de même d'y œuvrer. Il avait retrouvé un certain équilibre dans sa vie et passait le plus clair de son temps avec Christina dont il était tombé amoureux.

Ricardo et lui avaient fait la paix, et représentaient aux yeux de Nancy ce qu'il y avait de plus beau à contempler. Elle ne saurait décrire toute la joie qu'elle ressentait à les voir rire aux éclats comme deux gamins. En plus d'être frères, ils étaient les meilleurs amis du monde.

Entre son fils aîné et elle, les liens n'étaient pas encore tous établis, mais Ricky venait souvent à la maison et la laissait lui ébouriffer les cheveux sans maugréer. Il suivait des cours du soir pour compléter son secondaire et continuait à livrer le courrier le jour à la compagnie. Il l'appelait par son prénom et faisait de gros efforts pour créer une meilleure relation entre eux. C'était plus qu'elle n'espérait.

Il était présentement en Italie avec les Pontrelli qui l'avaient accueilli à bras ouverts. Lanisha, qui fréquentait Brian, lui avait téléphoné depuis Atlanta la veille au matin pour lui annoncer que la famille au grand complet allait se joindre à la petite fête qu'elle organisait en l'honneur de Ricardo, la semaine suivante. Avec cette confirmation, elle réalisa que tout le monde y serait, même le révérend Taylor.

La vie lui avait donné vraiment plus que ce qu'elle en escomptait. Elle lui permettait non seulement de retrouver son fils, mais aussi de réparer les pots cassés avec Michael. De plus, elle avait mis sur son chemin un homme merveilleux en la personne de Jack, qui lui avait demandé sa main, et un sage de la trempe du révérend Taylor.

Tout avait tourné pour le mieux. Elle se rappela cette journée terrible où elle s'était rendue à la bibliothèque municipale pour

consulter des articles concernant son fils abandonné et le désespoir qui avait suivi. Mais en même temps, l'espoir s'était offert à
elle en cette même journée. C'est ce jour-là qu'elle s'était
adressé à Dieu pour la première fois lorsque son chemin avait
croisé la petite église du révérend. Ce dernier avait raison quand
il lui répétait qu'elle devait avoir foi en Dieu. Il avait entendu sa
prière et lui avait donné une autre chance. Nancy entra en elle-
même et ferma les yeux. « Merci mon Dieu... » commença-t-elle
à prier.

L'AUTEUR

Née aux Antilles et habitant au Canada depuis toujours, c'est à l'adolescence qu'Adrienne Charles se découvre le goût de la lecture et de l'écriture. Malgré une grande passion pour les sciences biologiques et un travail des plus intéressant dans l'un des plus grands hôpitaux pédiatriques du Canada, son désir d'écrire ne s'est jamais éteint.

Un terrible secret est un premier roman qui en amènera d'autres.

Imprimé en France
ISBN 978-2-7563-0257-7
Dépôt légal : 2e Trimestre 2006